KB096481

도가니

공지영
장편소설

도가니

창비

1

강인호가 자신의 승용차에 간단한 이삿짐을 싣고 서울을 출발할 무렵 무진시(霧津市)에는 해무(海霧)가 밀려들기 시작했다. 거대한 흰 짐승이 바다로부터 솟아올라 축축하고 미세한 털로 뒤덮인 발을 성큼성큼 내딛듯 안개는 그렇게 육지로 진군해왔다. 안개의 품에 빨려들어간 사물들은 이미 패색을 감지한 병사들처럼 미세한 수증기 알갱이에 윤곽을 내어주며 스스로를 흐리멍덩하게 만들어버렸다. 바닷가 절벽 위에 선 사층짜리 석조건물 자애(慈愛)학원도 그렇게 안개 속으로 빨려들어가기 시작했다. 일층 식당에서 뻗어나와 반짝이는 노란 불빛이 마요네즈 빛깔로 희미해질 때쯤 어디선가 종소리가 들려왔다.

그날은 일요일이었다. 그러니, 아마도 아침 예배를 알리는 교회의 종소리였을 것이다. 종소리는 멀리까지 퍼져나갔다. 안개를 통과할 수 있는 유일한 것은 소리뿐이니까.

2

한 소년이 철길을 걷고 있었다. 안개는 아직 육지를 완전히 점령하지는 못했지만 가느다란 그물을 펼치듯이 서서히 사물들을 지워가고 있었다. 철길 가에는 때 이르게 피어난 코스모스 무리가 창백하고 불안하게 그 안개의 그물에 덮인 채 몸을 떨고 있었다.

소년은 열두살이었다. 그러나 또래의 다른 아이들과 세워놓는다면 터무니없을 정도로 작은 키였고 앙상하게 말라 있었다. 소년의 연한 하늘색 줄무늬 티셔츠는 이미 안개의 습기로 젖어가고 있었다.

소년은 철길을 따라 걸었다. 몸 어딘가가 불편한 듯 소년은 다리를 절룩였는데 시간이 조금 흐르자 바다 쪽에서부터 스며들기 시작한 안개 때문에 그 표정은 지워져 거의 보이지 않게 되었다. 소년은 그렇게 안개 속으로 휩싸여들어갔다. 소년의 발길이 닿는 철길로 규칙적이고 작은 진동들이 감지되기 시작했다. 소년은 그것을 느꼈다.

3

　무진시 한복판에 있는 영광제일교회의 주일예배는 오전 열시에 시작되었다. 교회 안뜰은 이미 안개로 가득 차 있었다. 늑장을 부리다가 뒤늦게 교회에 도착한 이들의 자동차가 주차장에서 가벼운 접촉사고를 일으키며 내는 작은 파찰음들이 여기저기서 들려왔다. 하이빔을 켜도 소용없었다. 안개는 모든 것을 빨아들이고 있었다. 어둠이 한번도 빛을 이긴 적이 없다,는 성경말씀이 봉독되는 중에도 안개는 발광한 헤드라이트 빛을 빨아들이고 있었다. 주차장에서 잡무를 보는 경비원이 실수로 땅에 떨어뜨린 열쇠 꾸러미를 찾느라 허리를 굽힌 채 애를 먹고 있었다. 겨우 열쇠를 집어든 그는 안개 속에서 어이없다는 표정으로 중얼거렸다.

　"안개…… 지독하군."

　그의 말소리는 파이프오르간에 맞추어 부르는 성가대의 노랫소리 속으로 빨려들어갔다.

4

　철로는 덜컹거리기 시작했다. 소년은 뒤돌아보았다. 크게 휘어진 선로를 돌아 기차가 오고 있었다. 소년은 달려오는 기차를 향해 힘껏 두 팔을 벌렸다. 얼핏 그의 얼굴에 미소인지 가벼운 찡그림인지가 번졌다. 그리고 그것은 곧 울부짖음으로 바뀌었다. 소리는 모음과 자음을 감지할 수 없이 기괴했다. 기적이 울었다. 소년의 몸은 기차에 부딪혀 팝콘처럼 가벼이 튕겨나갔고 붉은 피가 천천히 젖은 땅으로 흘러내렸다. 안개는 그 붉은빛을 덮었다. 그렇게 기차가 지나가고 주위는 아주 고요했다. 깊은 물속 같았다. 소년의 눈꺼풀이 마지막으로 파르르 떨리고 이어 안개가 점령한 유백색 허공에 고정되었다.

5

강인호가 휴게소에 도착해서 차를 세울 무렵 휴대폰이 울렸다. 아내였다. 집을 출발한 지 아직 한시간도 지나지 않은 때였다. 무진으로 그를 보낸 것도, 자신과 아이는 서울에 그대로 남고 그 혼자 무진으로 가라고 결정한 것도 아내였지만 아내의 목소리는 서운함에 젖어 있었다.

"운전 중이야?"

"아니야, 잠깐 차 세웠어. 휴게소야."

딱히 할 말이 있어서 전화를 선 것 같지는 않았다. 아내는 막상 그가 작은 이삿짐을 싣고 떠나자 새삼 그 빈자리를 확인한 것 같았다. 그는 잠시 아내가 딱하게 생각되었고 이렇게 떠날 수밖에 없는 자신의 처지가 서글퍼졌다.

"당신 또 담배 피우고 있어? 이제 내가 없으니 잔소리할 사람도 없겠네."

"……너무 걱정하지 마. 봐서 내년 봄쯤 새미하고 무진으로 내려와. 여기서 유치원 입학시키면 되잖아."

아내가 웃는 소리가 전화기 너머에서 들려왔다.

"그래, 정식 교사 발령받으면 말이야."

그는 기간제 교사로 임시 발령을 받아 무진으로 가는 길이었다. 그것 또한 아내가 힘써주지 않았다면 어림없는 일이긴 했다. 우연히 만난 아내의 여고 동창이 마침 무진에 있는 자애학원의 일가였고 붙임성 좋은 아내가 친구에게 남편의 일을 부탁한 모양이었다. 그는 대학을 졸업하고 잠시 교직에 몸담았으나 곧 친구와 함께 작은 의류업을 시작했다. 지난해 지구촌을 뒤덮은 불경기의 여파만 아니었다면 그는 오늘 같은 일요일에 중국 현지 공장으로 가는 비행기를 타고 있었을지도 모른다. 교직을 다시 떠올린 것은 아내였다. 육개월을 실업자로 지낸 뒤였고 어떻게든 살아야 했다. 다행히 사업이 완전히 망가지기 전에 공장 문을 닫긴 했다. 서울 외곽에 있는 아파트를 날리지 않은 것만도 다행이었다. 그러나 붓던 적금은 이미 해약한 지 오래였고 보험들마저 깨진 상태였다.

"교사? 특수학교 교사라구? 게다가 청각장애아들이라니……"

아내가 동창을 만나고 와서 처음 이야기를 꺼냈을 때 그는 어리둥절했다.

"난 대학 졸업 후 받은 일반 교사 자격증뿐이야. 그게 언제 얘

긴데 내가 가르칠 수 있겠어?"

아내는 전리품을 가져온 사람처럼 그를 보며 웃었다.

"당신 그렇게 고지식하니까……"

그러니까 사업을 망해먹지, 하는 뒷말을 아내는 우물거리는 것 같았다. 그러나 그 무렵 몹시 의기소침해진 그를 의식한 듯 아내는 애써 부드러운 투로 다시 말했다.

"사립학교잖아. 이사장 집안하고 연줄만 있으면 그건 괜찮대. 다들 그렇게 취직을 하고 야간대학원에 다니면서 특수교육을 잠깐 전공하면 된대. 전혀 문제가 안된다고 했다니까. 보수도 좋고 근무시간도 널널하고, 이보다 더 좋은 직장 없을 거라나. 어쨌든 열심히 해서 정식 교사 발령을 받아요. 그러고 나면 또 어떻게 서울로 자리를 옮겨볼 수도 있는 거잖아."

마지막 말을 마치고 아내는 그를 향해 빙긋이 웃었다.

6

강인호의 차는 다시 남쪽을 향해 달리기 시작했다. 그로 말하자면 서울에서 태이니 반도의 중심을 벗어나본 일이 별로 없는 사람이었다. 그래서 반도 남쪽 지방의 삶에 대해 전혀 짐작 가는 바가 없었다. 억양이 강한 말씨를 쓰는 사람들이 간이 강한 음식을 먹고 있다는 것 외에 남쪽의 도시들은 그에게는 그저 낯선 한 지명일 뿐이었다. 그러나 무진은 좀 달랐다. 김승옥의 소설「무진기행」이 있는 것이다. 그것은 그에게 떠올리고 싶지 않은 기억의 그림자를 데려왔다. 아내가 무진,이라는 도시의 지명을 꺼냈을 때부터 기억은 안개의 바다에서 항구로 다가와 윤곽을 드러낸 배처럼 그에게로 미끄러져들어왔다.

"「무진기행」 말이에요…… 나는 선생님이 처음 부임해서 그 소설을 소개해주었을 때 꼭 오늘이 올 줄 알았어요."

난데없이 부대로 면회를 와서 자고 가겠다고 우기던 명희는 그렇게 말했다. 그러곤 이불 속에서 망설이는 그의 몸을 끌어당겼다. 그의 얼굴에 제 얼굴을 가까이 대고 그녀가 물었다.

"하인숙이라는 여자 말이에요, 주인공이 약속을 어기고 떠난 후 무진에 홀로 남아 어떻게 되었을 것 같아요?"

명희의 몸에서는 희미한 복숭아 냄새가 났다. 그녀는 그가 대학 졸업 후 영장이 늦어지는 바람에 잠시 근무한 여학교의 제자였다. 그리고 부대 앞으로 찾아온 그녀는 갓 스물의 나이를 숨기지 못하고 서투른 화장을 하고 있었다.

"두려워하지 말아요, 나 처음…… 아니에요."

오히려 떨고 있는 것은 그였다. 주저하는 그의 손을 끌어다 자신의 벗은 가슴에 대며 명희는 까르르 웃었던 것 같다. 거기에는 이미 많은 것을 포기한 어린아이의 서늘한 기운 같은 것이 서려 있었지만 그가 상관할 바는 아니었다. 그래서 명희를 보내고 부대 근처의 시외버스터미널에서 낮술을 퍼먹고 다시 귀대했을 때 그는 날파리처럼 달려드는 간지러운 죄책감들을 떼어낼 수 있었다. 그렇게 가끔씩 찾아오는 명희와 나눈 살의에 가까운 정사가 아니었다면 그는 아마도 누군가에게 총부리를 겨누었을 것이 틀림없었다. 설사 그 누군가가 자기 자신이었을지라도 말이다.

제대할 무렵, 명희의 소식은 끊겼다. 그가 서울로 돌아왔을 때, 그는 그녀가 몇달 전 자살했다는 소식을 들었다. 그때 그의 머릿속으로 그녀의 말이 떠올랐다.

"하인숙이라는 여자 말이에요, 주인공이 약속을 어기고 떠난 후 무진에 홀로 남아 어떻게 되었을 것 같아요?"

7

강인호는 무진이라는 이정표를 보고 갈림길에서 핸들을 꺾었다. 고개를 넘으면 무진시였다. 그런데 그가 고개 정상에서 발견한 것은 흰 덩어리같이 고여 있는 거대한 구름의 바다, 무진을 뒤덮은 안개였다. 그것은 희고 고운 해조류 덩어리처럼 보였다. 그의 차는 흰 안개의 터널로 들어섰다. 백발 마녀의 머리카락같이 가느다란 안개의 결이 촘촘히 그의 차를 감싸기 시작했다. 왜였을까, 그는 오래전 여름 낚시터에서 물에 빠져 죽을 뻔한 기억을 떠올렸다. 떠내려간 낚싯대를 건지려고 저수지에 뛰어들었을 때 그의 맨다리에 감겨오던 수초의, 미끈거리고 동시에 끈적거리던 감촉을. 그때 그는 수영하기를 포기하고 함께 낚시하던 친구에게 도움을 청했다. 엉겨드는 물풀의 감촉은 그에게서 모든 것을 빨아들이는 듯했다. 온몸에서 기운이 쭉 빠져나갔다. 수영에 익숙했지만 소용없었다. 안개를 보며 문득 떠올린 기억 때문에 그는 불길했다. 어쨌든 조심하지 않으면 모든 것이 끝장날지도 모른다는 터무니없는 공포에 잠시 뒷덜미도 뻣뻣해졌다. 그는 마른침을 삼키며 비상등을 켰다. 비상등이 점멸하는 소리가 째깍거렸다. 차에 켜둔 내비게이션이 안개 속에서 그에게 명령했다.

"전방에 안개 주의 지역입니다. 일 킬로미터 앞에서 우회전하십시오."

그는 우회전을 했다.

8

자애학원은 안개 속에 서 있었다. 교문을 지나 주차장에 차를 세우려는데 청색의 고급 승용차가 그의 옆에서 시동을 거는 것이 보였다. 창문을 열고 무슨 말인가 건네려고 했으나 청색 차의 운전자는 안개 따위는 아무렇지도 않다는 듯한 표정으로 차를 출발시켰고, 이어 무서운 속도로 흰 안개의 벽 너머로 사라졌다. 차창 안으로 벗어진 머리가 얼핏 보인 것이 그가 파악한 인상착의의 전부였다. 그는 안개로 가득 찬 주차장에 조심스레 차를 세웠다. 바닷가에서 바람이 불어올 때만 커튼 자락이 열리듯이 자애학원의 거대한 석조 건물이 얼핏 모습을 드러냈다가 이내 다시 흰 안개에 덮였다. 그는 차에서 내렸다. 무진시까지 차를 몰고 온 네시간보다 무진에 들어선 뒤 이십분 남짓의 운전이 더 조심스러웠는지 어깨에 뻐근한 통증이 느껴졌다. 그는 오른팔을 들어 가볍게 몇번 돌리고 나서 담배를 물었다. 그때 어디선가 가벼운 것들이 부서져내리는 소리가 들렸다. 소리는 파사삭, 파사삭거리며 가까워지고 있었다. 그리고 잠시 후, 작은 여자아이의 형체가 보였다. 아이의 입속에서 부서지는 과자 소리였다. 단발머리 아이는 키가 작고 마른 체구였다. 아이는 한 손에 커다란 과자 봉지를 들고 그 속의 것을 꺼내 먹으며 안개 속에서 이리로 오고 있었다.

"저기 얘! 말 좀⋯⋯"

그가 말을 꺼냈다. 그러나 아이는 과자에 열중하고 있었다. 그는 순간 이곳이 청각장애인들의 학교와 기숙사가 있는 곳임을 기억해냈다. 말을 붙이려 한 자신이 우스워서 그는 잠시 겸연쩍었다. 그가 그렇게 혼자 생각하는 동안 아이도 그를 발견한 것 같았다. 아이의 입속에서 파삭거리던 과자 소리가 천천히 멈추었다. 그는 서툴게나마 이곳으로 오기 전에 익힌 수화를 해보려고 했다.

—안녕, 반가워.

그러나 그가 손을 내밀어 수화를 마치기도 전에 아이의 눈에 비현실적인 공포의 빛이 떠올랐고 아이는 뭐라고 형언할 수 없

16

는 비명을 지르며 뒤돌아서 달려가기 시작했다.

"우우우……"

그는 그렇게 멀어져가는 아이를 눈으로 좇다가 망연해져버렸다. 안개는 아이를 삼켰고 아무것도 보이지 않았다. 다만 자음과 모음으로 표기되지 않는 그 비명 소리가 그의 귀에 남았다.

9

"안개 때문인 것 같습니다."

김순경의 보고를 받는 동안 장경사의 휴대폰에서 문자메시지 도착을 알리는 진동이 울렸다. 장경사는 건성으로 보고를 들으며 눈길을 내려 문자메시지를 확인했다.

오빠 나 진짜 화났다. 오늘까지라고 했잖아!

장경사는 아직도 손끝에 남아 있는 까페 '야화'의 미숙의 흰 허벅지를 떠올리며 자기도 모르게 입가에 미소를 지었다.

"소리를 듣지 못하니까 기차 소리가 들리지 않았고, 또 기차가 오는 걸 미처 보지도 못한 것 같습니다."

"그렇지…… 안개가 지독했으니까."

장경사는 김순경에게 대꾸하며 꾸욱꾸욱 자판을 누르고 있었다.

글쎄 며칠만 참아봐, 참을성 없는 게 네 매력이긴 하지만…… 오늘밤에 일 끝나고 산낙지 사줄까?

그가 문자메시지의 전송 버튼을 누를 때 김순경의 입가로 얼핏 조소의 그림자가 지나갔다. 장경사는 천천히 휴대폰을 책상에 내려놓고 김순경의 눈길을 의식하며 약간 고민스럽다는 듯이 머리를 감싸안았다.

"뭐 다른 특이사항은 없고?"

"뭐 사고니까요. 그런데 아이 바지 호주머니에서 좀 이상한 게 나왔습니다."

김순경은 비닐팩에 든 것을 장경사의 책상에 꺼내놓았다. 작은 수첩을 찢은 듯한 종이는 피에 젖어 있었다.

"이강석, 박보현이라는 이름이 쓰여 있어요. 그 위로 마구 X자를 쳐놓았어요."

순간 '야화'의 미숙을 떠올리고 있던 장경사의 눈이 샐쭉 치켜졌다. 그는 어쨌든 베떼랑 수사관이었다. 이제는 반쯤은 본능이 되어버린 그의 수사 경력이 김순경의 말에서 무슨 냄새를 감지한 듯했다. 장경사는 비닐팩에 담긴 피에 젖은 쪽지를 바라보았다. 이강석은 자애학원의 교장 이름이었다. 그리고 박보현 또한, 아마도 그의 기억이 맞는다면 그 학교 기숙사의 생활지도교사였다. 언젠가 이강석과의 회식 자리에 따라왔던 눈매가 얍삽하고 얼굴이 침침한 사람이었다. 이강석의 노골적인 하대에도 끝까지 머리를 조아리는 것을 보며 장경사는 참으로 비루한 놈이라고 그를 기억하고 있었다. 그래, 그의 이름이 박보현이었다.

"그래, 가봐. 자애학원에는 내가 연락하지 뭐."

그는 돌아서는 김순경을 바라보며 다시 휴대폰의 자판을 눌렀다.

오빠가 해결해줄게 까짓 삼백만원쯤이야.

장경사는 갑자기 느긋해지기 시작했다. 언젠가 아내가 말한 대로 그는 참으로 운이 좋은 사람이었다. 무언가가 필요하면 꼭 무슨 일인가 일어나 그에게 유리한 대로 전개되었다. 그의 머릿속으로 지난달 안개가 지독하던 날 자애학원 운동장 끝 절벽에서 떨어져 죽은 한 여학생의 시신이 떠올랐다. 기차와 절벽, 두 달 사이에 벌써 두명이었다. 절벽 건은 우연한 사고로 처리되었고 이번 건 역시 그렇게 될 것이었다. 모든 것은 이 지독한 무진의 안개 탓일 테니까. 그는 무진경찰서 창밖을 바라보며 빙긋이 웃었다. 안개는 이제 서서히 걷혀가고 있어서 창밖의 자동차들이 차츰 윤곽을 드러내기 시작했다. 지긋지긋한 이 안개가 요긴한 때도 있었다. 그렇다, 조심스레 살다보면 뭐든 요긴할 때가 있는 것이다.

10

짐은 얼마 없었지만 그래도 이사는 이사였다. 제자리에 들어가 있으면 꼭 그렇지도 않은데 꺼내놓으면 남루한 것이 살림살이였다. 강인호는 무진에 새로 구한 40제곱미터 주공아파트 부엌에서 그 살림살이를 정리하고 있었다. 냄비와 커피잔, 물컵,

그리고 작은 접시 몇개가 전부였지만 그것들을 가지런히 찬장에 놓고 노트북까지 부엌에 딸린 식탁에 놓아두자 그제야 자신이 집을 떠나 새 생활을 시작했다는 것이 조금 실감났고, 대학 시절 친구의 자취방에 놀러 온 듯 단출하고 신선한 기분도 들었다. 그때 초인종 소리가 들렸다. 문을 열자 예상대로 서유진이 서 있었다.

"정말 왔구나. 이런 곳에서 널 다시 만나게 될 줄 몰랐네. 반갑다."

서유진은 세제 등이 담긴 선물 꾸러미를 내려놓으며 그에게 손을 내밀었다. 둘은 잠시 손을 잡고 웃었다. 그녀는 그의 대학 한해 선배였다. 그는 이곳으로 오기 전에 동창으로부터 그녀가 무진에 정착해 살고 있다는 소식을 들었다. 수소문 끝에 메일과 문자메시지가 오간 뒤 이 아파트도 그녀가 주선해 얻어주었다. 하지만 얼굴을 보는 것은 대학 졸업 후 거의 십년 만이었다. 그는 그녀의 얼굴에서 그가 기억하는 가녀린 단발머리 여학생을 찾고 있었다. 그러나 신산(辛酸)에 담갔다 꺼내놓은 듯, 지금 그의 앞에 선 중년 문턱의 그녀의 얼굴에는 그런 빛은 사라지고 없다.

"서선배 이혼했어. 애 둘을 혼자 키우며 사나봐. 아이가 어디가 많이 아프다던데. 사는 것도 힘이 드나봐……"

그녀의 소식을 전해준 동기는 그렇게 말끝을 흐렸다.

"참 이상해. 예쁘고 똑똑하고 괜찮은 여자들은 꼭 이상한 놈

만나서 고생들을 해."

한때 그녀를 두고 다다를 수 없는 연정에 훌쩍거렸던 동기는
술에 취해 그렇게 말했다.

"네 마누라가 그 대표 선수다, 짜샤!"

그는 그렇게 무마하고 말았지만 학교를 졸업한 뒤 들려오는
서유진의 소식은 동기들뿐만 아니라 누구라도 충분히 그렇게
느낄 수 있는 것이긴 했다. 잇따른 남편의 정치 입문 실패, 선천
성 심장기형을 가진 아이의 출산, 그러므로 당연히 뒤따라오는
가난까지. 그녀가 어떻게 이 무진까지 오게 되었는지는 알 수 없
었다. 하지만 막상 이 낯선 도시의 새집에서 마주 서게 되자 섬
세하고 반듯한 얼굴 윤곽에서 젊은 시절 그가 보았던 그녀의 풋
풋한 실루엣이 새삼 가만히 떠오르기도 했다. 그러자 그는 갑자
기 그녀의 존재로 인해 무진이 조금은 친근해졌고 안개 속에서
그를 경직시켰던 긴장이 슬그머니 풀어지는 것을 깨달았다.

"안개 때문에 걱정했는데 오느라 고생했지? 하지만 무진에서
는 무엇보다 이 안개에 익숙해져야 해. 아, 이제야 좀 걷힌다."

그녀는 어느새 창가로 가서 밖을 기웃거리더니 그에게 말했
다. 팔짱을 낀 그녀의 뒷모습을 바라보며 그는 처음으로 그녀가
참 작은 여자라는 생각을 했다.

"우리 집 저기야. 불 켜진 맨 꼭대기 집."

앞 동의 아파트를 가리키며 서유진이 말했다. 안개가 다 걷히
지 않아 선명하진 않았지만 그녀가 가리키는 집의 위치는 알 수

있었다. 강인호는 저도 모르게 그 집의 창문 수를 세어보았다. 한때는 화사했을 흰 페인트가 군데군데 벗겨진 아파트는 창이 달랑 두개뿐이었다.

"친정어머니하고 애들 둘하고 네 식구 살아. 올케 친정이 여긴데 오빠가 처가 근처로 와서 새로 사업을 시작하는 바람에 나도 따라오게 됐지 뭐. 어머니 모실 사람도 필요했구. 서울을 떠나고 싶은 마음도 컸고."

마지막 말을 하면서 그녀는 꾸민 듯이 쾌활한 분위기를 지어냈다. 그 마지막 말투 때문에 그는 '나 불행하지 않아' 하는 그녀의 뉘앙스를 믿어주는 것이 지금 이 재회에서 그가 지켜야 할 예의라는 것을 느꼈다.

"저녁 먹어야지? 우리 집에 갈래? 아니면 어디 가서……"

오랜만에 만난 후배를 집에 데려가긴 해야겠는데 자신없다는 듯이 말끝을 흐리며 그녀가 물었다.

"어디 나가서 먹지 뭐. 무진 시내 구경도 좀 하고."

그의 말에 그녀는 그제야 안도하듯 활짝 웃었다. 그러자 그녀의 한쪽 볼에만 패던 보조개의 기억이 그에게 되살아났다. 그는 그 보조개를 바라보며 순간이지만 서유진이 스무살 자신의 자취방에 놀러 온 여자친구처럼 생각되었고, 앞으로 무진에서의 생활이 그리 나쁘지 않을 수도 있겠다는 기분을 느꼈다. 거기에는 아주 오랜만에 느껴보는 설렘 같은 것도 끼여 있었다. 그는 자신을 찾아온 이 가볍고 감미로운 감정을 놓치고 싶지 않은 기분이었다.

11

두 사람은 거리로 나섰다. 서너걸음 거리를 두고 걷는 그들의 틈새로 꺼져버린 불의 잔해에서 피어오르듯 안개가 엷게 몰려왔다. 이른 저녁 시간이어서 그런지 번화가는 막 잠에서 깨어나는 듯이 보였다. 불빛이 하나둘 켜지고 있는 거리는 그러나 화사하지는 않았다. 오래된 퇴락의 냄새가 났고 파도에 가장 먼저 쓰러지는 해안가 가건물의 절박함 같은 것이 배어 있었다. 짧은 치마에 철 이른 긴 부츠를 신고 가슴이 많이 파인 옷을 입은 십대 후반의 여자애들이 재잘거리며 단란주점이라고 쓰인 팻말을 향해 지하로 걸어내려가는 것이 보였다. 골목길에 내어놓은 쓰레기봉지를 찢어 먹이를 찾던 길고양이가 그의 시선을 느꼈는지 고개를 들고 경계의 태세를 취했다. 골목 멀리서 일찍 술에 취한 젊은이가 벽을 붙들고 토악질을 하고 있었다.

그때 한 여자가 다가와 강인호의 팔을 잡았다. 여자는 긴 파마 머리에 가슴이 깊게 파인 옷을 입었는데 키가 많이 작았다.

"오빠, 잠깐 쉬었다 가."

말없이 팔을 떼어놓으려는 순간 그는 직감적으로 그녀가 십대 중반의 어린아이임을 알았다. 앞서가다가 멈추어 서서 이쪽을 바라보고 있는 서유진의 시선을 의식하며 돌아서는데 여자가 다시 앞을 막아섰다. 눈은 아주 검은데 약간 사시였고 이상한 광채로 빛나고 있어서 묘하게 육감적인 분위기를 풍겼다. 화장이 짙었지만 얼굴도 밉상은 아니었다. 그는 여자를 비켜 앞으로 가려고 했다. 그러자 여자가 난데없이 그의 가슴에 얼굴을 들이대고 킁킁거리며 냄새를 맡았다. 그가 밀쳐내려는 순간 여자가 말했다.

"와! 오빠한테 서울 냄새가 나네. 희고 좋은 냄새 말이야."

말을 마치고 나서 여자는 까르르 웃었다. 굳은 얼굴로 다가온 서유진이 강인호의 옷자락을 잡아채 큰 거리 쪽으로 끌었다.

"미안해. 배고플 거 같아서 지름길로 가려고 이리로 들어선 건데."

서유진이 입술을 물며 말했다. 제 집안의 오래된 치부를 보이기라도 한 듯 그녀는 얼핏 수치심을 느끼고 있는 것 같았다. 그것은 소심한 모범생 출신들이 흔히 가진 '모든 것은 결국 내 책임이다'라는 순진함의 한 종류라고 강인호는 생각했다. 그리고 그런 순진함이 오늘날 그녀가 불행해지는 데 한몫했을 것이라고 느꼈다.

"서선배가 왜 미안해? 세잇 유흥기리는 곳이 디 선베 거야?"

그가 놀리자 그녀는 그제야 귓가로 흘러내린 머리를 쓸어올리며 그를 따라 웃었다.

"이 도시, 뭘 만들어내는 게 없어. 말이 좋아 유서 깊은 무진이지. 한때 민주화의 메카면 뭐 하겠어? 이젠 그저 가난하고 퇴락한 도시일 뿐이라니까. 젊은 애들한테는 옛날이 다 무슨 소용이 겠니? 졸업하고 갈 데가 없는걸."

삼겹살집에 마주 앉았을 때 강인호는 그녀가 이곳에 정착한 것을 후회하고 있음을 느꼈다. 그러나 그 갈 곳 없는 곳까지 자신 또한 흘러와 있는 것이다. 그의 얼굴이 잠시 어두워졌다. 그녀는 그런 그 앞에 명함을 내놓았다. 서유진이라는 이름 앞에는 '무진 인권운동센터 상근 간사'라는 직함이 쓰여 있었다.

"왜 웃어?"

그녀가 명함을 들여다보고 있는 그에게 물었다.

"운동하고 센터라는 이름…… 오랜만이어서."

강인호는 피곤한 표정이 되었다. 이런 것도 직업이라고 할 수 있나 싶고 아까 올려다본 서유진의 남루하고 좁은 아파트의 창문이 떠올랐다. 그러자 좀 전의 첫 대면에서 그녀를 두고 가벼이 설레던 느낌은 사라져버리고 피곤이 몰려왔다. 그래서 그녀가 "그래, 어쩌다가 농아학교 선생이 될 생각을 다 했어?"라고 물었을 때 그는 "세상에 좋은 일도 좀 하면서 살려구요." 하는 대답을 신경질적으로 하고 말았다. 그러나 그녀는 그것이 그의 비꼬인 대꾸인 줄은 전혀 눈치채지 못했는지 대견한 눈길로 바라보며 손위 누이처럼 웃었다.

"좋은 생각 했네. 참, 말이야, 아까 그애가 서울 냄새 난다고 했나? 창피하지만 나도 아까 너 처음 보는데 그런 비슷한 생각이 들더라. 무진에 내려온 지 삼년 만에 촌년이 다 됐다니까……"

서유진은 소주를 따르며 촌부처럼 샐쭉 웃었다. 강인호는 문득 그녀와 같은 아파트 단지에서 지척에 살게 된 것이 과연 좋은 결정이었을까, 하는 생각을 했다.

12

출근 첫날 강인호는 교장실로 가는 복도에서 막 교장실 문을 열고 나오는 갈색 점퍼를 입은 사내를 보았다. 눈이 마주치자 사내는 그의 행색을 위에서 아래로 빠르게 훑었다. 눈매가 예사롭지 않다고 느끼는 순간, 그를 안내하던 행정실장이 갈색 점퍼를 향해 반색했다.

"아이구, 이거 장경사님 아니십니까? 그러잖아도 아침에 교장선생님께 제가 보고를 했어요. 애들이 말입니다, 그렇게 일요일 날 함부로 외출하지 말라고 했는데도 말을 안 들어요. 그러더니 기어이…… 참 이거, 저희로서는 아이들 관리에 최선을 다하고 있습니다만, 워낙……"

행정실장의 말투는 신파극 배우처럼 좀 과장되어 있었다. 무슨 일인지 알 수는 없었지만 강인호가 듣기에 '설사 내 책임이라고 해도 어쨌든 이건 내 책임 아니오.' 하는 심정을 노골적으로 드러내는 듯했다.

"뭐라 말하시면 뭐 합니까? 듣지를 못하는데요."

두 사람은 참으로 기발한 농담을 했다는 듯이 커다랗게 웃었다. 역시 과장된 웃음이었다. 강인호는 잠자코 그들 옆에 서 있었다. 그들의 말이 청각장애아들을 가리키는 것임을 알았지만 설마, 하는 생각도 없지 않았다. 하지만 '애들'이라는 단어와 '들리지 않는다'는 단어를 합치면 그것은 이곳의 학생들을 지칭하는 말이 틀림없었다. 장애인 복지시설과 학원을 경영하는 일이 어제 서유진과 주고받은 말대로 '세상에 좋은 일을 하기 위해서'까지는 아니라 해도 기분이 좋은 대화는 아니었다.

"내 그렇지 않아도 교장선생님이 얼마나 맘 상하실까 싶어 댓바람에 이렇게 달려왔습니다."

"별일은 없겠죠? 뭐 골치가 좀 아프다든가……"

행정실장은 벗어진 머리를 긁적이며 물었다. 두 사람의 대화를 지루하게 듣던 그는 문득 어제 안개 속에서 청색 차를 출발시킨 그 벗어진 머리의 주인공이 이 행정실장이 아닌가 하는 생각이 들었다.

"예, 그럼 잘 처리해주십시오. 그렇잖아도 저희가 요즘 감사니 뭐니 골치 아픈 일이 많아서요."

"처리할 게 뭐 있습니까? 사고인데요. 안개가 워낙 짙어서 기관사도 전혀 눈치채지 못했다고 하더군요. 가까이 있는 기관사도 눈치채지 못하는 걸 선생님들이 무슨 수로 막을 수 있겠느냐, 저희는 뭐 이런 판단입니다. 걱정 마십시오. 지난달에도 제가 잘 처리해드리지 않았습니까?"

마지막 말을 하면서 장경사는 미묘한 미소를 지었다. 순간 행정실장의 얼굴이 약간 해쓱해진다 싶었지만, 이어 "하하, 저희는 그저 장경사님 덕분에 편안히 지냅니다."라는 다소 엉뚱한 말을 뱉을 뿐이었다.

강인호는 '교장 이강석'이라고 쓰인 명패 앞으로 다가갔다. 교장은 화장실에 다녀오는 길인지 손수건으로 손을 닦으며 자리로 갔다. 교장의 머리도 벗어져 있었다. 순간 그는 자신도 모르게 행정실장을 돌아보았다. 다른 역할을 하는 한 배우처럼 두 사람의 얼굴은 놀랍게 닮아 있었다. 교장 이강석, 행정실장 이강복, 두 사람은 쌍둥이였다.

13

강인호와 마주 앉은 교장 이강석의 뒤로 금박을 입힌 커다란 액자 속에서 한 남자가 십오도 각도로 몸을 비틀어 그를 바라보고 있었다. 액자 아래에는 친절하게도 '자애학원 설립자 배산 이준범 선생'이라는 글씨가 쓰여 있었다. 그러니까 설립자 이사장이 이준범이고 아마도 그 쌍둥이 아들들이 이강석과 이강복인 모양이었다.

얼굴 생김새가 같다고 해도 교장과 행정실장은 서로 다른 분위기를 풍겼다. 교장이 조끼까지 갖춘 진갈색 양복 차림인 데 비해 행정실장은 쥐색의 캐주얼한 니트 차림이었기 때문인지도 모른다. 나이가 들면 아무래도 지위가 주는 아우라가 사람의 피부 속에 스며들게 마련이다. 그런 생각을 하자 강인호는 두 사람이 비로소 두 사람으로 보였다.

"서울 사는 조카애가 자네 안사람하고 절친한 친구라고 들었네."

교장의 말투는 느렸고 예상했던 것만큼, 아니 어쩌면 그보다 더 권위적이었다. 교장은 그를 거의 바라보지 않은 채, 탁자에 놓인 신문을 이리저리 넘기며 말했다. 반말이었고 듣기에 따라서는 모멸적일 수 있는 말투였다. 마누라 연줄이나 잡고 온 놈이라는 소리로 들릴 수 있으니 말이다. 그러나 그는 아침에 면도를 하면서 했던 자신의 결심을 생각했다. 예정된 월급을 꼬박꼬박 받아서 사는 계획적이고 소시민적인 기쁨을 누리자는 결심이었다. 중국에서 작은 것이지만 사업을 벌일 때 종업원들의 월급날이 다가올 때마다 피가 바싹바싹 마르는 듯하던 고통을 생각하면 마누라 덕이 아니라 딸 덕을 보았다 해도 감사할 일이었다. 그는 그 기쁨을 위해 치러야 할 댓가라는 생각에 애매하게 웃으며 머리를 조아렸다.

"새 정부 들어 복지예산은 자꾸 줄고 애들한테 들어가야 할 것은 많고, 이 짓도 힘들어서……"

교장은 딱히 보지도 않은 신문을 접어 탁탁 쳤다. 그러자 행정실장이 자리에서 먼저 일어났다. 그러고는 강인호를 향해 눈짓했다. 그는 얼결에 행정실장의 눈짓에 따라 일어섰다. 최소한 이름은 물어보고 악수라도 할 것을 기대했기에 약간은 모욕당한 기분이었다. 교장은 시계를 올려다보더니 비서실로 통하는 버튼을 눌렀다. 그러고는 약간 신경질적인 목소리로 말을 꺼냈다.

"컴퓨터실 최선생보고 내가 부탁한 거 빨리 가져오라고 해. 나 점심 전에는 나가야 하니까. 빨리!"

무슨 긴급한 일이 있는 것 같았다. 강인호는 교장의 심기가 좋지 않아 보이는 것이 무슨 일이 있어서라고 생각하기로 했다. 복도로 나오자 행정실장이 창가로 다가가더니 돌아섰다. 그가 다가서자 행정실장이 엄지를 세워 보였다. 그는 어리둥절한 표정으로 행정실장을 올려다보았다. 행정실장은 다시 손바닥을 쫙 펴 보였다. 순간 그는 행정실장이 혹시 자신의 수화 능력을 시험하는 것인가 하는 생각이 들었다.

"저기, 꼭 수화를 잘하지 않아도 된다고 하셔서…… 하지만 열심히 배워보겠습니다. 우선은 필담으로 아이들과 이야기를 나누고요."

그가 더듬거리며 말했다. 행정실장의 입이 일그러졌다.

"이 사람 참 말 길게 해야 알아듣는구만. 원래는 큰 거 한장인데 안사람이 서울 조카애의 친구라서 작은 거 다섯장으로 하겠다는 거예요. 이달 안으로 행정실에 제출하세요. 수표는 안됩니다."

서른넷, 젊은 강인호의 얼굴로 붉은 피가 순식간에 확 몰려들었다.

14

모욕을 받아들이는 순간 진정한 인생이 시작된다는 것쯤은 그도 알고 있었다. 그런데 이강석, 이강복 두 사람과의 대면을 끝내고 나자 사람들 많은 길거리에서 혼자만 벌거벗고 걸어가는 악몽 속의 한 장면같이 당황스럽고 수치스러워졌다. 그러자 이상하게도 마주 서 있는 이강복에게서 희미한 악취가 피어오르는 것 같았다. 땀에 젖은 짐승에게서 맡아지는 누린내 같기도 하고 깊은 바다에 오래도록 가라앉았다 건져낸 폐선에서 풍기는 녹슨 쇠 비린내 같기도 했다. 그는 새 생활을 시작하는 이 아침 온몸으로 달려드는 이 야만의 예감이 두려웠다.

"자, 그럼 이제 반으로 가지. 갑시다."

행정실장이 앞장서 걸었다. 그러고 보니 예전에 사립학교에 취직한 동기들이 낮은 목소리로 이야기하던 것이 떠올랐다. '학원발전기금'이라는 고상한 이름이었던가. 그는 문득 아내를 생각했다.

"내가 다 알아서 처리할게요. 당신은 그저 정교사로 발령받을 궁리나 하라구요."

그 '처리'라는 것 속에 이런 댓가성 뇌물도 포함되는지 아내는 알고 있을까? 긴 복도를 걸으며 그는 과연 이곳이 그가 있을 곳인지를 자신에게 물었다. 너무 성급한 결정이었다고 젊은 강인호가 대답했다. 하지만 이미 무진에 아파트를 얻느라 큰돈을 지출했고 여기서 다시 서울로 돌아가는 것은 '작은 것 다섯장'을 내는 것만큼이나 수치스러운 일이라고 늙은 강인호가 중얼거렸다. 성급한 결정이 아니라 외길이었다고, 젊지도 늙지도 않은 강인호가 말했다. 계승할 왕관과 물려받을 영토가 없는 한, 모두들 이렇게 그러려니, 하며 먹고산다고 늙은 강인호가 단정을 지었다. 그는 문득 복도를 울리는 제 발소리가 너무 크다는 생각을 했다. 아니, 학교가 너무 고요한 것이었다. 그렇다. 이곳에는 소리가 없다. 그는 깊은 물속으로 잠수하는 듯한 긴장을 느꼈다.

"중학교 이학년이지만 아는 게 없어. 가르치는 것은 둘째고 말썽이나 부리지 않게 하세요."

행정실장은 '중2'라는 패가 걸린 문 앞에서 그에게 귀찮다는 듯이 말했다. 아까부터 그는 반말과 존댓말을 교묘하게 섞고 있었는데 그것은 무례함에서 기인하기보다는 일종의 화법에 대한 무지에서 오는 듯했다. 이제 막 부임한 선생에게 가르치는 일보다 말썽이나 부리지 않게 하라니…… 교장과의 대면에서부터 시작된 일련의 상황이 그에게는 당황스러웠다. 그는 교실 앞에서 숨을 크게 한번 들이켰다.

행정실장이 문을 열었다. 둥그렇게 모여 열심히 수화로 이야기를 나누고 있는 아이들은 그를 전혀 의식하지 못했다. 유심히보니 아이들은 한 소년을 둘러싸고 있었는데, 소년은 책상에 엎드려 울고 있었다. 행정실장이 칠판 옆에 달린 긴 줄을 잡아당겼다. 그러자 교실 천장에서 붉은 전등이 마치 싸이키 조명처럼 돌아가기 시작했고, 아이들이 일제히 그를 돌아보았다. 붉은 조명 탓이었을까. 아이들의 눈빛은 충혈되어 보였다. 순식간이었지만 강인호는 그들의 얼굴에서 부풀어오르는 노기(怒氣)를 감지했고 자신도 모르게 한발자국 뒤로 물러서고 싶은 심정이었다.

행정실장이 칠판에 커다랗게 강인호,라고 썼다. 담임, 국어,라고도 썼다. 그를 바라보는 아이들은 무표정했다. 백색의 가면들 같았다.

15

─안녕하세요. 반갑습니다. 제 이름은 강인호입니다.

행정실장이 나가고 그는 서툰 수화로 천천히 이야기를 꺼냈다. 어제 학교에서 처음 마주쳤을 때 그를 보고 도망가버린 과자를 먹던 아이도 보였다. 그가 서툴게나마 수화를 하는 모습을 보자 아이들의 흰 가면 같은 얼굴들 위로 작은 파문이 일었다. 좋은 시작이었다. 그는 아이들은 역시 아이들이라는 생각을 했고, 그러자 긴장을 조금 풀 수 있었다. 그는 칠판에 시를 적었다.

어둠속에서 세개비의 성냥에 불을 붙인다.
첫번째 성냥은 너의 얼굴을 보려고
두번째 성냥은 너의 두 눈을 보려고

마지막 성냥은 너의 입을 보려고

그리고 오는 송두리째 어둠을

너를 내 품에 안고 그 모두를 기억하기 위해서

──자끄 프레베르 「밤의 파리」

그는 준비해온 성냥갑에서 성냥개비 세개를 꺼내어 한개씩 불을 붙이면서 수화로 다시 시를 읊었다. 그가 성냥을 하나씩 켜면서 손짓으로 학생들의 얼굴과 눈과 입을 가리키자 무표정하던 아이들의 얼굴은 불투명한 유리가 씻기듯이 조금씩 맑아지기 시작했고 이어 영화 화면이 흑백에서 컬러로 바뀐 것처럼 핏기가 돌았다. 혹시나 해서 준비해온 이 작은 퍼포먼스가 아이들과 자신 사이의 거리를 성큼 좁혀주는 것 같았다. 왠지 아이들과 잘 지낼 수 있을 것 같은 자신감이 차오르면서 아침부터 달려들었던 온갖 불길함을 조금 덜어주었다. 그는 아까 책상에 엎드려 울고 있던 소년의 표정을 살폈다. 소년의 눈동자는 늪처럼 검었다. 그는 소년에게 미소를 지어 보였다. 소년은 여전히 검은 눈동자로 그를 바라보고 있었다. 그러고는 홀린 듯 수화로 무슨 말인가를 했다. 천천히 시작된 수화는 조금씩 빨라졌고 이어 소년의 입에서 흐응, 흐응이라고밖에는 표현할 수 없는 높고 새된 소리가 흘러나왔다. 소년의 창백한 얼굴은 붉어지고 표정은 절박해져갔다. 하지만 그의 짧은 수화 지식으로는 절박하다는 것 외에는 아무것도 알아들을 수 없었다. 그가 미안하다는 표정을 짓자, 소년은 그가 자신의 말을 알아듣지 못한다는 것을 깨달은 듯 빠르게 움직이던 손을 허공에서 멈추었다. 소년의 눈동자에 잠깐 일었던 절박한 희망이 늪 속으로 가라앉는 것 같았다. 강인호는 자신도 모르게 소년에게 다가갔다. 땟국물이 흐르는 야윈 얼굴을 푹 숙이고 있는 소년에게 그는 손수건을 내밀었다. 소년은 움직이지 않았다. 그는 소년의 얼굴 위로 흐르는 눈물을 닦아주었다. 넘치는 눈물 속에서 소년의 눈이 그를 응시하고 있었다. 그러나 검은 늪 속으로 가라앉은 절박함은 다시 떠오르지 않았다.

강인호는 교단으로 나가 칠판을 향해 섰다. 신기한 일이었다. 뜻밖에도 자신의 등 뒤에서 아이들이 수화로 수군거리는 것이 느껴졌다. 그것도 일종의 들림(聽)이었다. 그는 이렇게 썼다.

'미안하다. 지금은 서툴지만 약속할게. 겨울방학이 되기 전에 능숙한 수화로 이야기를 나누겠다고.'

그가 아이들을 향해 돌아서자, 한 여학생이 흰 종이를 들었다. 커다란 글씨가 보였다.

'어제 애 동생 죽었어요.'

여학생의 얼굴에는 이게 잘하는 짓일까 하는 두려움이 어려 있었다. 그가 뭐라고 대답할 겨를도 없이 다른 남학생이 또 종이를 들었다.

'우리는 누가 그애를 죽였는지 알고 있어요.'

"열차 사고예요. 안개가 지독한 날이면 더러 그런 일이 있죠."
교무실 옆자리에 앉은 박선생이 말했다.

"그런데 말입니다, 그런데 학교가, 아이가 죽었는데 너무……"
조용하다,라는 말을 하려다가 그는 입을 다물었다. 조용하다
는 단어가 이런 상황에 어울리지 않는다고 생각한 것이다. 그는
잠시 이 느낌을 어떻게 표현해야 할지 생각해보았다. 너무 태연
하다, 너무 평온하다, 너무 기괴하다…… 그는 기괴하다,라는 단
어를 생각해내면서 그것이 실은 이 자애학원의 인상이었음을
처음으로 자인했다.

"아이들이 이상한 말을 하더군요. 어제 죽은 아이가 그러니
까, 사고로 죽은 게 아니고……"

"이런 학교에는 처음이시라고 했죠?"
박선생은 대번에 그의 말을 끊었다. 말투는 심드렁했으나 바
라보는 시선에는 노골적인 경멸과 함께 연민의 빛이 어려 있었
다. 아니다, 그는 어제 무진에 도착한 이래 자신이 너무 예민해
져 있는 것 같았다. 긍정적으로 생각해야 한다, 긍정의 힘! 그는
아내가 좋아하는 그 주문을 외웠다. 그래서 그는 자신도 모르게
박선생에게 가장 무난하고 어색한 웃음을 지었다.

"앞으로 여기 계시면 알게 되겠지만 모든 장애인들 중에서 가
장 피해의식이 심한 것이 농인들이에요. 자기네들 외에는 아무

도 믿지 못하는 것도 특징이구요. 같은 언어를 쓰는 것을 민족이라고 하면 그들은 수화를 쓰는 이방인, 얼굴 생김새는 같지만 다른 민족이죠. 아시겠어요? 다른 민족이라구요. 언어가 다르고 풍습이 다르고…… 거짓말도 그들의 풍습 중 하나지요."

박선생의 말투에는 악수를 하려고 다가가는 그를 확 밀어내는 듯한 차가운 악의 같은 것이 배어 있었다. 어제 난데없이 안개의 터널로 들어섰을 때처럼 그의 등줄기로 작은 소름이 지나갔다. 박선생의 얼굴 위로 그를 바라보던 소년의 늪 같은 눈동자가 겹쳤다. 잠시였지만 그를 향해 내뿜던 어떤 간절함도 떠올랐다.

"서울 분이라고 들었는데, 기간제 교사시니까 말 그대로 일정 기간만 마치고 웬만하면 여길 떠나십시오. 왠지 여기 계실 분이 아닌 것 같네요."

여기저기 인터넷을 클릭하면서 컴퓨터 모니터를 응시하다가 박선생은 말끝에 잠깐 강인호를 돌아보았는데, 그때 그는 그 말이 진심이라는 것을 느꼈다. 그는 당황스러워서 우물거리며 대답했다.

"글쎄요, 그래도 이왕 시작한 거니까……"

박선생은 그런 그의 대답에 딱하다는 표정으로 입을 다물었다. 그때 휴대폰이 울렸다. 아내였다. 그는 전화를 받으면서 교무실을 나왔다. 수업을 마치고 기숙사에 들른 아이들이 간편한 복장으로 운동장 구석의 벤치에 앉아 있었다. 그는 교사(校舍)를 나와 운동장 끝으로 걸어갔다.

"어때? 수업 잘했어? 연습해간 수화가 쓸모가 좀 있어?"

아내는 명랑했다. 그는 응, 하고 짧게 대꾸하면서 지난 육개월간 매일같이 콩나물만 사서 한번은 콩나물국 끓이고 한번은 콩나물밥 하고 그리고 다음 날 다시 콩나물국을 끓이던 아내에게 '작은 것 다섯장'에 대해 말할 수는 없다고 생각했다. 그런데 뜻밖에도 말을 꺼낸 것은 아내였다.

"학교발전기금에 대해서 들었지? 친정에 부탁해서 오늘 당신 통장으로 부쳤어."

강인호는 그때 운동장 끝에 다다라 있었다. 천연 요새처럼 솟아 있는 절벽 끝에 맞닿은 운동장 아래는 광활한 갯벌이었다. 그 너머에는 바다가 있을 것이다. 썰물이 모두 빠져나간 지금 그에게는 보이지 않지만 사람들이 그렇게 말했으니까 어딘가에 분명히 바다가 있을 것이다. 그는 아내에게 무어라 대꾸하기 전에 숨을 가다듬으며 갯벌을 바라보았다. 갯벌은 거대한 파충류의 껍질처럼 매끈거렸고 미처 다 빠져나가지 못한 바닷물이 고인 웅덩이들은 은박지처럼 반짝였다.

"당신, 그 돈 내야 한다는 거…… 언제 알았어?"

그는 될 수 있는 대로 언성을 높이시 않으려고 애쓰면서 말했다. 그러는 바람에 그의 목소리는 너무 낮아져서 그가 듣기에도 불쾌한 기색이 역력했다.

"당신이 떠나기 전에 이야기하려고 했는데……"

아내의 목소리는 약간 울먹였지만 그는 아침부터 스스로에게 달려드는 자괴감과 싸우느라 몹시 피곤해 있었고, 그래서 아내의 울먹임을 알아채고 싶지 않았다.

"왜 내게 그런 이야기를 하지 않았어? 그런 조건을 알았다면 여기 오지도 않았을 거야."

아내는 잠시 침묵했다. 그는 가슴 한켠이 독한 파스를 붙인 것처럼 화끈거리기 시작했다. 그는 아내와 통화하면서 어떻게든 하늘 아래까지 뻗은 갯벌과 남은 물기 위에서만 반짝이는 은빛 햇살과 갈대 군락지에 반쯤은 마음을 두어보려고 애썼다. 그는 굵은 침을 삼켰다.

"거기 안 가면 어떻게 했을 건데?"

아내의 목소리는 뜻밖에도 침착했다. 아내가 울기라도 했다면, 여자들이 싸우자고 덤빌 때면 잘도 그렇듯 한 옥타브 높은 목소리로 소리를 질렀다면, 그 역시 아침에 교장실에서 느낀 그 모멸감을 아내와의 다툼으로 다 폭발시켜버렸을지도 모른다. 그러나 아내의 냉정한 말을 듣고 나자, 그는 온몸에서 힘이 쭉 빠져나가는 것을 느꼈다.

"나 당신에게 불만 없어. 육개월 직업이 없었다 해도 당신 훌륭한 남편이었어. 좋은 아빠였고. 다만, 당신이 가끔 세상일에 대해 도덕 선생처럼 까탈스럽게 구는 거, 그건 좀 힘들었어. 학교발전기금 내는 거, 그게 뭐가 나빠? 만일 우리에게 처음부터 돈이 많다면 일부러라도 장애인학교에 돈을 냈을지 몰라. 그걸 낸다고 해서 뭐가 나쁘지? 그리고 눈 한번 감고 그 돈을 내면

선물은 너무 많아. 요즘 같은 세상에 교사가 된다는 일이 그렇게 쉬울 줄 알았어, 당신?"

눈으로 뜨거운 기가 확 몰려들었다. 그는 갯벌을 향해 서서 햇살에 눈이 부신 것처럼 얼굴을 한껏 찡그리며 아내의 말을 듣고 있었다. 여기서 그가 혹은 그녀가 더이상 입을 벌리면 아마도 구차하고 치졸한 말들이 서로를 할퀼 것은 너무도 뻔했다. 그는 막다른 절벽 끝에 서서 천천히 말했다.

"……미안해. 내가 너무 내 생각만 했어."

그러자 아내가 너무 일찍 항복하는 그의 반응에 멈칫하는 것이 느껴졌고, 잠시 침묵 후에 흐느끼는 소리가 들렸다.

"날 더이상 자존심 상하게 하지 마……"

아내는 훌쩍이며 다시 말했다.

"그리고 내일부터 새미 어린이집 보내기로 했어. 나 취직했어. 무슨 일 할 거냐고 묻지 마. 당신 듣고 나면 왜 그런 일 하느냐고 말할 게 뻔하니까. 몸 파는 거 아니고, 나쁜 짓 아니야."

그는 절벽 아래를 내려다보았다. 그리고 이곳이 죽기에 참 좋은 장소라는 생각을 했다.

17

선생들이 모두 퇴근하고 나서도 강인호는 교무실에 앉아 있었다. 자신이 새로 담임을 맡은 아이들의 학생부를 펼쳐 보고 있었다. 통학생이 둘, 그리고 나머지 열명은 모두 기숙생들이었다.

농아들은 대개 부모 중의 한쪽이 농인인 경우와 부모는 전혀 그렇지 않은데 농아인 경우, 둘로 나누어진다. 전자의 경우는 유전적이라고 할 수 있지만 후자의 경우는 출생 후의 여러가지 질병으로 인해 청신경이나 내이(內耳)가 파괴되어 일어난다. 그는 오늘 울고 있던 소년의 신상명세를 살펴보았다.

이름: 전민수 청각장애 2급

가족사항: 부 지적장애 1급 / 모 청각장애 2급, 지적장애 2급

　　　　　동생 전영수 청각장애 2급, 지적장애 3급

집은 외소도(外小島). 외딴섬이라 방학 때도 거의 집으로 돌아갈 수 없음. 별도의 특별지도가 필요함.

그제야 그는 조금 알 것 같았다. 아이가 죽은 뒤 이렇게 '조용할' 수 있었던 이유를 말이다. 새삼 아까 자신을 바라보던 민수의 절박하고 간절한 눈빛이 떠올랐다. 그는 혹시나 하고 옆자리의 박선생에게 그 아이가 자신에게 수화로 하려던 말을 통역해줄 수 있는지 물어보려 했던 것이다. 설사 아이의 죽음이 그냥 사고였대도, 그걸 살인으로 받아들이고 있는 아이들의 터무니없는 공포는 막아야 했다. 그러나 그가 안 사실은 이 학교 선생 서른다섯명 중에 수화를 할 수 있는 사람이 거의 없다는 것이었다. 그는 하마터면 그러면 대체 아이들을 어떻게 가르치느냐고

질문할 뻔했다. 그러나 이 학교가 주는 어떤 분위기, 혹은 어떤 냄새, 혹은 어떤 고요가 그로 하여금 입을 열 수 없게 만들었다.

그는 다음 장으로 넘어갔다. 어제 과자를 파삭거리던 여자아이의 이름은 유리였다.

이름: 진유리 청각장애 2급, 지적장애 3급의 중복장애
가족사항: 부 청각장애 2급, 지적장애 3급
　　　　　모 행불, 할머니가 실질적 보호자
방학 때 가끔 산골에 있는 집으로 가나 사흘도 안되어 돌아옴. 사람을 보면 무조건 따르고 식탐이 있음. 기숙사 생활에 특별지도 필요.

그는 안개 속에서 과자를 파삭거리며 나타났던 소녀의 모습을 떠올렸다. 마르고 키가 작은 소녀. 그가 말을 걸자마자 이상한 비명을 지르며 달아나던, 그로 하여금 안개 속의 자애학원을 그 비명 소리로 기억하게 한 소녀.

그는 다음 장을 펼쳤다. 오늘 그의 반에서 '어제 애 동생 죽었어요.'라고 종이에 써서 보여준 아이의 이름은 김연두였다.

이름: 김연두 청각장애 2급
가족사항: 부모 모두 정상인
비교적 윤택하게 살았으나 최근 사업 실패와 부의 숙환으로 중1 때

부터 기숙사 입소. 비교적 영특함. 동정심이 많아 동급생들을 잘 돌보아줌. 특히 가장 지진아인 진유리와 친하게 지냄.

아이들의 삶은 생각보다 훨씬 열악했다. 그저 장애가 있군, 하고 짐작하던 것과는 달랐다. 그들은 세상을 살아갈 능력 중 가장 중요한 것이 결핍된 채 세상에 던져졌고 게다가 대개 가정적 불우마저 겹쳐 있었다. 발톱 없이 태어난 사자, 다리 없이 태어난 사슴, 귀먹어 태어난 토끼, 팔 잘린 원숭이……

강인호는 세상을 살면서 자신이 운이 좋거나 행복하다거나 많은 재능을 가지고 태어났다는 생각은 하지 않았다. 그런데 오늘 이곳에 부임해 아이들의 처지를 곰곰 들여다보려니까 가슴속으로 이제까지 한번도 느껴보지 못한 이상한 감정이 차올랐다. 아내와 '작은 것 다섯장'을 두고 절벽처럼 막막해하던 직후라 감사하고 행복하다고까지 말할 수는 없겠지만 적어도 이 이상은 스스로를 비참하게 만들지 말아야겠다는 각오 같은 것이 생겼다고나 할까. 그는 휴대폰을 꺼내 아내에게 문자를 보냈다.

새미랑 저녁 맛있는 거 먹어. 늘 미안하고 또 사랑해.

그는 책상을 대충 정리하고 자리에서 일어섰다. 화해의 문자를 보내길 잘한 것 같았다. 아까 그와의 통화로 마음을 끓이고 있을 아내가 딸 새미와 정말 맛있고 따뜻한 저녁을 먹기를 바라는 심정이 되었다. 이제 월말이면 꼬박꼬박 월급을 받아 적금을 붓고 어서 세 식구가 따스한 식탁 등 아래 모여 식사를 하고 싶었다.

18

복도는 벌써 어둑했다. 해가 많이 짧아져 있었다. 강인호가 그
긴 복도로 나섰을 때 괴성이 들려왔다. 실은 아까 아내에게 문자
를 보낼 때부터 그의 귓가에 희미하게 들려왔는데 막상 고요한
복도로 나오자 소리가 와락 달려들었던 것이다. 그는 현관으로
나가려다 말고 뒤를 돌아보았다. 소리는 화장실 쪽에서 들려오
고 있었다. 아주 순간적이었지만 그는 커다란 빙하 두개가 충돌
하듯 격렬한 갈등을 느꼈다. 이 비명 소리에 개입하는 순간 그의
생은 전혀 엉뚱한 방향으로 흘러갈 것이라는 섬광 같은 예감이
었다. 째깍 째깍 째깍, 그의 마음속에서 우주가 이리, 저리, 다시
이리, 몸을 비틀었다. 하지만 결정을 내린 것은 그의 몸이었다.
자기도 모르게 그는 소리의 진원지를 찾아 뛰고 있었다. 그리고
그가 멈추어 선 곳은 여자 화장실 앞이었다. 쇳소리 같은 비명이
와악! 와악! 튀어나오고 있었다. 그는 여자 화장실이라는 것 때
문에 잠시 망설였지만 곧 문을 밀었다 문은 잠겨 있었다. 그는
문을 두들겼다.

"안에 누구 있어요? 무슨 일이죠?"

그는 문을 두드리며 큰 소리로 외쳤다. 하지만 순간 그는 다시
한번 이곳이 청각장애인학교이고 그리고 화장실 안에 있는 사

람이 정상인이 아니라면 이 소리를 들을 수 없다는 걸 깨달았다. 갑자기 문을 두드리던 손에서 힘이 빠졌다. 아닌게 아니라 기숙사 생활지도교사가 복도 저편으로 걸어가고 있었다. 강인호가 문을 두드리는 소리는 그의 귀에도 들리지 않는 것이었다. 계단에서 기숙생 아이들이 걸어내려오는 발소리가 들렸다. 듣는다는 것이 이렇게 엄청난 일일 줄 그는 미처 몰랐다. 청각장애인들은 겉으로만 봐서는 전혀 장애인의 특징을 가지고 있지 않기 때문에 그조차도 그들이 장애를 가졌다는 사실을 순간적으로 잊어버리고 만 것이었다. 이 순간, 이 커다란 교사 전체에서 비명 소리를 들을 수 있는 사람이 자신뿐이라는 생각이 들자 그는 혼자만 영계(靈界)를 보고 있는 것처럼 다시 한번 섬뜩해졌다.

잠시 후, 비명 소리는 멎었다. 그는 그 옆의 남자 화장실 문을 밀어보았다. 혹시 방과 후에 모든 화장실의 문을 잠그는 것이 이 학교의 규칙인가 싶어서였다. 문은 쉽게 열렸다. 그렇다면 여자 화장실의 문은 누가 잠근 것이 틀림없었다.

그는 두어번 크게 숨을 내쉴 만큼의 시간을 더 기다려보다가 더이상 아무 소리도 들리지 않자 현관 밖으로 나섰다. 여학생 하나가 잠시 배가 아파 그랬을 수도 있겠지. 그는 찜찜한 느낌을 떨치며 자신을 달랬다. 여기 아이들은 제 소리를 듣지 못하니까 터무니없이 큰 소리를 질렀을 수도 있다. 비명이 아니라 말이다.

그의 얼굴로 습한 공기가 부딪쳐왔다. 바닷가여서 그런가보다 생각했는데 해가 지고 난 서늘하고 어둑한 바다 위에서 다시 안개가 밀려왔다. 어제처럼 지독하지는 않았지만 안개는 안개였다.

그는 주차장으로 걸어가며 담배를 물었다. 자신도 모르게 라이터를 켠 손이 떨리고 있었다. 하지만 다시 의혹이 밀려왔다. 왜? 대체 누가? 잠긴 문 안에서 무슨 일이 일어나고 있었던 것일까? 그는 담배연기를 엷은 안개 속으로 내뿜으며 가슴 한켠을 눌렀다.

주차장에는 차가 몇대 남아 있지 않았다. 어제의 그 청색 차가 보였다. 문득 뒤를 돌아보니 행정실의 불이 켜져 있었다. 컴퓨터실과 교장실의 불도 켜져 있었다. 그는 자신의 차에 올라탔다. 시동을 거는데 키가 작은 곱슬머리의 남자가 긴 생머리의 여자를 데리고 학교 쪽을 향해 걸어오는 것이 보였다. 남자는 그가 아침에 소개받은 바에 따르면 박보현이라는 기숙사 생활지도교사였다. 십여명 되는 기숙사 생활지도교사 대부분이 그렇듯이 그 역시 청각장애인이었다. 곱슬머리에 두툼한 눈두덩과 쥐처럼 반짝이는 눈동자가 몹시 불쾌한 인상을 주는 자여서 그의 이름을 기억하고 있었던 것이다. 남자와 함께 걸어가는 여자 역시 청각장애인인지 수화를 하는 모습이 눈에 들어왔다. 그는 수위실 쪽으로 내려가다가 차를 멈추었다. 그의 차가 다가와 서는 것을 보자 수위가 자리에서 일어나 밖으로 나왔다.

"수고하십니다."

그는 될 수 있는 대로 평상심을 유지하며 인사를 건넸다.

"예, 선생님."

수위는 곰보 자국이 엷은, 얼굴이 넙적한 사내였다.

"저기, 일층 여자 화장실에서 누가 소리를 지르는 것 같던데, 혹시나 해서요. 한번 봐주시면 어떨까 하고."

그가 운전석 창을 내린 채로 말했다. 그러자 수위가 잠시 의아한 표정을 짓더니 빙그레 웃었다. 생각 탓이었을까, 비웃음 같았다. 수위실의 불빛을 등지고 선 그의 검은 실루엣 위로 엷은 안개가 내리고 있었다.

"아하, 애들이 그냥 심심하면 비명을 지르고 놉니다. 자기네들 귀에는 그 소리가 안 들리니까요. 선생님은 아무 걱정 마시고 운전이나 조심하십시오. 안개가 내리네요. 초저녁부터 이러면 지독해집니다."

말끝에 수위는 빙그레 웃었다. 말투 자체는 공손했으나 강인호의 귀에는 '신경 쓰지 말고 어서 꺼져, 인마.'처럼 들렸다. 그는 어제 무진에 도착한 이래로 밀려드는 이 비이성적인 불쾌감 때문에 머리가 지끈거렸다.

19

막상 운전을 하고 나오면서 살펴보니 학교와 마을은 꽤 떨어져 있었다. 자동차로 오분 정도의 거리를 두고 학교와 마을 사이에는 야생 갈대 군락지가 펼쳐져 있었다. 그는 싸이드미러를 통해 안개와 어둠속에서 제 윤곽을 지우고 있는 자애학원을 더듬었다. 군데군데 밝혀진 기숙사 창의 불빛이 안개 속에서 뿌옇게 흐려지고 있었다. 자애학원은 고립된 하나의 거대한 성채 같았다. 그리고 무진의 명물인 안개는 두꺼운 셔터처럼 모든 시선으로부터 학교를 차단할 것이었다. 이렇게 안개가 내리면 그 안에서 무슨 일이 벌어진다 한들 외부에서는 전혀 알 길이 없을 터였다.

안개 속에서 희미한 헤드라이트 빛 속으로 누군가의 형체가 들어섰다. 그는 속도를 줄였다. 진유리였다. 유리는 그의 차를 보자 걸음을 멈추었는데 손에는 여전히 과자가 들려 있었다. 그가 창을 내리자 유리가 그를 바라보았는데, 그때 그애의 입에 남은 마지막 과자가 파삭, 하고 부서졌다.

아이들이 이렇게 어둑한 때에, 더구나 안개까지 내리는데 마음대로 기숙사 밖을 나다니는 것은 위험해 보였다. 게다가 이 아이는 지적장애 3급, 유치원생 정도의 인지능력을 지닌 중복장애아였다. 보통 볼 수 있는 다른 소녀들에 비하면 체구가 작은 편인데도 그애의 성숙한 가슴이 새삼 그의 눈에 들어왔다. 유리는 그를 알아보고 살짝 미소를 지었다. 어제 그를 보고 공포를 느끼며 비명을 지르던 것과는 달리 유리의 눈빛은 맑고 천진했다. 그는 유리에게 미소를 지어 보이며 어서 들어가라는 손짓을 했다. 유리는 부끄러운 듯 몸을 외로 꼬더니 학교를 향해 뛰어갔다.

그는 차를 멈춰 선 채로 유리가 학교 안으로 들어갈 때까지 그

길에 있었다. 어차피 마을 입구에서 자애학원을 향해 난 길이었으므로 오가는 차는 한대도 없었다. 그는 유리가 안개 너머 희미한 교문 안으로 들어서는 것을 보고서야 차를 출발시켰다. 그사이 아내에게서 문자메시지가 와 있었다.

우리 열심히 살자. 나도 잘 참을게. 나도 미안하고 사랑해.

아내의 메시지를 확인하고 나자 그는 갑자기 신실한 교도라도 된 것처럼 누군가를 향해 기도를 드리고 싶어졌다. 지켜달라고 말하고 싶었다. 그를, 아내를, 그의 하나뿐인 딸 새미를, 동생을 잃은 민수를, 저기 부서질 듯 위태롭게 달려가는 천진한 유리를, 그리고 무진에서의 이 체류를.

20

그날밤 그 안개 속에서 수위는 텔레비전 가요 프로그램을 틀어놓은 채 졸고 있었다. 단발머리의 소녀가 안개를 더듬어 교문을 나서고 있었다. 맨손인 채였고 실내복 차림이었다. 교문을 통과하자 소녀는 뛰기 시작했다. 습한 안개 때문에 소녀의 호흡은 힘겨웠고 그래서 교문에서 이 킬로미터 떨어진 버스정류장에 다다랐을 때 소녀는 허리를 구부리고 가쁜 숨을 뱉었다. 버스정류장에는 낡은 검은색 양복의 남자가 기다리고 있었다. 그는 초조한 얼굴로 연방 시계를 들여다보고 있다가 소녀를 자신의 차에 태웠다. 차가 무진 시내 쪽으로 출발했다. 연극의 한 막이 끝나고 커튼이 쳐지는 것처럼 안개가 그들의 모습을 가렸다.

21

　다음 날 아침, 강인호는 쇼핑백을 들고 행정실 문을 노크하면서 마지막으로 한번만 이 배반을, 타협을, 무책임을 긍정하자고 마음먹었다. 그렇다고 그가 서른네해를 살면서 하늘을 우러러 한점 부끄럼이 없었다고 생각하는 뻔뻔함을 가진 사람은 아니었다. 아내 몰래 술집 여자와 잠자리도 몇번 가졌고 사업하는 동안 소득도 조금 누락시켰다. 출세해서 고급 외제차를 타고 거들먹거리며 나타난 동창 놈이 빠른 시일 내에 폭삭 망하기를 바라기도 했고, 의외로 미인인 친구의 아내에게 이상한 욕정을 느껴보기도 했다. 그러나 이렇게 노골적인 협잡에 응해본 적은 없는 것 같았다. 이렇게 구차하게 자신을 달래가며 출근을 해본 적도 처음이었다. 그러나 그는 다시 한번 아내의 말을 떠올렸다. 그가 부자였다면, 부모를 잘 만나 거대한 땅이라도 물려받았더라면 청각장애아들을 위해 이 액수의 열배쯤을 기부했을 수도 있다고 말이다.

　행정실 문을 열자 뜻밖에도 어제 그와 교장실에서 마주쳤던 무진경찰서의 장경사가 와 있었다. 행정실장과 장경사는 무슨 심각한 이야기 중이었는지 얼른 헛웃음을 지으면서 아무 일 없다는 것을 강조하기 위해서인 듯 별로 시원해 보이지도 않는 기침까지 해댔다. 얼굴을 편 장경사와는 달리 긴장으로 팍팍해져 있던 행정실장 이강복의 시선이 빠르게 그의 쇼핑백을 훑어내렸다.

"아, 강선생…… 그거 거기 놓고 나가지."

그때 왜였을까, 장경사와 강인호의 눈이 마주쳤다. 눈길은 허공에서 강렬하게 부딪쳤다. 그는 정체를 알 수 없는 기습적인 공격성을 그 눈길에서 감지했다. 장경사는 노련하게 웃으며 말을 걸었다.

"자주 뵙습니다. 안개가 많이 걷혔죠. 어젯밤 같아서는 겁이 나더니 말입니다. 서울서 새로 오셨다고 들었습니다. 안개 때문에 당황스러우셨겠어요. 지구온난화 때문인지 요즘 들어 더 지독해지는군요. 안개가 말입니다."

필요 이상의 관심이 느껴지는 말투였다. 아마도 그가 들고 온 은행 로고가 선명한 쇼핑백에 든 것이 돈임을 알아차렸기 때문인지도 모른다.

"아, 예."

강인호는 그들이 마주 앉은 곁으로 걸어가 행정실장 이강복의 책상에 돈이 든 쇼핑백을 내려놓았다. 명색이 경찰이라는 사람 앞에서 범죄를 저지르는 것 같은 불쾌한 긴장이 그의 동작을 딱딱하게 만들었다.

"서울 분이라 잘 모르시겠습니다만, 무진은 좀, 뭐랄까 특별한 데가 있습니다. 서울 사람들을 좋아는 하지만, 뭐랄까요……

서울이라는 곳에 대해 좀 그런 마음이 있죠. 서울로 간 놈들은 오랜만에 고향에 오면 그저 불만투성이거든요. 여긴 왜 그러냐, 이건 또 왜 이러냐 그런단 말입니다. 그러면서도 세금은 서울에 내고 집도 서울에 사고, 기껏 해야 와서 땅 투기를 하는 게 전부지요. 물론 이게 강선생 이야기는 절대 아니지만 말이에요."

장경사의 말이 길어지는 바람에 강인호는 그들 앞에 엉거주춤하게 서 있어야 했다. 그렇다고 앉으라는 말도 없어서 적당히 웃으며 나가려고 하는데 장경사가 다시 말을 뱉었다.

"언제 한잔합시다. 여기 무진은 먹고 마시고 생각 없이 놀기에는 아주 그만인 도시니까요."

22

반에 들어가 인원을 점검하는데 연두가 보이지 않았다. 기숙사에 있는 아이들의 경우 몸이 아플 때는 미리 통지해주는 걸로 알고 있는데 아침에 기숙사 생활지도교사들과의 조회에서도 아무 말도 듣지 못했던 것이다. 그는 연두의 자리로 가서 아이들에게 연두는 어디에 갔는지 물었다. 모두들 모른다는 손짓을 하며 눈만 깜빡일 뿐이었다. 그는 칠판에 아침 조례 사항을 간단히 필기해주고 나서 교무실로 돌아왔다.

옆자리의 박선생이 중3 남자아이 하나를 세워놓고 뺨을 때리고 있었다. 손길은 무지막지했고 교무실에 앉은 누구도 그 광경을 모른 척하고 있었다. 아이는 이미 많이 맞았는지 뺨이 멍게처럼 벌겋게 되어 있었다. 강인호가 자리에 앉으려는 순간 아이가 휘청하며 그와 부딪쳤다. 그는 아이를 잡아채는 척하면서 슬쩍 자신의 옆으로 세웠다. 박선생의 손길에서 조금은 벗어날 수 있는 자리였다. 박선생이 그의 시선을 의식했는지 두 손을 탁탁 털었다.

"어디서 대가리에 피도 안 마른 것들이…… 학교 내에서 지랄이야. 너 한번만 더 걸리면 죽여버린다."

아이는 청각장애인이었다. 대체 이 아이는 자신이 무엇을 지적받고 있는지 알기나 할까? 중3인데도 아이의 키는 작았다. 그 또래들이 흔히 가질 법한 반항적인 느낌도 없었다. 벌겋게 부풀어오른 얼굴을 숙이고 눈물을 뚝뚝 떨어뜨리고 있었다.

"어서 꺼져!"

박선생이 아이를 발길로 찼다. 아이는 휘청거리며 교무실을 나갔다. 어색한 침묵이 박선생과 그 사이에 드리워졌다. 아무리 동료지만 왜 그렇게 무지막지하게 아이를 때리느냐고 물을 수는 없었다. 그는 교무부장에게 가서 연두의 결석 이유를 물었다. 교무부장은 깜빡했다는 표정을 짓더니 말했다.

"어젯밤에 기숙사를 무단이탈했다가 돌아왔어요. 지금 학생부장님이 면담 중인 걸로 알고 있어요. 면담 끝나고 이따가 교실로 갈 거예요, 아마."

"저, 그애 지금 어디 있는지요? 제가 혹시 도움이 될 만한 일이라도……"

교무부장은 아무 생각 없이 대답했다.

"컴퓨터실에 있을 거예요."

면담실도 학생지도실도 아니고 컴퓨터실이라는 것이 이상했지만 그는 일교시 수업이 없었으므로 컴퓨터실을 찾아 이층으로 올라갔다. 계단을 올라 이층 모퉁이를 돌아가려는데 컴퓨터실에서 장경사가 행정실장과 함께 나오고 있었다. 둘은 고개를 숙이고 음모를 꾸미는 것처럼 낮게 속삭이더니 장경사를 배웅한 행정실장이 먼저 컴퓨터실로 사라졌다. 그는 일단 계단 아래로 몸을 숨겼다. 아까 행정실에서 장경사가 그를 지나치게 의식하던 것이 마음에 걸렸다. 그는 계단참으로 내려와 얼른 휴대폰을 빼들고 누군가와 통화하는 것처럼 창밖을 바라보며 말했다.

"그래, 나야. 응, 그래. 나 무진에 왔어. 응. 여기 학교? 그렇지 뭐."

그의 등 뒤로 장경사가 지나가는 기척이 들렸다. 발걸음은 잠시 그의 뒤에서 멈추었다. 범죄의 현장을 들키기라도 한 것처럼 그의 뒤통수는 따끔거렸고 등으로 차가운 기운이 휘익 하고 지나갔다. 잠시 멈추었던 장경사의 발소리가 빠르게 내려가고 있었다. 그는 얼어붙은 듯 그 자리에 선 채로 생각했다. 영특한 연두, 기숙사 무단이탈, 그리고 장경사와 행정실장. 왜 아이를 담임인 자신을 빼놓은 채로 하필이면 컴퓨터실로 데려갔는지 참 이상했다. 이층 복도는 조용했다. 그는 컴퓨터실 가까이 다가갔다. 교실과 좀 떨어진 컴퓨터실에서 고함 소리가 새어나왔다.

23

"누가 시켰어? 엉?"

침묵.

"누가 너한테 그런 짓 하라고 했어? 누가 차 태워줬어? 누구야?"

침묵.

"빨리 이야기하지 않으면 경찰서에 잡혀갈 거라고 해!"

그리고 이어 소녀의 비명 소리가 들렸다. 강인호는 문손잡이를 잡았다. 금속의 차가운 감촉이 손에서 등골로 전해졌다. 어제 여자 화장실의 손잡이처럼 단단히 잠겨 있을지도 모른다는 막연한, 기대인지 공포인지 모를 것이 그를 휩쌌다. 뜻밖에도 손잡이는 매끄럽게 돌아갔다. 그러자 이번에는 매끄럽게 돌아가는 손잡이가 오히려 두려웠다. 우연히 내디딘 발걸음이 늪으로 주르륵 빠지는 것을 두 눈 뜨고 바라보아야 하는 듯 비현실적인 공포였다. 그는 될 수 있는 대로 조용히 문을 열려고 노력했다. 컴퓨터실은 컴퓨터가 놓인 책상마다 높은 칸막이가 쳐져 있어서 아무것도 보이지 않았다. 그러나 학교는 지나치게 조용했고 그래서 손잡이 돌리는 소리가 크게 들렸는지 누군가의 새된 목소리가 울렸다.

"누구야!"

"아, 예, 저희 아이가 여기……"

강인호는 당황스러운 목소리로 대답하면서 소리가 나는 쪽으로 다가갔다. 짐작대로 거기에 연두가 있었다. 그리고 연두 옆에는 학생부장이 아니라 행정실장과 또 한 여자가 앉아 있었다. 그로서는 처음 보는 얼굴이었는데 여자 기숙사 생활지도교사인 듯했다. 그녀는 행정실장의 말을 연두에게 수화로 통역하고 있었다.

"저기, 저희 아이가 결석을 했는데, 여기 있다고…… 교무부장 선생님께서 가르쳐주시기에……"

어디까지나 아직은 상황을 잘 모르니 섣불리 이렇게 끼어드는 것을 양해해달라는 듯 그는 될 수 있는 대로 어눌하게 말했다. 교무부장이 가르쳐주었다는 말을 강조하기도 했다. 당연한 개입에 이렇듯 죄의식을 느끼게 하는 상황이 어이가 없었지만 그는 충분히 비굴함을 보여주려고 애썼다. 어쨌든 행정실장은 이 학교 교장의 동생이고 설립자의 아들이며 실세였다. 그의 심기를 거슬러서 좋을 일은 없었다. 이 학교에 부임한 지 겨우 하루가 지났을 뿐인데 벌써 그는 자동적으로 그렇게 반응하고 있었다.

"저희 아이? 당신 뭐야! 여기서 나가 당장!"

순간 연두가 강인호를 올려다보았다. 머리를 얻어맞았는지 헝클어진 머리칼이 흘러내린 연두의 얼굴은 해쓱했고 공포에 질린 듯했다. 그와 눈이 마주치자 아주 잠시였지만 공포에 젖어 있던 연두의 눈이 반짝하고 빛났다. 검은 바다에서 일순간 솟아오른 푸른빛 구조 신호 같았다. 그러나 그 빛은 행정실장의 호통 앞에서 그가 머뭇거리는 것을 보자 희미하게 꺼져갔다.

"저희 아이가 무얼 잘못했는지 모르지만, 제가 담임으로서……"

그는 연두의 눈에서 사라진 푸른 구조 신호를 의식하며 의도적으로 천천히 말했다.

"허락 없이 기숙사를, 그것도 밤에 이탈한 것은 용서할 수 없는 일이에요. 더구나 다 큰 여자아이가 말이지요."

여자가 싸늘한 눈빛으로 강인호를 바라보며 말했다. 늘씬한 체구의 여자는 머리를 포니테일로 묶고 있었는데, 말투에 금속성의 차가움이 배어 있었다. 진한 화장 탓인지 몹시 사나워 보였다.

"그건 그렇습니다만, 우선 아이를 수업에 참석하게 하고 이따가 방과 후에 주의를 주셔도……"

"참 나, 어디서 이런 씹새가 굴러왔어? 너 지금 누구 훈계하냐? 경찰서에서까지 나온 거 못 봤어? 지금 학교가 발칵 뒤집혔는데 너 말고도 줄 서 있는 선생들 많아!"

행정실장은 어이가 없다는 듯이 웃음까지 띠며 말했다. 아무리 듣지 못하는 아이 앞에서라고 해도 여긴 학교였다. 기간제 교사라고 해도 선생은 선생이었다. 하지만 행정실장은 조금의 망설임도 없었다. 강인호는 어제 아침 그에게서 느껴지던 야만의 예감을 떠올렸고 이어 갯가의 날비린내 같은 것이 훅, 하고 그를 덮쳤다. 심장에 총알이라도 명중한 것처럼 그는 잠시 휘청했다.

24

그날 오후가 지나고 수업이 다 끝나도록 연두는 반으로 돌아오지 않았다. 아이들의 얼굴 위로 다시 딱딱한 가면의 표정이 어렸다. 어제 첫 부임한 날 오물을 뒤집어쓴 기분이었다면 오늘은 오물 가득한 욕탕에 들어가 머리끝까지 푹 잠긴 기분이었다. 어떻게 이런 대우가 있을 수 있는지, 어떻게 이런 말투와 행위들이 일어나는지 그는 도무지 이해할 수 없었다. 무언가 마음을 단단히 먹지 않으면 총을 맞는 정도가 아니라 자신의 존재 자체가 물젖은 휴지 조각처럼 변기 속으로 빨려들어가버릴 것 같은 불안이 계속되었다.

방과 후에 그는 먼저 자애학원 홈페이지에 들어가 연두의 기숙사 생활지도교사를 검색했다. 여덟명의 생활지도교사 중의 한명인 포니테일의 여성은 스물다섯살, 이름은 윤자애였다. 자애학원과 어떤 관계인지는 모르지만 자애라는 이름 때문에 그는 그녀의 프로필을 한번 더 눈여겨보았다.

교실 청소도 끝나 아이들이 돌아간 뒤, 그는 기숙사로 연두를 찾아나섰다. 여자아이들의 기숙사는 자애원 삼층에 있었다. 그는 자애학원과 자애원을 연결하는 긴 복도를 지나 연두의 방을 찾았다. 중학교 1, 2, 3학년 여자아이들 여섯명이 쓰는 방이었다. 이층침대가 세개, 창가에는 커다란 책상이 놓여 있었다. 창밖으로는 멀리 검은 갯벌이 거대한 파충류의 등처럼 구부정하니 펼쳐져 있었고, 창가의 흰 레이스 커튼이 열린 창에서 들어오는 바람에 조금씩 나부끼고 있었다. 청소 상태는 비교적 양호했고 가구도 그리 낡은 것들이 아니었다. 그가 여기 오기 전에 들은 대로 시교육청의 표창을 여러해 받은 훌륭한 장애인 복지시설이라는 말이 무색하지 않았다. 만일 그가 이 모든 불안을 모른 채로 이곳을 방문했다면 새삼 이 아이들에 대한 시와 교육청의 배려에 감탄하는 보고서라도 제출했을지 모른다.

그가 들어서는 것을 보자 네명의 아이들이 자리에서 일어났다. 놀란 얼굴들이었다. 유리만 그대로 앉아 있었다. 지적장애 3급, 작은 곰 인형을 안은 유리의 얼굴에는 날것의 공포가 어려 있었다.

—연두는 어디 있니?

그는 수화로 다른 네명의 아이들에게 물었다. 아이들은 대답하지 않았다. 모른다,라기보다 우리는 말할 수 없다,는 표정이었다.

—유리야, 너는 연두와 친구지? 연두는 어디 있니?

유리는 시선을 내리깐 채 곰 인형의 머리를 쓰다듬었다. 낡은 곰 인형은 조금만 더 쓰다듬으면 삭은 실밥이 터져 허연 솜 내장이 다 드러나버릴 듯했다. 유리는 완강하게 그의 시선을 피했다.

자음과 모음을 통해 전달할 수 있는 것은 내용의 십 퍼센트도 안된다는 기초적인 상식이 떠올랐다. 자음과 모음으로 이루어진 언어는 그 말을 할 때의 뉘앙스와 앞뒤 맥락과 화자(話者)의 태도로 그 의미를 온전히 채운다. 처음 메신저를 시작했을 때, 그래서 그는 가끔 온라인상에서 아내와 다툴 뻔하기도 했다. 그것은 싸이버 공간이 몸의 언어와 뉘앙스가 제대로 전달되지 않는 곳이기 때문이다. 아니, 비단 메신저로 대화할 때뿐이 아니었다. 그는 문득 딸 새미를 떠올렸다. 야단을 맞고 난 다음이던가, 다섯살 된 딸은 말했다. "아빠 미워!" 그러나 그 앞뒤의 맥락과 정황과 새미의 몸은 '아빠 미워.'라는 걸 말하고 있지는 않았다. 그것은 '아빠가 나를 못마땅해하니까 슬퍼. 아빠가 나를 더 예뻐했으면 좋겠어. 나는 아빠에게 사랑받고 싶어.'라고 그의 마음속에서 번역되었다. 그것은 쉬운 일이었다. 왜냐하면 그는 딸 새미를 사랑하고 그래서 딸아이의 언어 외적 의미를 금세 받아들일 수 있으니까. 떠오르는 새미의 얼굴 위로 아까 그를 바라보던 연두의 눈빛에서 잠시 명멸하던 푸른빛이 겹쳤다. 서툰 수화로라도 자신의 마음을 전달하려고 애쓰면서 그는 다시 말했다.

　―나는 정말 연두가 걱정된다.

　아이들은 서로를 바라보면서 작은 손짓을 했다. 소리의 언어로 치자면 수군거림 같은 것이었고 그로서는 도저히 알아챌 수 없는 수화였다.

　―말해주렴, 나는 정말 연두를 돕고 싶어. 너희를 위해 뭐든

하고 싶어.

대체, 선생이 되어서 학생들에게 이런 단어를 쓰게 되리라고는 꿈에도 생각해본 적이 없었다.

'너 지금 여기서 쇼하냐? 너 지금 119 구조대원으로 거기 간 거 아니야, 인마.'

무진까지 내려가 특수학교의 선생이 되는 것을 말리던 전 동업자 녀석은 아마도 그렇게 말할지 몰랐다.

"인생에서 궁극적으로 말이야, 누가 누굴 도울 수 있지? 돕는다는 건 결국 돕는 자의 자만심을 채우는 일일 뿐이야. 냅둬, 도와달라고 먼저 말하면 그때 해도 늦지 않아."

불행해진 서유진을 돕고 싶다는 친구 앞에서 그렇게 말한 것은 자신이었다.

"당신 왜 그래? 날 더이상 자존심 상하게 하지 마."

아내의 목소리도 들리는 듯했다. 그리고 아내의 말 앞에 언제나 고개를 숙이던 착하고 늙은 강인호가 마음속에서 말했다.

'솔직히 말해. 너는 서유진에게 말했듯 세상에 좋은 일을 하기 위해서 여기 온 게 아니야. 너는 월급을 받기 위해 왔을 뿐이야. 물론, 월급 받으면서 좋은 일 한다는 건 좋은 일이지. 오케이! 하지만 거기까지라구. 서른네해를 살고도, 그렇게 수없이 패배하고도 아직 그걸 모른다면 너 역시 지적장애 3급 판정을 받을 거야. 그러면 동사무소에서 기본연금은 나오려나. 농담이야. 그러니 이제 적당히 걱정스러운 표정으로 그들에게 물어보고 그리고 돌아서서 적당히 모른 척하며 여길 빠져나가. 그만하면 넌 너의 할 바를 다했어. 대답하지 않은 건 아이들이라구. 어차피 넌 어제 여기 도착했고 아무것도 몰라. 추리영화 찍냐? 인마!'

그리하여 퇴근길에 서유진을 불러내서 소주라도 한잔 마시며 말할지도 모른다.

'선배도 그렇고 나도 그렇고, 우린 그저 이 거대한 사회의 부품이야. 우리 둘쯤 빠져도 세상은 여전히 잘 돌아갈 거야. 그러니 우리 노래방에라도 가서, 다 그런 거지, 뭐 그런 거야, 이따위 노래나 부르자.'

그리고 취한 채로 길을 걸을 것이다. 어쩌면 노래방에서 나와 그녀를 먼저 보내고 사창가 앞을 지나며 사팔뜨기 어린 창녀를 슬며시 찾아볼지도 모른다. 운이 나쁘거나 혹은 좋아서 그 아이가 다시 자신을 잡고 '서울 냄새 나는 아저씨.' 하고 까르르 웃으면 못 이기는 척 그녀를 따라갈지도 모른다. 그걸 바라보던 서유진이 어이가 없는 얼굴로 '강인호! 너 정말 그렇게 살고 싶니?' 하고 물으면, '그렇게 살고 싶진 않았지, 그런데 어쩔 수가 없잖아. 다들 그러니까.' 하고 대답하면 될 것이었다.

그런데 슬며시 일어선 유리가 뜻밖에도 그의 옷자락을 끌어당겼다. 나머지 네 소녀의 얼굴에 어둠속에서 성냥불이 확 켜지듯 동시에 공포의 빛이 어렸다. 그래서 그는 알게 되었다, 유리가, 지적장애 3급인 유리가 그를 정확한 그 공포의 진원지로 이

끌고 있다는 것을. 그것은 그가 바라는 바였지만 또한 그가 전혀
바라지 않는 바이기도 했다.

25

곰 인형을 옆구리에 낀 채로 유리는 어둑해지는 복도를 그보
다 서너발자국 앞서 걸었다. 그가 다가서면 빠르게 달아나다가
그가 멀어지면 뒤돌아서서 기다렸다. 서너발자국을 사이에 두
고 따라오라는 이야기 같았다. 수업을 마친 남학생들이 컴퓨터
를 사용하기 위해 몰려가다가 그를 보고는 가볍게 목례했다. 바
람이 거세지는지 기숙사 창밖 ㄱ자로 마주 보이는 자애학원의
교무실 불빛이 푸르스름한 저녁 빛 속에서 깜박이고 있었다. 창
밖의 나무들이 머리카락을 풀어헤치고 검게 나부끼고 있었다.
그는 홀린 듯 유리를 따라 걸었다.

앞서가는 유리의 발걸음은 놀랍게도 별 소리가 나지 않았다.
유리는 작은 천사처럼 가벼이 복도 위로 날아가는 것 같았다. 어
둑한 복도, 강인호는 자신의 발걸음 소리를 들으며 유리를 따라
한층을 올랐다. 유리가 멈춰 서기 전 그의 귀에 들려온 것은 뜻
밖에도 거칠게 돌아가는 세탁기 소리였다. 어두운 복도 끝에서
유일하게 불이 켜진 세탁실을 그가 알아차리는 것을 보고 유리
는 가볍게 몸을 돌렸다. 유리가 입은 감색 실내복이 복도를 돌아
사라지는 순간, 세탁실 문 안에서 비명 소리가 들려왔다.

그는 세탁실 문을 열었다. 기숙사 아이들이 스스로 세탁을 하는 넓은 작업실 안, 커다란 세탁기 앞에 덩치 큰 상급생 여자아이들 세명이 우르르 몰려서 있었다. 그는 순간 자신의 눈을 의심했다. 여자아이 두명이 양쪽에서 연두의 어깨를 붙잡고 한명은 세탁기 통에 연두의 손을 억지로 집어넣고 있었다. 어차피 안전장치가 되어 있는 세탁기의 탈수 기능은 멈추는 중이었지만 아직도 분명히 통은 빠른 속도로 돌고 있었고 연두는 비명을 질렀다.

"이게 뭐 하는 짓이야!"

강인호는 자기도 모르게 고함을 치고 말았다. 돌아본 사람은 단 하나, 윤자애뿐이었다. 그녀의 찢어진 눈이 그와 마주쳤다. 그녀의 눈은 뜻밖에도 분노로 이글거렸고 얼핏 청승스러워도 보였다.

그가 다가가 연두의 어깨를 잡아채려는 순간 다른 세명의 아이들과 연두가 동시에 돌아보았다. 그는 자신도 모르게 연두를 끌어내 가슴에 안았다. 연두는 뜻밖에도 그의 포옹을 뿌리쳤다. 그러고는 그제야 선생이 자기를 위해 여기 왔다는 것을 알았다는 듯 그의 등 뒤로 몸을 숨겼다. 뚜껑을 열면 자동으로 기능이 정지하는 세탁기의 탈수 소리가 드르르륵 그의 귓바퀴를 할퀴며 지나갔다.

"대체 아이에게 무얼 하고 있는 겁니까?"

그는 유일하게 들을 수 있는 윤자애를 노려보며 말했다. 아까 프로필에서 확인한 스물다섯이라는 그녀의 나이가 그의 목소리를 더욱 노기 띠게 만들었는지 모른다. 그들을 둘러싼 세 여자아이의 얼굴이 형광등 빛 아래서 푸르스름해졌다.

"교육 중입니다."

윤자애가 또박또박한 말투로 대답했다. 지나칠 정도로 또박거리는 말투 때문에 아까부터 쿵쾅대던 그의 가슴이 약간 진정되었다. 그는 등 뒤의 연두를 돌아보며 팔을 살폈다. 연두의 팔은 세탁기 속에 들어갔다 나온 상흔으로 벌겋게 변해 있었다. 다행히 큰 상처는 없는 것 같았다.

—다친 데는 없니? 괜찮은 거야?

연두는 아직 가쁜 숨을 몰아쉬면서도 무언가를 탐색하는 눈으로 그를 뚫어지게 바라보았다.

"이건 린치예요! 학생에게 이런 짓을…… 더구나 당신은 지도 교사 아닙니까? 대한민국에서 이런 걸 교육이라고 하지는 않지요."

그는 일단 연두가 크게 다치지 않은 것을 확인하자 화를 억누르며 윤자애에게 말했다.

"하! 선생이 온 줄 알았는데 변호사가 오셨군."

윤자애가 콧방귀를 뀌며 높은 소리로 웃었다. 그러자 그녀를 둘러싸고 있던 다른 세 여학생이 그녀를 따라 엉거주춤하게 웃었다.

"그래요? 어디, 임시 교사로 변장한 변호사한테 고소 한번 당해볼래요?"

그가 큰 소리로 말했다. 교장 행정실장 동료 교사를 거쳐 이제 이런 스물다섯살짜리 피라미에게까지 모욕을 당하고 있다고 생각하자 그의 어깨는 분노로 인해 부풀듯이 치켜올라갔다. 그러자 뜻밖에도 윤자애의 입가에서 웃음기가 가셨다.

"이건 자애원, 우리 기숙사의 소관입니다. 선생님이 관여하실 일이 아니에요."

윤자애의 말투는 여전히 또박또박했지만 한풀 꺾여 있었다. 그건 그의 합리적 권위에 대한 항복이라기보다 그가 남자이고 또 완력을 쓸 수도 있다는 데 대한 약간의 공포에서 기인한 듯했다. 그는 입술을 앙다물고 그녀를 노려보았다. 생각 같아서는 정말 그녀를 후려치고 싶었다. 여태까지 그가 이곳에 와서 받은 모욕을 다 갚아주듯 실컷 두들겨 팰 수도 있었다. 그녀도 그의 동요를 눈치챈 것 같았다. 일단 여기서는 그 공포를 이용해 빠져나가는 수밖에 없을 것 같아서 그는 눈빛에 더욱 힘을 주며 거칠게 내뱉었다.

"아이를 데리고 가겠어. 아무리 당신이 기숙사 지도교사라 하더라도 이건 폭력배들이나 할 짓이니까. 내 반 아이들에게 한번만 더 이런 짓 했다가는 그때 정말 가만두지 않겠어!"

강인호는 연두의 손을 잡아끌었다. 연두의 손은 얼음장처럼 빳빳해서 그에게조차 저항하고 있는 듯 느껴졌다. 그리고 실제로도 연두는 그에게 잡힌 손을 몹시 불편해하는 듯했다. 그는 복도로 나와 잠시 연두의 손을 놓았다. 그리고 서툰 수화로 말했다.

─규칙 어기지 마. 나는 너를 돕고 싶어.

"그러니 너는 너를 지켜! 너를 지키라구!"

강인호는 마지막 말은 수화로 다 표현할 수가 없어서 고함을 지르는 것으로 대신하고 말았다. 연두의 검은 눈이 더욱 커졌다. 그는 오늘 하루 종일 닦달을 받고 방금 고문을 당한 아이에게 소리치고 있는 자신이 문득 싫어졌다. 만일 말로 할 수 있다면 연두에게 다른 말을 할 것 같았다. 긴 이야기도 할 수 있고 뭔가 애정을 담아 조곤조곤 자신의 마음을 전달할 수도 있을 것이다. 그러나 이건 수화였다. 그는 다시 연두의 손을 잡고 복도를 걸었다. 뒤에서 그들을 따라오는 윤자애와 여학생들의 발소리가 들렸다. 세상에 태어나 이 모든 소리를 이토록 예민하게 의식하며 지낸 시간들이 또 있을까. 겨우 이틀, 그는 피곤했다.

"젠장, 젠장, 듣지 못한다는 게, 말을 알아듣지 못한다는 게, 젠장!"

그는 자신도 모르게 혼자 중얼거리고 있었다. 다시 그에게 손을 잡힌 연두는 불편한지 손가락을 꼼지락거렸다. 그의 입에서 한숨이 새어나왔다. 그는 이제 수화를 하는 것도 포기한 채 혼잣말을 했다.

"어렵게 여기 왔어. 자존심 다 접고 시작한 거야. 내 처지도 별로 좋지 않다구! 그래도 이건 아니야! 그러니 제발 날 좀 믿고, 제발 그냥 순순히 하자는 대로 좀 따라와라, 제발!"

그는 연두가 손을 빼내려고 하는 것이 불쾌했다. 그래서 꼼지

락거리는 연두의 손을 더 꽉 그러쥐려 했다. 그런데 연두의 손은 무언가 형상을 그리고 있었다. 마치 그의 손이 종이라도 되는 듯 연두는 무언가를 그의 손바닥에 쓰려고 하는 것이었다. 뒤에서 그와 연두를 따라오는 여자들의 발걸음 소리가 들리는데, 그는 갑자기 머리카락이 삐죽 솟는 것 같았다.

'ㅇㅣㅇ'

연두의 손가락을 감지하는 그의 손바닥은 암호를 읽어내고 있었다. 숫자 '010'인지 한글의 '잉'인지 알 수 없었다. 그는 입을 다물고 온몸의 신경을 손바닥에 집중시켰다. 그의 손에 긴장이 전달되는 것을 느꼈는지 연두는 천천히, 또박또박 그의 손바닥에 형상을 그렸다. 그러기를 여러번, 그는 드디어 연두의 손가락을 읽어낼 수 있었다.

'010-9987-××××엄마 전화, 면회 부탁'

그는 뒤에서 여전히 그들을 따라오는 발걸음 소리를 들으며 연두를 바라보았다. 연두는 그를 보고 있지 않았다. 뒤에서 따라오는 자들의 눈길을 따돌리는 데 익숙한 표정이었다. 연두는 다시 한번 같은 숫자와 같은 글자를 썼다. 그는 바삐 움직이는 연두의 손가락을 멈추게 하고 그애의 손바닥에 자신의 손가락으로 썼다.

'ㅇㅋ'

애써 앞만 보며 걷고 있는 연두의 눈에 고인 눈물이 그제야 투두둑, 흘러내렸다.

연두가 가르쳐준 번호를 외우기 위해 그는 말을 할 수도, 다른 생각을 할 수도 없었고 심지어 숨을 크게 쉬지도 못했다. 연두는 영특한 아이였다. 그 영특한 아이가 자신을 믿어주었다는 것이, 제자가 선생을 믿는 당연한 일이 그는 이렇게 기쁠 줄 몰랐다. 하지만 술과 담배와 체념에 젖어버린 그의 머리는 가까운 친구들의 전화번호와 아내의 생일과 결혼기념일과 딸아이의 생일까지도 자주 잊어버리곤 했다. 겨우 연두를 기숙사로 데려다준 그는 숨이 턱에 차도록 복도를 달려 교무실로 들어갔고, 엎어지듯 펜을 들어 그 번호를 책상 위의 종이 한 귀퉁이에 적었다. 만일 그가 좀더 젊고, 그의 머리가 술과 담배와 세상의 타락에 덜 지쳐 있었더라면, 그래서 어떤 젊은 날처럼, 아마도 명희의 집 전화번호를 듣는 순간 외워버리던 그날처럼 기억력이 좋았더라면 그에게 아마도 망설일 시간이 좀 있었을 것이다. 그러나 그는 망설일 수가 없었다. 그는 메모한 부분을 찢어가지고 차에 올랐다. 담배 한대 피우지 않은 채였다. 창문이 닫힌 것을 확인하고 그는 전화를 걸었다. 신호가 아주 여러번 울린 뒤에 지친 중년 여자의 음성이 들려왔다.

"연두 어머니 되십니까? 저는 자애학교, 연두의 새로운 담임 강인호입니다."

그것이 이 기나긴 사건의 시작이었다.

26

"아, 선생님, 제가 그러잖아도 찾아뵈야 하는데, 죄송합니다. 모레가 아이 아빠 수술이라 제가 서울의 큰 병원에 와 있어서…… 죄송합니다."

연두 어머니는 선하게 살아온 사람이 그렇듯 세상에 늘 죄송하다는 어투로 말했다.

"아, 예…… 모레가 수술이시라구요?"

운전대를 만지작거리던 강인호의 손가락에서 힘이 탁, 빠져나갔다.

"암이라는데, 일단 개복을 해봐야 안다구 해서 거기 무진의 가게도 다 닫고…… 제가 정신이 하나도 없네요. 연두는 잘 있지요?"

"아, 그럼요, 잘 있습니다. 걱정이 많으시겠습니다."

"아이만 맡겨놓고 해드리는 것도 없어서 죄송해요. 걔가 여덟 살에 귀가 먹었는데 돈이 없어서 고쳐보지도 못하고, 저희는 하늘이 무너져갖고 있는데 어찌나 나라하고 학교에서 잘해주시는지. 돈 한푼도 안 받고 애들 그렇게 맡아주시고 가르쳐주시고, 그러니 저희는 고마울밖에요. 재작년에 애 아빠가 성할 때만 해도 돼지를 두마리 잡아서 선생님들 잡숫게 해드렸는데, 올해는 정말 죄송합니다, 선생님."

그는 연두 어머니의 말을 들으며 어두워진 교정을 바라보았다. 바람은 더욱 거세져서 중앙 현관 앞의 동백나무 가지까지 후들거리고 있었다. 이렇게 바람이 불면 적어도 안개는 없다. 오히려 바람 때문인지 대기는 투명했다. 검은 하늘 여기저기서 별들이 소름처럼 오소소 돋아나는 것이 보였다.

옛 시의 '인간도처 유청산(人間到處 有靑山)'이라는 구절을 좋아하던 시절이 있었다. 학교 앞 길거리에서 술집을 찾아 이리저리 기웃거리며 인간도처 유청주(有淸酒), 인간도처 유소주(有燒酒)로 바꾸어 부르며 말장난하던 친구들도 있었다. 그때 젊은 강인호의 눈에 세상은 지금보다 훨씬 더 불우하고 불의했지만 그 불우와 불의는 적어도 그를 비참하게 만드는 종류의 것은 아니었다. 그것은 액자 속의 그림처럼 선명하고 추상적이었으며 고전의 문구들처럼 논쟁적이었다. 적어도 강 이쪽에 서서 에잇, 퉤, 하고 침을 뱉을 수 있는 거리가 허용되었다. 거기에 제 밥그릇이 걸려 있지는 않았으니까. 그런데 이제 이 무진에서, 체류 겨우 사흘 만에, 그는 인간도처 유청승이라는 생각을 하고 있었다. 그것이 언제 인간도처 유비참(有悲慘)으로 바뀔지 알 수 없었다. 아니 인간도처 유짐승이든가.

"연두가 말입니다, 어머니. 어머니를 보고 싶어합니다. 저보고 전화를 좀 해달라고 하더군요. 뭐 다른 일은 아니구요. 아무래도 사춘기니까요. 예민하니까요. 그맘때는 누구나 다……"

그는 말을 다 마칠 수가 없었다. 끝내 그를 보지 않고 애써 앞만 바라보던 연두의 눈에서 떨어지던 굵은 눈물이 떠올랐다. 예민한 아이들, 들을 수 없는 아이들을, 사춘기 소녀를 가두고 때리고 고문한다…… 갑자기 그는 정신이 번쩍 들었다. 길을 가다가 난데없이 연거푸 따귀를 맞고 내가 따귀를 맞을 만큼 잘못한 이유를 조목조목 들은 뒤, 어찌 됐든 사과를 하고 돌아와 곰곰이 생각하니 처음부터 모든 것이 터무니없었다는 것을 깨달은 느낌이라고나 할까.

그때 그의 차 뒤에서 외제차 한대가 후진을 했다. 같은 청색 차였지만 행정실장의 것과는 약간 형태가 달랐다. 그는 룸미러를 통해 교장의 차를 주시했다. 교장은 손수 운전을 하고 있었는데 그 옆자리에 탄 사람은 뜻밖에도 윤자애였다. 그녀는 운전석 쪽으로 몸을 기울이고 교장에게 열심히 무언가를 설명하고 있었다. 그는 그녀의 몸짓에서 아까는 볼 수 없던 교태를 느꼈다. 그는 시동을 걸지 않고 교장의 차가 완전히 시야를 벗어날 때까지 거기 어둠속에 그대로 앉아 있었다.

27

뜻밖에두 연두의 어머니는 다음 날 이침 그회기 시각되기 진 학교에 나타났다. 수위실에서 먼저 연락이 왔다. 연두에게 어머니가 오실 수 없다는 걸 어떻게 전하나 싶어 마음이 좋지 않던 강인호는 수위의 전화를 받고는 잠시 책상 위를 손가락으로 톡톡 두드리며 생각에 잠겼다. 그러다가 벌떡 일어나 교사 밖으로 나갔다. 교무실로 연두 어머니를 들이면 좋지 않을 것 같은 직감 때문이었다. 멀리서 한 여인이 이쪽을 향해 걸어오고 있었다. 그는 성큼성큼 걸어 여인에게 다가갔다. 여인은 대한민국의 중년 여성이 가질 수 있는 모든 표정을 모아놓은 모습이었다. 키가 좀 작고 뚱뚱하고 낯빛은 칙칙하고 삶에 여러번 따귀를 맞은 듯한 표정을 하고 있었다. 그러나 약간 두툼한 눈두덩 아래의 맑은 눈 동자와 야무진 입매는 얼핏 연두의 귀염성 있는 얼굴을 연상시 켰다.

"연두 어머니 되시죠? 제가 전화드렸던 연두 담임 강인호입 니다."

생각에 잠긴 듯 부지런히 걸어오던 연두 어머니는 깜짝 놀라 그를 바라보았다.

"아유, 선생님께서 어떻게 여기까지 나오시나요?"

"어떻게, 아버님 수술은요?"

"그게, 날짜를 다 받아놨는데, 마지막 검사에서 간 수친가 뭔 가가 떨어지지를 않는다고 어젯밤에 최종적으로 연기되었어요. 한달 있다가 다시 입원하라고 해서 제가 여기서 연두를 보고 다 시 올라가서 낼이나 모레 퇴원을 해야 해요. 안 그래도 요즘 꿈 자리가 뒤숭숭하고…… 더구나 연두가 몸은 저리 성하지 않아 도 엄마를 정말 깊이 생각해주는 아인데, 아빠 수술 앞둔 거 뻔 히 알면서 한번 와달라고 했다면 보통 일이 아닌 것 같은 게 왠 지 맘이 불안하고…… 선생님, 연두가 어디 아픈가요? 그애를 지금 잠깐이라도 볼 수 있나요?"

강인호는 연두 어머니를 데리고 잎이 무성한 동백나무 뒤로 돌아갔다. 교무실이나 행정실에서 봤을 때 그쪽이 잘 보이지 않을 장소였다. 그는 일단 그들이 자신을 관찰할 수 없다는 것을 확인하고 낮은 목소리로 말했다.

"일단 면회 신청을 하시고 필요하면 외박 신청도 하십시오. 제가 전화했다는 이야기는 하지 마시고 집안에 일이 있다고 하세요. 아니면 아버님 수술 핑계를 대서도 됩니다. 그리고 연두를 안심시키고 왜 그런지를 물어보십시오. 연두와 대화는……"

"제가 수화를 해요. 그애가 귀머거리가 될 수밖에 없다는 것을 알고…… 배웠거든요."

연두 어머니는 그애가 귀머거리가 될 수밖에 없다는 것을 알고, 하는 말을 마치고 한참을 망설이다가 덧붙였다. 장애를 가진 아이들의 부모가 겪는 첫번째이자 가장 어려운 시련이 바로 그 장애를 인정하는 것이라는데 그녀 역시 그 기억이 힘겨웠나보았다.

"저도 이곳에 부임한 지 며칠 되지 않아 잘 모르긴 하지만 연두에게 무슨 일이 있는 것 같습니다."

"무슨 일이란 게……"

연두 어머니의 얼굴에 두려움이 덜컥 어렸다. 이 신산한 삶 위에 종잇장 같은 근심 하나라도 더 얹히면 절벽 아래로 떨어져버릴 것 같은 그런 지친 표정이었다. 그러나 그 지친 표정 아래서 천연의 모성 같은 것이 한줄기 맑은 빛으로 솟아올랐다. 삶이 힘겨운 이 여인이 아이를 위해 아이 나라의 언어인 수화를 배웠다는 것은 놀라운 일이었다. 그것은 아마도 새로운 외국어로 아이와 이야기하는 것만큼 힘든 일일 테니까. 보통 청각장애 청소년들이 그들의 언어인 수화를 배우지 않는 가족들 때문에 심한 단절을 겪고 있다는데 말이다. 그런 생각을 하자 그는 이 어머니의 얼굴에서 비치는 모성의 맑은 빛줄기를 믿어보고 싶었다.

28

오랜만에 가을다운 날씨였다. 창밖으로 보이는 하늘은 청명했다. 며칠 지독한 안개가 무진을 뒤덮더니 날씨도 염치가 있는 모양이었다. 서유진은 사무실에 앉아 퇴근을 준비하면서 마지막으로 그날 처리해야 할 이메일들을 보내고 있었다. 그때 노크 소리가 났다. 네에, 하고 그녀가 대답하고 조금 지난 뒤에도 문은 열리지 않았다. 그녀는 자리에서 일어났다. 그녀가 문으로 다가가는데 키가 작고 뚱뚱한 여인이 안으로 들어섰다.

"어떻게 오셨는지요?"

여인의 눈두덩은 오래도록 운 것처럼 붓고 눈동자는 충혈되어 있었다.

"여기가 무진 인……"

여인은 태어나서 인권이라는 말을 한번도 써보지 않았는지

선뜻 입을 떼지 못하고 있었다.

"네, 인권운동센터입니다. 어떻게 오셨는지요?"

여인은 망설이는 듯 고개를 숙이고 입술을 앙다물었다. 곧 터질 듯한 울음이 그녀의 목 위로 부풀어오르고 있었다. 무언가 사연이 많은 사람 같았다.

"저희가 도울 수 있는 일이라면 도와드릴게요. 이쪽으로 오시죠."

서유진은 여인을 데리고 상담실로 들어갔다. 여인은 계속 망설이는 듯하더니 자리에 앉아 그녀를 바라보았다.

"여자분이 계셔서 정말 다행이에요. 남자분들만 계시면 어떻게 하나, 오면서 내내 걱정했거든요."

서유진은 여인의 말을 들으며 이 여인의 방문이 성(性)에 관련된 일이라는 것을 직감했다. 그녀는 차분한 표정으로 여인의 말을 기다렸다. 여인은 입술을 달싹거리다가 그녀를 바라보았다.

"대체 어떻게 이 말을 해야 하는지…… 누구한테 이 이야기를 해야 하는지."

서유진은 펴놓은 일지를 덮었다.

"저희가 도울 수 있는 일은 도와드릴 테니 편안히 말씀하세요."

그러자 여인이 울기 시작했다. 눈물은 쉴 새 없이 흘러내렸다. 서유진은 티슈통을 가져다 여인 앞에 놓아주었다. 여인은 불안스레 상담실을 두리번거리더니 겨우 입을 열었다.

"문을 좀 닫아주시겠어요?"

29

서유진은 창밖을 바라보며 서 있었다. 이른 저녁이 내리고 거리에는 하나둘 불이 켜지기 시작했다.

"날씨 죽인다. 바닷가 가서 전어에 소주 한잔 하면 죽음이겠다. 서선배, 불도 안 켜고 여기서 뭐 해?"

외근을 나갔던 남자 간사 하나가 문을 열고 들어서며 말했다. 그가 불을 켜자 서유진의 딱딱한 얼굴이 그를 돌아보았다.

"집에 무슨 일 있어요? 얼굴이 왜 그래요, 둘째가 또 아파?"

그녀는 남자 간사를 물끄러미 바라보았다. 무언가 아주 중요한 것이 빠져나간 듯 그녀는 창백하고 멍했다. 잠시 그렇게 서 있다가 그녀가 말했다.

"정간사, 내일 아침 일찍 우리 간사들, 자문위원들 되는대로 다 소집해줘. 그리고 자기는 지금부터 자애학원에 대해서 할 수 있는 모든 조사를 해줘. 오늘 누가 다녀갔는데 심상한 일이 아닌 것 같아. 자애학원 이사장 아들들이 연관된 일이야. 반대쪽은 장애인 아이들이고."

30

늦은 밤 강인호는 라면을 끓여 먹으며 텔레비전 채널을 이리
저리 돌리고 있었다. 먹는다는 행위가 얼마나 번잡스러운지를
새삼 실감하며 보내는 나날이었다. 그는 군대 시절 이래 처음으
로 어머니에 대해, 그리고 인생에서 여자라는 존재에 대해 새삼
제법 진지한 생각을 하는 중이었다. 고맙다는 생각보다 대단하
다는 생각 말이다. 어떻게 그렇게 하루에 세번씩 꼬박꼬박 식구
들의 끼니를 챙겨 먹일 수 있는지 말이다. 그로서는 그나마 낮에
는 자애학원 식당에서 점심을 해결하는 것만도 다행이었다. 그
때 전화벨이 울렸다. 서유진이었다. 어쨌든 그녀는 이 무진에서
그에게 가장 가까운 지인이었고 이곳에 도착한 지 아직 일주일
도 되지 않은 그에게 김치와 밑반찬 같은 것을 챙겨주곤 했다.
그는 그것이 고맙기도 하지만 또 한편으로는 약간 귀찮은 것도
사실이었다. 남자의 입장에서 보면 그녀는 말이 좀 많은 편이었
다. 학교 다닐 때는 별로 그렇지 않았던 것 같은데 여자들이란
원래 나이가 들면 말이 많아지나보다, 그는 단순하게 생각하기
로 했다. 처음 그녀의 다변을 보았을 때 든 생각, 오래 외로웠구
나 하는 느낌 같은 것은 지금 와서 두 사람 모두에게 좋은 게 아
닐 테니까 말이다. 어쨌든 말이 많아진 그녀는 명랑해서 좋기는
한데 이쪽이 피곤한 상황일 때는 그것도 괴로워지고 마는 것이
어서 그는 잠시 망설이다가 전화기를 들었다.

"전화받기 괜찮아?"

그녀의 목소리는 가라앉아 있었다. 평소에 하듯 손위 누이처럼 밥은 먹었어? 김치 더 가져다줄까, 하는 그런 억양이 아니었다.

"늦게 미안한데, 중요한 일이 생겼어. 괜찮으면 내가 좀 들를까? 아니면 나올래?"

그는 습관적으로 주변을 돌아보았다. 벗어놓은 와이셔츠에 양말짝들, 다 마치지 못한 설거짓거리들이 쌓여 있었다.

"집은 좀 그렇고……"

그는 먹던 라면 냄비를 개수대에 대충 내놓고 집을 나섰다. 그녀는 아파트 입구에서 팔짱을 낀 채로 그를 기다리고 있었다. 그가 다가가자 그녀는 "나는 밥을 안 먹었거든, 어디 요기할 수 있는 데로 가자." 하더니 성큼성큼 앞서 걸었다.

감자탕집에 마주 앉았을 때, 그녀는 소주를 시켜 연거푸 세잔을 들이켜더니 그제야 큰 숨을 내쉬고 그를 바라보았다.

"중요한 일이라는 게?"

그가 묻자 그녀가 불쑥 말했다.

"연두, 김연두."

서유진의 입에서 연두라는 이름이 나오자 그는 젓가락으로 감자를 집으려다 말고 그녀를 바라보았다.

"며칠 전에 그애 엄마가 센터로 찾아왔어. 어렵게 입을 여는데, 그게 말이야."

그의 머릿속으로 순간 빠르게 이 무진에서의 체류가 스쳐 지나갔다. 영문은 알 수 없었지만 결국 올 것이 오고야 말았다는 생각이 들었다. 그는 잠자코 감자 한조각을 입에 넣고 우물우물 씹었다.

"며칠 전에 그애가 학교에서 성추행을 당했대. 교장한테 말이야."

그는 그녀를 바라보았다. 이건 너무 뜻밖의 말이었다.

"학교 화장실로 끌려들어가서…… 거의 성폭행 직전까지 간 모양인데…… 내 생각에는……"

그녀는 상대가 남자라는 것이 그제야 마음에 걸린 듯 잠시 입을 다물었다가, 이내 결심한 듯 말을 이었다.

"……실패한 모양이야. 애가 너무 어려서."

마지막 말을 마치면서 그녀는 입술을 깨물었다.

31

살면서 몇번 머릿속으로 번갯불이 내리치는 것 같은 경험을 한 적이 있었다. 아버지가 교통사고로 돌아가셨다는 소식을 들었을 때, 군대에서 처음 이유도 없이 날아드는 상관의 주먹을 속수무책으로 받아들여야 했을 때, 그리고 명희의 자살 소식을 들었을 때가 그랬다. 그러나 그런 일들은 누구나 살면서 어쩔 수 없이 겪는, 그랬거든, 하고 친구에게 말하면 그렇겠다, 하면서 소주라도 한잔 부딪칠 일이었다. 그런데 지금 서유진의 입에서 나오는 저 말들은 이 지상의 일이 아닌 것만 같았다. 그것은 번개보다 더 강렬하게 그의 뒤통수를 계속 때리는 것 같아서 그는 잠시 강한 전류에 감전된 듯 전율을 느꼈고 아무 생각도 할 수 없었다.

"……뭐라구?"

서유진은 생각에 잠긴 표정으로 감자탕 국물을 휘젓고 있다가 강인호의 충격에 휩싸인 표정을 보자 뜻밖에도 조금 웃었다.

"믿기지 않지? 나도 그랬어. 그런데 아이가 진술했다는 내용이 매우 일관되고 구체적이야. 끔찍할 정도로……"

그녀의 표정이 다시 굳어졌다. 그는 교장과의 대면을 떠올렸다. 오만한 어깨, 경멸 어린 시선, 벗어진 머리 아래의 갸름한 흰 얼굴은 얇은 입술 때문에 차갑고 잔인해 보이는 인상이긴 했다. 그러나 어찌 됐든 예순이 다 돼가는 교장이라는 사람이 어떻게 중학교 이학년의 말 못하는 소녀를 성폭행하려 했다는 건지 믿을 수가 없었다.

자애학원 설립자의 아들인 교장은 마음만 먹는다면 얼마든지 여자를 살 능력이 있는 사람이었다. 거리에 널린 것이 매춘부들이었다. 룸살롱 까페 단란주점 안마시술소 전화방…… 자신의 성기를 팔아 돈을 벌고 싶은 젊고 싱싱한 여자들이 좌판에 누운 젖은 생선들처럼 화려하고 퇴락한 거리거리마다 널려 있었다. 장경사의 말대로 무진은 먹고 마시고 생각 없이 놀기 좋은 곳인 것이다. 아니, 막말로 교장은 요즘 말하는 젊은 애인도 여럿 가질 경제적 능력이 있는 사람이었다. 섹스의 양과 질조차 소유에 비례하니까 말이다.

"근데 너무 후지지 않아? 어떻게 예순이 다 된 교장이라는 인간이 학교에서 애를! 그것도 모자라서 화장실에서!"

그녀는 생각할수록 기가 막히다는 듯이 말했다. 그제야 강인호의 머릿속으로 그날 저녁 여자 화장실의 잠긴 문 안에서 들려오던 비명 소리와 그녀의 설명이 쭉 하나의 선으로 이어졌다. 만일 이것이 사실이라면 그날, 여자 화장실에서 들리던 그 비명은 연두의 것이었고 그가 문을 두드리자 교장이 연두의 입을 막았다는 이야기가 된다. 연두는 새로 부임한 제 담임이 문을 두드리는 것을 들을 수가 없었기에 필사의 저항도 못했을 것이고. 그리고 그가 돌아가자 교장은 연두에게 성추행을 계속하면서 성폭행까지 하려 든 것이었다. 만일 그가 조금만 더 관심을 가지고 그 잠긴 문을 부수고라도 들어가보았다면, 아니 누군가를 불러 문을 열게 했다면……

그는 서유진에게서 얼른 시선을 피했다. 가슴이 쿵쾅거리며 뛰기 시작했다. 무진시에 도착하던 날, 자신은 잠자끄는 창녀를 보고 서유진의 얼굴에 어리던 수치심이 이제 그의 얼굴에도 어리고 있었다. 그날 그 자신이 그녀에게 농담을 건넨 대로, 세상유흥가가 다 그녀 책임이 아니듯 부임한 학교 교장의 인격이 절대 그의 책임은 아니지만, 그는 다시 한번 치욕스러워졌다. 그리고 그 현장에 있던 증인으로서, 선생으로서 쓰라림을 느꼈다. 그런 곳까지 흘러왔다는 수치심 때문이었을까. 그는 그녀에게 그날 자신이 화장실 밖에서 그 비명을 들었다는 말을 할 수가 없었다.

"그래서 연두라는 애가 그날밤 학교를 몰래 빠져나와서 송하섭이라는 자애원 생활지도교사의 도움으로 성폭력센터에 신고를 한 거야. 진술서를 쓰고 경찰에 신고 접수를 부탁하고 돌아갔는데…… 이 성폭력센터라는 곳에서 아이를 즉시 병원에 보내거나 격리조치도 하지 않았고……"

서유진이 시선을 피하는 그를 바라보며 말했다.

"황당한 것은 아이를 성추행한 자가 있는 학교로 다시 돌려보낸 거야. 연두 어머니도 마찬가지야. 연두 어머니야 경황이 없어 그렇다 치고…… 어떻게 이런 일이 있는지. 어쨌든 그게 경찰서에 접수되어 조사를 시작하면 되는데, 우리가 알아보니까 벌써 그다음 날 오전, 고소가 취하되었어. 자동으로 미성년자 강제추행이 성립하려면 피해자가 십삼세 미만일 때만 가능하고 그 이상은 친고죄이기 때문에 고소가 취하되면 끝이거든. 왜 고소가 취하되었는지, 그건 강선생도 알 거야. 연두가 학교 내에서 린치를 당한 거잖아. 그리고 자기가 거짓 진술을 했다는 자술서를 다시 썼어. 그리고 연두의 부탁으로 강선생이 연두 어머니에게 연락을 한 거고."

서유진은 연두 어머니를 통해 이 사건에 이미 강인호가 개입

되어 있다는 것을 안다는 듯 말했다. 그는 자신이 이미 이 사건에 중요한 등장인물이 되어버렸다는 것을 깨달았다. 만일 요청받는다면 어쩔 수 없이 증인으로 서야 할지도 모른다. 교장을 고발하는 입장에서 말이다.

그는 아내와 딸 새미를 떠올렸다. 몸 파는 것도 아니고 나쁜 짓도 아닌 일을 시작했다는 아내와 그러고 보니 요 며칠 통화도 제대로 하지 못한 것 같았다. 마지막 통화에서 아내는 말했다.

"새미? 얼마나 기특한지 몰라. 아침에 노란 가방을 메고 열심히 어린이집에 가. 어린이집 선생님이 그러는데 한번은 새미가 웃으며 나랑 빠이빠이 하고 나서 창가로 가서 몰래 흐느껴 울더래. 엄마랑 안 떨어진다고 우는 애도 많다는데, 그것이 그래도 내 앞에서는 울지 말아야 한다고 생각했나봐. 여보, 그게 기특한 건지 어린 게 벌써 청승을 알아버린 건지……"

그의 눈동자는 불안하게 흔들리고 있었다.

"문제는 고소가 된 걸 어떻게 학교에서 먼저 알았느냐는 거야. 강선생 도움이 필요해. 우리가 연두 어머니 통해서 다시 신고를 했는데 이틀이 지나도록 경찰이 수사를 시작하지 않고 있어. 담당이 장경사라고 하는데, 원래 우리 센터하고 마찰이 좀 있는 인물이야. 그리고 더 조사를 하려고 해도 우리는 자애원에 출입할 수가 없어. 부모가 동반해야 애를 학교 밖으로 데리고 나올 수 있다는 거야. 면회도 마찬가지고. 알다시피 연두 아버지 때문에 연두 어머니는 다시 서울 갔잖아. 지금 이 순간 그애가 또 린치를 당하고 있다 해도 우린 속수무책인 거야. 게다가 그 린치를 주도하는 윤자애라는 여선생은 우리가 알아본 바로는 이사장의 수양딸로 컸어. 그래서 이름도 자애고…… 웃기는 게 그 여자가 자신의 수양 오빠인 교장의 애인이라는 소문이 파다해. 아마 아이에게 가한 잔인한 린치의 배경에 그런 미묘한 관계도 작용하지 않았나 싶어. 연두에게 왜 교장에게 꼬리를 쳤느냐고 추궁했다더라. 듣다가 나도 몇번이나 내 귀를 의심했어. 이무슨 미친…… 광란의 도가니야?"

서유진은 차근차근 설명을 해나가면서 강인호의 표정을 살폈다. 그의 얼굴은 안개처럼 창백해지고 있었다. 무진에 와서 겨우 며칠 동안 마주친 인물들이 그의 머릿속으로 떠올랐다. 윤자애가 보여주던 비현실적 적의와 청승스러움이 머릿속에서 교차되자 그는 비로소 그녀의 행동이 나름 이해가 되었다. 교장과 행정실장이 각기 다른 색깔로 보여주던 야만의 냄새도 이해가 되었다. 그러나 한 사람이 남았다. 장경사. 장경사는 이미 이 모든 것을 파악하고 어쩌면 그것을 은폐하기 위해 그날 그 자리에 있었을 것이다. 그런데 왜 장경사는 하필 자신에게 묘한 관심과 지나친 적의를 드러냈는지 그는 알 수 없었다. 혹시 두 사람이 대결하게 될지도 모른다고 느끼고 미리 한번 빈주먹을 날려본 것일까? 그리고 그의 동물적 감각으로 어쩌면 서울에서 내려온 그가 가장 걸림돌이 된다고 느낀 것일까? 그날 장경사는 그에게 서울식으로 무진을 평가하지 말라고 경고했다. 강인호는 순간 오싹

했다. 누구를 향해서인지 아니요, 아니거든요, 이런 말을 중얼거리고 싶기도 한 기분이었다. 그러나 만일 이 순간 연두가 또 린치를 당하고 있다 해도,라는 서유진의 말이 아니요, 아니거든요, 라고 말하고 싶은 그의 충동을 막아서고 있었다. 그날 화장실 안에서 들리던 비명 소리가 연두의 팔을 세탁기에 집어넣고 린치를 가하던 장면과 겹쳤다.

강인호의 그런 마음과는 상관없이 서유진은 말을 이어갔다.

"근데 말이야, 이건 순전히 내 직감인데, 보통 사건이 아닌 거 같아. 교장한테 당한 아이는 김연두고, 우리가 신고한 것도 일단 그 사건인데, 그런데 강선생 반에 왜 중복장애아 있다면서? 유리, 진유리던가? 그애는 교장 행정실장, 그리고 박보현이라는 생활지도교사에게 돌아가면서 지속적으로 성폭행을 당했다고 하네. 초등학교 때부터 말이야."

연두가 성추행을 당했다는 말이 번개였다면 이건 땅이 갈라지고 해일이 이는 것 같은 충격이었다. 연두는 귀염성 있는 아이고, 어쩌면 변태적 성욕을 가진 성인에게 충분히 롤리타콤플렉스를 자극할 수도 있다고, 아주 희미하게나마 생각하고 있었다는 것을 그는 그제야 깨달았다. 말하자면 교장이 열다섯살의 제자를 절대로 그렇게 해서는 안되지만, 그리고 그것은 가장 추악한 범죄임이 틀림없지만, 그래도 거기에는 어떤 인간적 약점을 헤아릴 여지 같은 것이 있다고 생각했고, 그렇게라도 생각하고 싶었다. 그런데 교장과 행정실장이 혹은 생활지도교사가 지적장애아를 성폭행했다면, 그것도 초등학교 때부터라면, 그 이하의 말이 혹여라도 사실이거나 사실에 가까운 것이라면, 그건 완전히 차원이 다른 이야기가 된다. 그는 눈앞에서 자신에게 이야기하고 있는 서유진의 음성이 멀어졌다 가까워졌다 하는 혼미 속으로 빠져들었다.

"놀랍지? 우리도 아직은 이걸 다 믿지는 못해. 그런데 연두가 이번에 울면서 어머니한테 그런 말을 하더래. 오래전부터 아이들은 알고 있었다고. 애들이 선생들에게 몇번 이야기를 했는데 모든 것이 묵살되었고 그리고 침묵 속으로 사라져버렸다고. 연두 어머니도 믿을 수가 없었나봐. 지금 제정신이 아니야. 그래서 일단 그것도 우리 센터에서 조사를 해서 신고를 하든지 해야 하는데…… 근데 왜 그래?"

설명을 이어가던 그녀가 말을 끊고 물었다. 그가 자신도 모르게 들고 있던 젓가락을 떨어뜨렸던 것이다. 그랬다는 사실조차 거의 인지하지 못하다가 그녀가 말을 끊자 그제야 그는 당황하며 젓가락을 집어올렸다. 그는 무안수세를 하듯 반찬으로 나온 시금치를 한젓가락 집어 우적우적 씹었다. 그리고 얼른 담배를 물었는데, 라이터를 켜서 겨우 불을 붙이고 나자 입안에 아직도 시금치 조각들이 남아 있다는 것을 알았다. 그는 이 우스꽝스러운 모습을 그녀에게 들키는 게 겸연쩍었지만 다행히 그녀는 그런 그에게는 큰 관심이 없는 듯 입을 다물고 생각에 잠긴 표정이었다. 감자탕 냄비 안의 돼지등뼈가 기름을 드러내며 굳어가고 있었다. 그 허옇게 굳어가는 기름 위로 둔중한 침묵이 내려앉았다.

"진유리는, 지적장애아야. 겨우 여섯살 정도의 지능을 가진 아이라고. 게다가 과자만 사주면 모든 게 오케이인 아이야. 그런 아이 말만 믿고 학교 전체를 문제 삼는다는 것은 지나친 게 아닐까? 게다가, 서선배가 직감이라고 표현했지만, 만일 그런 말이 무책임하게 퍼져나가면 어떻게 다 책임을 지려고 그래? 그리고 무엇보다 상식적으로…… 상식적으로 있을 수 없는 일이잖아."

어떻게든 이성을 찾으려고 애쓰면서 강인호는 상식이라는 말에 힘을 주었다. 그녀는 미간을 찌푸리더니 볼에 잔뜩 바람을 넣고 골똘한 표정을 짓다가 대꾸했다.

"여기 일 하다보면 말이야, 어떻게 설명해야 알아들을지 모르겠지만, 그 상식이 말이야……"

그녀는 자꾸 시선을 피하려는 그를 집요하게 바라보며 괴롭게 말을 이었다.

"그게…… 없어."

32.

"지금이 21세기인데, 어떤 세상인데, 경찰이 수사를 하겠지."

강인호는 그만 이런 대화를 피하고 싶다는 듯 말을 돌렸다. 생각에 잠겨 있던 서유진은 그런 그를 바라보며 미간을 더 찌푸리더니 "21세기에 경찰이 수사를 안한다니까!" 하고 발끈했다.

"좀 기다려봐. 며칠밖에 지나지 않았잖아."

그는 겨우 그렇게 말했다. 그러나 그녀는 물러서지 않았다.

"내 말 들어봐. 이사장 말이야, 설립자 이준범. 그 사람이 이 학원을 설립한 게 육십사년, 박정희가 쿠데타로 정권을 잡고 대통령에 오른 직후였지. 이 사람은 원래 시청 복지과에 근무하다가 무진농아원이라는 걸 차리게 되는데, 그때 이미 장애인을 위한 복지예산이 은근히 많다는 것을 안 게 아닌가 싶어. 확인할 수 없지만 혹자에 따르면 이 사람이 농아를 택한 건 다른 장애인들에 비해서 농아들은 육체노동이 가능하기 때문이래. 웃기는 말이지만, 말도 못하고…… 그래서 무진시 변두리에 땅을 사서 가건물을 세운 다음 수용된 농아들을 동원해 집을 지어. 그때부터 많은 예산을 타가지. 그러다가 무진시가 커지고 그때는 변두리이던 땅이 시내로 바뀌면서 땅값이 천정부지로 오른 거야. 운영예산은 시에서 받으면서 묘하게도 땅은 법인 소유, 그러니까 시내가 되어버린 땅을 팔고 다시 변두리로 가는데, 그게 지금 그 바닷가야. 어마어마한 땅값의 차액은 고스란히 법인의 재산이 되고 말이야. 말이 법인 재산이라지만 이사장이 아직 이준범이고 아들 둘이 교장과 돈줄을 쥔 행정실장을 하고 있으니 안 봐도 비디오잖아. 실제로 쌍둥이 아들 둘은 학력은 별 볼 일 없지만 딸들은 일찍이 미국에서 고등학교와 대학을 나왔고 사위들이 다 빵빵해. 우리가 조사한 바에 따르면 그중엔 검사도 있어.

그런데 말이야, 여기서 한가지 더 주목할 점은 전 자애학원 터가 지금의 무진경찰서 터라는 거야. 말하자면 국가에 이 땅을 팔고 간 건데…… 경찰과 자애학원의 유착관계는 밝혀진 것은 없어. 다만 독재 시절 시위대를 잡아오면 무진경찰서가 꽉 차고 그러면 가끔 자애학원 기숙사 한층을 고스란히 경찰에 빌려주기도 했다는 거야. 거기에는 시위대를 불법감금하고 고문해도 들을 사람이 없으니까. 이 정도면 경찰이 왜 수사를 미루고 미적거리는지 좀 냄새가 나지 않아?"

강인호는 순간 서유진이 거대한 빙하 앞에 조그만 망치 하나를 들고 서 있는 듯한 환영을 보았다. 그리고 나쁜 사람은 세상 어디에나 있게 마련이라는, 달관한 듯한 표정을 지으려고 애썼다. 그런 그의 표정 위로 그녀의 말이 찬물처럼 확 끼얹어졌다.

"강선생, 며칠밖에 지나지 않아서 잘 모르겠지만, 정말 이상한 점 못 느꼈어? 교장이 학교 화장실에서 추행을 하는데, 아이는 분명 비명을 질렀을 텐데, 선생들이, 들을 수 있는 선생들이 어떻게 그걸 모를 수가 있지?"

강인호는 고개를 떨구었다.

33

다음 날 아침 강인호가 주차장에 차를 세우고 현관으로 들어서는데 교장실 앞 복도에서 소란이 일고 있었다. 검은 양복을 말

쑥하게 차려입은 낯선 사람이 약간 이상한 목소리로 소리를 지르고 있었고 행정실장이 못마땅한 얼굴로 서 있었다. 검은색 양복 차림의 낯선 남자는 수위와 기숙사 생활지도교사 박보현에게 양팔을 잡힌 채였다. 그 곁에는 윤자애도 서 있었다. 그녀는 팔짱을 끼고 찌푸린 얼굴로 서 있다가 강인호를 발견하고는 싸늘한 표정으로 그를 외면했다. 박보현은 쥐같이 작고 반짝이는 눈동자를 굴리며 윤자애가 강인호를 어떻게 대하나 살피는 듯하다가 그녀의 싸늘한 표정을 보더니 얼른 그에게 험악한 표정을 지었다.

"이런 법이 어디 있습니까? 내가 뭘 잘못했는지 알려주어야지요. 이런 법이 어디 있습니까? 해고라니요?"

검은 양복은 소리치고 있었다. 강인호는 농인이 내는 말소리를 처음 들었다. 말소리의 톤은 보통 사람의 것보다 불안했지만 발음은 정확했다.

"이 사람이 어디서 행패야, 행패가! 우리가 고용했으니 우리가 해고하지, 그럼 당신이 날 해고할 거야?"

행정실장이 고함을 질렀다. 분명 검은 양복은 농인 같은데 그에게 말하는 행정실장은 수화는커녕 조금의 몸짓도 없었다. 강인호는 농인들에게 가장 큰 모욕이 바로 이런 장면이라는 것을 상식으로 알고 있었다. 수화를 못하더라도 조금의 몸짓이라도 해서 의사소통하려는 의지를 보여주지 않는 것은 마치 미국인이 영어를 모르는 사람들에게 팔짱을 낀 채로 끝없이 영어로만 이야기하는 것과 같은 상황이라는 것을 말이다.

행정실장의 입을 바라보던 검은 양복은 무슨 이야긴 줄 모르겠다는 표정으로 윤자애를 보았다. 그녀는 검은 양복을 경멸 어린 표정으로 바라보았다. 노골적인 적대감 같은 것도 있었다. 그러나 이제 검은 양복은 약간 애타는 표정으로 그녀를 바라보았다. 이 자리에서 농인과 정상인을 이어줄 사람은 그녀뿐이었던 것이다. 강인호는 그 순간, 잠시였지만 청각장애인들이 느껴야 하는 비애를 함께 체험한 기분이었고 가슴 한켠에 약간의 통증을 느꼈다.

"제게 말을 해주셔야 할 거 아닙니까? 해고당하는 이유라도 알아야 할 거 아닙니까?"

그가 다시 고함을 질렀다.

행정실장이 귀찮다는 표정으로 윤자애에게 턱짓을 했다. 그러자 윤자애가 그녀 특유의 싸늘한 표정으로 검은 양복에게 수화를 했다. 양팔을 잡힌 채로 그녀의 수화를 보고 있던 검은 양복은 말이 끝나는 순간 괴성을 지르며 붙잡고 있는 두 사람의 팔을 뿌리치고 교장실을 향해 돌진했다. 교장실은 잠겨 있었다. 검은 양복은 온몸으로 교장실 문에 제 몸을 부딪고 발로 차며 외쳤다.

"교장 나와. 당신들 이렇게 날 해고할 순 없어! 난 그럴 만한 일을 한 게 없다고!"

출근길의 선생들이 잠시 멈춰 서서 그 광경을 바라보다가 그들을 지나쳐갔다. 건너편 차도에서 교통사고가 났을 때 달리던 자동차들이 잠시 속도를 늦추어서 바라보다 다시 속도를 내는 것처럼 무심한 표정과 속도였다. 밖에서 몇명의 사람들이 더 뛰어들어왔다. 검은 양복은 뛰어든 사람들에 의해 사지를 하나씩 잡혀 들려나갔다.

"이럴 순 없어! 이럴 수는 없어!"

그는 그렇게 학교 밖으로 들려 나가며 울부짖었다.

"밖의 저 사람 누굽니까? 왜 그러는 거죠?"

교무실에 들어선 강인호는 실내화로 갈아신으려고 하는 옆자리의 박선생에게 물었다. 박선생은 구두가 좀 작은지 두 손으로 벗겨내다가 그를 올려다보았다.

"강선생도 참 고집 세네."

박선생은 구두를 다 벗어서 한켠에 놓고 아무 일도 없다는 듯이 슬리퍼를 발에 꿰었다. 그리고 천천히 컴퓨터를 부팅하며 말했다.

"내가 전에 충고하지 않았나요? 그거 알아서 뭐 하시려고요?"

강인호의 얼굴에 작은 소름이 돋았다.

34

수업 시작을 알리는 종이 울렸다. 선생들이 불안한 낯빛으로 각기 교무실을 나서고 있었다. 강인호도 출석부를 들고 일어났다. 교실까지 이어진 복도는 조용했다.

그는 자신도 정말 귀를 먹어버린 것 같은 과장된 공포를 느끼며 혼잣말을 했다.

"아주 저 사람이 누구고 이 자애학원에서 무슨 일이 벌어지고 있는지 서선배에게 가서 물어봐야 할 판이군. 말도 안돼."

그러면서 제 귀에 들리는 이 중얼거림이 정말 들리고 있는 건지 누가 증명해줄까, 하는 생각을 했다. 그러자 무진에 와서 느낀 막연한 공포가 다시 떠올랐다. 고요가 이토록 사람을 짓누를 수 있는 것인지 이곳에 오기 전엔 상상이라도 했을까?

교실로 들어가자 민수가 울고 있었고 아이들이 주위에 서서 수어(手語)로 열띤 대화를 나누고 있었다. 그는 교탁에 출석부를 놓고 이번에는 민수에게 바로 다가갔다.

—무슨 일이야?

그는 수화로 묻다 말고 두 손을 떨어뜨렸다. 민수의 눈은 시퍼렇게 멍들었고 얼굴 여기저기에 상처가 나 있었다. 목 주변에도 멍이 들어 있었다. 그는 민수의 팔을 걷어올렸다. 팔 여기저기 비틀린 듯한 멍이 보였다.

—누구와 싸웠니?

민수는 고개를 떨군 채 대답하지 않았다.

이름: 전민수 청각장애 2급

가족사항: 부 지적장애 1급 / 모 청각장애 2급, 지적장애 2급

동생 전영수 청각장애 2급, 지적장애 3급

집은 외소도(外小島). 외딴섬이라 방학 때도 거의 집으로 돌아갈 수 없음. 별도의 특별지도가 필요함.

민수의 학생부가 떠올랐다. 이제 거기에 하나의 기록이 추가될 것이다.

동생 열차 사고로 사망. 지적장애 부모는 섬에서 아무도 오지 않았음. 철도청에서 부모에게 위로금 전달.

강인호는 대체 무슨 말을 해야 할지 알 수 없었다. 이 아이의 존재가 그들 부모가 산다는 외소도, 그 외딴섬보다 더 외딴섬이었다.

—누구에게 맞은 거냐?

그는 어이가 없어 겨우 말을 꺼냈지만 민수는 대답하지 않았다. 그는 한숨을 내쉬면서 가만히 아이의 셔츠를 들췄다. 여기저기 시퍼런 멍 자국보다 먼저 그의 눈을 찌른 것은 앙상한 갈비뼈였다. 그리고 그 앙상한 갈비뼈 위로 푸른 멍들이 점점이 있었다. 그는 민수의 셔츠를 내리고 다시 물었다.

—약은 발랐니?

—아니요.

—누가 그랬는지 말할 수 있니?

─ ....

─ 그래, 좋다. 일단 양호실로 가자.

강인호는 민수의 손을 잡아끌었다. 아이는 겁먹은 얼굴로 완강하게 손을 잡아뺐다.

─ 왜 그래? 약 바르자니까.

민수는 순간 알 수 없는 소리를 지르며 벌떡 일어나더니 그의 손을 뿌리치고 교실 밖으로 달려나갔다. 죽으면 죽었지 그렇게는 할 수 없다는 듯 몸짓은 격렬했다. 쫓아나가야 하나 망설이는 그를 아이들이 바라보고 있었다. 아이들의 표정은 차가웠고 다시금 그를 경계하는 빛이었다.

─ 자리에 앉아 교과서 펴라.

그는 겨우 진정한 채 아이들에게 말했다.

─ 오늘 배울 거 읽고 있어.

그는 교탁 옆의 책상에 앉아 연두를 불렀다. 어머니를 만나고 와서인지 연두의 얼굴은 좀 진정되어 있었다. 그는 연두에게 괜찮으냐고 묻고 싶었지만 차마 그것조차 물어볼 수가 없었다. 그는 일단 침착한 선생의 표정을 유지하려고 애쓰면서 물었다.

─ 민수가 왜 저렇게 되었는지 아니?

연두는 아무 말 없이 눈을 내리깔고 있었다.

─ 누가 저렇게 한 거니?

연두는 잠시 망설이는 듯한 표정으로 그를 올려다보더니 입술을 한번 물고 천천히 수어로 대답했다.

─가끔 저렇게 시퍼렇게 돼서 와요. 밤새 자애원에서 맞는대요. 박보현 생활지도선생님이 당직인 날은 민수가 끌려나가는데, 나가면 저렇게 되어서 오나봐요. 동생이 죽기 전에는 형제가 밤에 가끔 저렇게 끌려나갔대요. 맞아도 저 애들을 위해 항의할 사람이 아무도 없잖아요.

─박보현?

─네, 저번에는 그렇게 형제가 맞은 다음 날 민수 동생 영수가 죽었구요.

연두는 그를 빤히 바라보았다.

35

밤은 어둡고 거리는 초라했다. 환하지도 않은 불빛들마저 하나씩 꺼지고 있었다. 바다 쪽에서 불어오는 바람은 소금기를 머금어 후덥지근했다. 강인호는 풀리는 눈을 자꾸 다시 떴지만 여기가 어딘지 도무지 알 수 없었다. 퇴근을 하고 차를 집 앞에 세우고 그리고 걸었다. 그렇게 지칠 때까지 걷다가 술을 마셨다. 마시고 나와 다시 걷다가 또 들어가 마시고, 그렇게 세 집쯤 전전한 것까지가 기억의 끝이었다.

그는 다시 눈을 떴다. 눈앞에서 돌아가는 입간판에는 이런 글씨가 쓰여 있었다.

'서울 북창동식 써비스 완비, 화끈한 무진의 미희들 총출동!'

그는 글자들을 들여다보며 서 있었다. 이발소의 그것처럼 번 쩍거리며 돌아가는 조명 입간판은 오래도록 닦지 않아 더러웠 고 귀퉁이는 조금씩 깨져 있었다.

그는 멍청하게 그것을 바라보다가 다시 걸었다. 그때 뒤에서 한줄기 빛이 비치는 것 같았다. 같았다,라고 생각하는 순간 누군 가 그의 뒤통수를 쳤고 그는 그 자리에서 짚단처럼 쓰러졌다. 본 능적으로 움켜쥐려 했으나 오토바이가 이미 그가 벗어 어깨에 한손으로 걸치고 있던 양복 윗도리를 낚아채간 뒤였다. 그는 자 신도 모르게 일어나 오토바이를 향해 달려갔다. 하지만 이미 오 토바이는 모퉁이를 돌아 사라져버렸다. 그가 숨을 헐떡이며 달 려갔을 때, 오토바이가 사라진 골목길 안에는 환한 불빛들이 켜 져 있었다.

붉고 노란 간판들 앞에서 미니스커트를 입은 여자들이 오가 고 있었다. 어릴 때 읽은 동화에서처럼 맨홀에 빠지자마자 지상 에는 존재하지 않는 다른 세계로 들어선 것 같았다. 다른 점이 있다면 그곳은 동화와 환상의 세계였고 여기는 아니라는 정도 일 것이다. 진한 화장의 여자들이 골목길에 의자를 내놓고 앉거 나 서서 남자들을 끌어들이고 있었다. 오토바이에 두 놈이 앉은 것을 언뜻 본 듯했는데 골목길에는 이미 아무 자취도 없었다. 그 는 알코올 때문에 초점을 잃어가는 눈을 여러번 깜박이며 거기 서 애타게 오토바이의 행방을 좇으려고 해보았다.

그때 그에게 한 여자가 다가왔다. 여자는 흰 머리칼이 지저분하게 섞인 머리를 흔들며 그의 얼굴을 가까이서 들여다보았다. 주방용 수세미처럼 주름이 자글거리고 피부색은 시궁창처럼 탁했으며 양손에 보따리 같은 것을 쥐고 있었다. 인간과 귀신의 혼혈 같은 느낌이었다. 그렇게 가까이 얼굴을 들이댄 채로 여자가 물었다.

"당신 김인식이지?"

시궁창 냄새와 누린내가 합쳐진 입 냄새가 훅 끼쳤다.

"아니에요, 그런 사람 아니에요."

그는 뒷걸음질 치며 날파리처럼 달려드는 여자를 떼어내려고 했다.

"당신 김인식이야."

여자가 다시 다가왔다.

그는 여자를 피해 다시 큰길로 나와 어두운 거리를 걸었다. 여자는 빠른 속도로 그를 따라오고 있었다.

"당신 김인식 맞아. 당신이 그 김인식이야, 나쁜 자식. 내 돈 내놔! 나쁜 자식, 내 돈 내놔!"

그는 빨리 걸었다. 여자도 빠르게 쫓아오고 있었다. 그는 뛰었다. 여자도 뛰어오는 것 같았다. 한참을 그렇게 뛰다가 돌아보니 여자가 저쪽에 멈춰 서서 그를 가리키며 삿대질을 하고 있었다. 휑뎅그렁한 가로등 아래서 커다랗게 두 팔을 휘젓고 있는 여자의 실루엣이 보이는 무진의 거리는 악몽보다 섬뜩했다.

36

강인호는 숨을 고르며 걷기 시작했다. 비가 내리려는지 공기
가 끈적끈적해지면서 손으로 뜨면 손바닥에 소복하게 얹힐 정
도로 밀도를 더해가고 있었다. 그 두툼한 습도를 가로지르며 택
시들이 휘잉 하고 지나갔다. 뒷덜미가 약간 간지러운 느낌에 그
는 자신도 모르게 뒤통수에 손을 가져갔다. 끈적한 액체가 만져
진다고 생각한 순간 손바닥을 보니 피가 묻어 있었다.

그는 택시를 잡으려고 손을 치켜들다 말고 전봇대를 붙들고
잠시 휘청거렸다. 아까 그 양복 윗도리에 든 지갑이 떠오른 것이
었다. 지갑과 신용카드와 양복이 한순간 날아가버렸다. 그는 이
를 악물었다. 그리고 바지 주머니에 전화기가 있는 것을 확인했
다. 그것만 해도 다행이었다. 그는 전봇대를 부여잡고 조금 토했
다. 그러고 나서 고개를 드니 비가 내리기 시작했다. 가는 비는
점점 굵어졌다. 하늘은 캄캄했고 거리는 젖어가고 있었다.

난 난 꿈이 있었죠 버려지고 찢겨 남루하여도

내 가슴 깊숙이 보물과 같이 간직했던 꿈

혹 때론 누군가가 뜻 모를 비웃음 내 등 뒤에 흘릴 때도

난 참아야 했죠 참을 수 있었죠 그날을 위해

늘 걱정하듯 말하죠 헛된 꿈은 독이라고

세상은 끝이 정해진 책처럼 이미 돌이킬 수 없는 현실이라고

그래요 난, 난 꿈이 있어요 그 꿈을 믿어요

나를 지켜봐요 저 차갑게 서 있는 운명이란 벽 앞에

당당히 마주칠 수 있어요 언젠가 난, 그 벽을 넘고서

저 하늘을 높이 날을 수 있어요 이 무거운 세상도 나를 묶을 순

없죠

내 삶의 끝에서 나 웃을 그날을 함께해요

　서유진의 휴대폰에서는 컬러링이 흘러나오고 있었다. 인순이가 부른 「거위의 꿈」이던가. 꿈이라는 단어는 아까 악몽 속의 한 장면 같은 더럽고 늙은 여자보다 더 멀었다. 꿈이라니 꿈이라니…… 서유진에게 전화를 건 것도 잊고 멍하니 노래를 듣고 있었기 때문에 불쑥 노래가 멈추고 그녀의 목소리가 흘러나오자 그는 조금 놀랐다.

　"인호니? 아니 강선생?"

　그녀는 자다가 깨어난 것 같았다.

　"무슨 일이야, 늦은 시간에?"

　"……미안해."

　"왜 그래? 무슨 일인데?"

　전화기를 들고 선 그의 손등이 내리는 비에 젖기 시작했다. 그는 차마 말을 꺼내지 못하고 이를 여러번 악물다가 말했다.

　"선배, 나 강인호야. 여기는 무진이고…… 지갑은 언놈들이 가져가버렸고 세상은 캄캄하고 비는 내리는데 나, 나 집으로 돌

아가는 길을 잃어버렸어."

그는 그렇게 말하고 그 자리에 주저앉았다.

37

서유진은 무진경찰서 주차장에 차를 세우고 거칠게 문을 닫았다.

'차 문 좀 살살 닫아요. 가뜩이나 큰 차 뒤집어지겠어요.'

그녀와 함께 근무하는 남자 간사가 옆에 있었다면 그녀가 빨간 경차의 문을 닫는 것을 보고 언제나처럼 또 그렇게 놀렸을 것이다.

"장경사, 장하문. 북어 대가리같이 생긴 놈…… 내 이 인간하고 이렇게 드럽게 마주칠 줄 진즉에 알았어."

서유진은 링에 오르는 복서처럼 마르고 가는 팔을 휘저으며 씩씩하게 걸어가다가 그 자리에 멈추어 섰다. 핸드백을 놓고 내린 것이 떠올라서였다. 그러고 보니 차 열쇠를 뽑아 핸드백에 넣고는 그만 기세 좋게 차 문을 잠그고 닫아버린 것이다. 그녀는 아까부터 장경사와 대면하여 어떻게 대결할 것인가에 집중하고 있던 터라 또 그런 실수를 저질렀다는 것을 깨달았다. 그녀는 혹시나 하고 재킷 주머니를 뒤져보았지만 역시 열쇠는 없었다. 이런 건망증이 한두번 있는 일도 아니었지만, 지금은 스스로 생각해봐도 이럴 때가 아닌데 싶어서 새삼 한숨을 내쉬었다. 이게 다

잠을 자지 못한 탓인지도 몰랐다. 어젯밤 귀신 같은 몰골로 무진 버스터미널 부근에 서 있던 강인호의 모습이 떠올랐다. 택시도 없다고 그는 울먹이고 있었다.

"아니 논 한가운데 서 있는 것도 아니고 갯벌도 아닌데 택시가 왜 없니? 이궁, 알았다. 주변에 있는 상점 간판 이름을 대봐. 아니면 전화번호를 불러보든지."

그러고는 114에 전화를 걸어 그 상점의 주소를 알아내고 차를 몰고 나가 그를 찾아냈을 때, 그는 저승에서 막 돌아온 것처럼 퀭한 눈으로 그녀를 기다리고 있었다. 불과 일주일 정도 지났을 뿐인데 그사이 그는 몹시 늙고 초라해져 있었다. 그가 서 있는 거리의 전봇대 앞에 차를 세우면서 그녀는 화가 좀 났다. 아무 택시나 타고 와서 아파트 단지 앞에서 돈을 빌려달라고 하면 될 일이지 싶었던 것이다. 하지만 막상 차에서 내려 피 때문에 엉망이 된 와이셔츠 바람의 그를 보자 그녀는 그가 왜 군이 자신을 불렀는지 알 것 같았다. 그의 충혈된 눈은 두려움과 슬픔으로 범벅이 되어 있었다. 그녀는 순간 그에게서 고아(孤兒)를 느꼈다.

"나 강인호야, 여기는 무진이고…… 지갑은 언놈들이 가져가버렸고 세상은 캄캄하고 비는 내리는데 나, 나 집으로 돌아가는 길을 잃어버렸어."

그가 전화기 속에서 울먹이며 하던 말이 떠오르자 더욱 그랬다. 몸도 가누지 못하는 그를 데려다주고 그가 고집을 부리는 바람에 하는 수 없이 그의 집, 지저분한 식탁에 앉아 소주 반병을 더 마시느라 거의 새벽에야 눈을 붙였던 것이다.

"선배, 가고 싶어…… 나 서울 가고 싶어."

술잔을 잡고 반쯤 졸다가 그는 그렇게 말하고 식탁에 엎어졌다.

"아이고 그래, 집 떠난 지가 벌써 일주일이나 됐으니 집에 가고 싶겠지, 엄마도 보고 싶겠지, 가엾어서 어쩌니."

억지로 그를 안다시피 방으로 데려가 누이면서 서유진은 혀를 찼다. 학교 다닐 때는 후배들 중에서도 똘똘하고 제법 어른스러워서 함부로 대하지 못했던 그가 많이 변한 것 같았다. 하기는 이곳 무진에 와서 정착할 무렵, 그녀 역시 빠른 속도로 시들어갔다. 이곳에서의 시간은 확실히 다른 박자로 흐르는지도 모른다는 생각까지 해보았으니 말이다. 다시 서울로 돌아가 친구들을 만났는데 자신만 흠뻑 늙어버리고 친구들은 청춘으로 남아 있는 악몽을 꾼 것도 떠올랐다.

서유진은 잠시 그렇게 잠긴 차 안에 있는 열쇠 때문에 망설이느라 느리게 걷고 있었다. 그러나 지금 경찰서 주차장에 서서 고민한다고 갑자기 재킷 주머니에서 자동차 열쇠가 나타날 것도 아니고 또 누군가 나타나서 문을 열어줄 것두 아니었다. 그러니 지금은 일단 열쇠를 잊고 장경사와의 대결만 생각하자고 그녀는 다짐했다. 서유진은 경찰서 유리문을 힘차게 밀었다. 강인호가 그런 그녀를 보았다면 또, 이젠 망치 하나도 없이 거대한 빙하를 향해 그저 맨손으로 돌진하는 것 같다고 생각했을, 그런 자세웠다.

38

장경사는 누군가와 통화를 하며 낄낄대고 있었다. 웃던 그는
서유진이 들어오는 것을 보자 순간 긴장하는 낯빛으로 바뀌었
는데, 두리번거리던 그녀가 자신을 발견한 것을 알아차리고 얼
른 다시 눈을 내리깔고 낄낄거리며 웃었다. 서유진은 장경사 앞
에 가서 섰다. 장경사는 그녀에게 목례를 하고 여전히 낄낄거리
다가 전화를 끊었다. 그러고는 커다란 소리로 크르릉 하더니 가
래를 뱉었다.

"대체 왜 수사를 시작하지 않는 겁니까?"

서유진은 팔짱을 낀 채로 단도직입적으로 물었다. 이곳에 와
서 장경사에게 항의를 한 게 이번 건으로만 벌써 오늘이 세번째
였다. 장경사는 느긋하고 노련한 눈빛으로 그녀를 훑어보았다.
서유진은 장경사의 그런 시선을 가끔 다른 간사들에게 '느끼하
고 재수없으며 뻔뻔한' 시선이라고 표현하곤 했다.

"서간사님 좀 앉으세요. 거기…… 뭐 차라도 한잔 드릴까요?"

"아이가 성추행을, 그것도 학교에서, 그것도 교장한테 당했다
고 신고를 했으면 당연히 아이에게 피해자 진술서를 받아내고
교장을 수사해야 하는 것 아닙니까?"

"그렇죠."

장경사는 느긋하게 웃으며 턱수염을 매만졌다. 서유진은 오늘은 지난번처럼 발끈해서 목소리를 높이지 않고 차분하게 대응하리라 마음먹었지만, 언제나 한수 위인 장경사의 느글거리는 모습을 보자 다시 목덜미가 뻣뻣해지면서 얼굴이 붉어지고 있었다.

"그런데 왜 안하시느냐구요. 애가 성추행을 당한 거기 그대로 방치되어 있잖아요."

"글쎄, 우리가 조사를 하려고 하니까, 자애학원에서는 부모가 아니면 애를 함부로 데리고 나올 수 없게 되어 있던데…… 그게 규칙이라는데 어쩌냐고요? 전에도 말했잖아요, 그래서 못 데리고 나온다고. 그러니 조사를 어떻게 하나……"

"말씀드렸다시피 어머니가 서울로 가셨는데 예정과는 달리 못 내려오고 계세요. 연두 아버지가 다시 수술 날짜를 받으셨다니까요. 어쨌든 부모가 신고를 했으니까 조사를 해야지요. 게다가 그 교장은 왜 조사를 하지 않는 겁니까?"

장경사는 얼핏 웃었다. 그리고 목소리를 낮추어 말했다. 멀리서는 다정해 보이기까지 할 포즈였다.

"교장선생님은, 서간사도 아시다시피 이 지역에서 모르는 사람이 없을 정도로 점잖고 훌륭한 분인데, 어떻게 귀머거리 애 말 하나만 믿고 그분에게 경찰서로 갑시다, 합니까 하길…… 요새 세상이 어떤 세상인데. 저희도 해먹기 힘들어요. 인권이네 뭐네 해서 함부로 연행할 수가 없어요."

"그러니까 연두를 불러내서 저희와 함께 진술서를 받으면 되잖아요. 그러면 피의자 신분으로 교장을 연행할 수 있잖아요."

"글쎄 그러고 싶은데 부모가 없으면 자애원에서 애를 못 내보낸다니까."

장경사는 손깍지를 껴서 뒤통수에 대고 의자를 쭈욱 뒤로 젖혔다.

"그러니까! 수사를 시작하고 피해자 신분, 피의자 신분으로 아이하고 교장을 조사하면 될 거 아니에요."

서유진의 음성은 높았다. 주변에 있던 경찰들이 일제히 그녀를 돌아보았다. 그녀는 그들의 시선을 의식하면서 순간 얼굴이 붉어졌다. 그런 그녀를 장경사가 빙그레 웃으며 바라보았다. 두 손은 여전히 깍지 낀 채 뒤통수에 대고 있었다.

"글쎄, 그게 별 뾰족한 증거도 없이 그 훌륭하신 분보고 경찰서로 가자고 하느냐고요. 게다가 성추행이라니, 우리끼리 까놓고 이야기해서 뇌물수수나 뭐 배임이나 이런 사무상의 죄목도 아니고 성추행이라…… 그분 앞에서 참, 내 입으로 말하기도 좀 그렇지 않겠어요? 엊그제 도지사 표창까지 받으신 분한테요. 서 간사 같으면 안 그렇겠어요?"

서유진은 굵은 침을 한번 삼켰다. 이런 부류의 인간들은 언제나 모호한 말로 상대를 유인하고 다중(多重)의 의미로 번역될 수 있는 말을 흘림으로써 순진한 상대의 해석을 오류로 몰아붙이는 재주를 가지고 있다는 것을 그녀는 아직 알지 못했다. 그러나 그녀 특유의 직감으로 지금 여기서 더 말싸움을 해서는 안된다는 것을 알았다. 감정적으로 말하자면 멱살이라도 잡고 싶었지만 그녀는 말소리를 낮추었다.

"그럼 우리가 자애원에 이야기해서 피해 학생을 데려다주면, 그러면 진술서를 받으시겠어요?"

"아니 이보세요, 우리가 뭐 수사하기 싫어서 안하는 것처럼 그러시는데 그건 오해서. 검찰도 수사지휘를 내리지 않고 있어요. 젤 큰 이유는 실은 그거야."

장경사는 부르르 떨며 선 서유진이 자못 귀엽기라도 한 듯 약간의 반말투를 섞어 다시 덧붙였다.

"아시죠? 검찰이 수사지휘권을 가지는 거. 우리 경찰이 그렇게 수사권 독립시켜달라고 해도 안해주잖아. 어려운 말로 기소독점권이라고 하잖아, 그거 말예요. 그러니 검사님께서 지휘명령을 내리시기까지 우리도 어쩔 수 없어요."

장경사는 깍지를 풀고 두 손을 책상에 내려놓은 다음, 그러니 이제 그만 가달라는 듯 서유진을 빤히 바라보았다. 그녀는 장경사와 미묘한 문제로 여러번 부딪친 적은 있었지만 단순한 고발 사안 앞에서 이렇게 뻔뻔하게 직무를 회피하리라곤 생각해본 적이 없었다. 적어도 수사를 좀 게을리하거나 편파적으로 할 가능성은 짐작했지만, 그리고 이제까지 그런 사건들은 대개는 약간은 정치적이라면 정치적일 수 있는 문제들이었지만 이렇게 어린 아이를, 학교에서, 교장이 성추행했다는 명명백백한 고발 앞에서 그가 이런 식으로 나오리라고는 꿈에도 생각하지 못했다.

"검찰이건 경찰이건 이런 식으로 나온다면 다른 식으로 사건을 알리는 수밖에…… 당신 오늘 한 말에 대해서 톡톡히 댓가를 치르게 될 거야."

서유진은 장경사의 눈을 똑바로 보며 말했다. 그런 그녀의 눈에 얼핏 푸른빛들이 번득거렸다. 그리고 모든 진실한 것들이 그러하듯 그것은 어떤 힘을 가지고 있었다.

"당신이라니 이 아줌마가…… 어디서 당신이야. 우리가 언제 그렇게 친했다고."

장경사는 서유진의 푸릇한 눈동자를 슬쩍 피했다.

"그럼 당신이지 너라고 해요? 뭐라구요? 아줌마? 왜 그러는데 아저씨? 당신이라고 하니까 내가 까페 '야화'에서 왔는지 아나보지?"

순간, 고개를 숙이거나 다른 서류를 들여다보는 척하며 두 사람을 의식하던 몇몇 순경들이 킥킥 웃었다.

39

"알겠어요, 맘대로 해봐요. 그럼 우리 독자적으로라도 일을 진행하는 수밖에."

호기롭게 내뱉고 경찰서 마당으로 내려섰지만 서유진의 머리는 아득했다. 다른 식으로 사건을 알리는 것에 대해 생각해본 적이 없었던 것이다. 당연히 경찰이 수사할 줄 알았던 자신의 계산은 너무 순진한 것이었는지도 몰랐다. 장경사 앞에서 큰소리를 쳤지만, 그리고 지금 같아서는 수단과 방법을 가리지 않고 장경사에게 본때를 보여주고 싶은 마음이지만 앞이 보이지 않았다. 그래서 그녀는 돌진하듯 그대로 차까지 걸어갔고 습관처럼 재킷 주머니에 손을 넣었다. 물론 주머니는 텅 비어 있었다. 부질없는 줄 알면서도 차 안을 들여다보니 차 좌석에 놓인 휴대폰에서 벨이 울리고 있었다. 무진 인권운동센터의 남자 간사 이름이 발신자로 떠오르는 게 보였다. 연두 어머니에게 연락을 취하라고 일러두고 나왔는데 아마 그사이 연락이 되었는지도 모른다. 그녀는 마음이 바빠졌다. 이런 일이 하도 자주 일어나서 보조열쇠 하나를 지갑에 넣어두었는데 대개는 차 문을 잠글 때 지갑마저도 차 안에 두는 일이 많아서 아무 소용이 없었다. 보험사에서 제공하는 무료 써비스도 이미 이용 횟수 한도를 넘어버렸다. 염치없지만 무진에서 카센터를 운영하는 오빠에게 도움을 청하는 수밖에 없었다. 그래서 오빠에게 전화를 걸려다가 그녀는 자신이 휴대폰조차도 차 안에 두었다는 것을 알았고 한숨을 쉬며 다시 경찰서로 향했다.

마침 장경사는 현관 앞 모퉁이에서 담배를 피우고 있었다.

"또 무슨 볼일이 있으신지……"

장경사는 자신을 향해 똑바로 걸어오는 서유진을 보고 언뜻 경계를 하며 물었다.

"죄송한데…… 휴대폰 좀 빌려주세요."

그녀는 하는 수 없이 공손했다. 장경사는 이게 무슨 꿍꿍이일까 잠시 생각하는 기색이었다.

"휴대폰이라…… 글쎄 무슨 일이신지……"

"시내에 거는 거예요. 국제전화 아니고 시외전화도 아니라구요. 사사건건 참…… 그것도 검사가 지휘를 해야 하는 사안인가요?"

그녀가 발끈하며 돌아서려고 하자 장경사는 자신도 모르게 그녀를 불러세웠다.

"참, 그렇게 나를 나쁜 사람으로 몰고 싶으세요? 국제전화만 아니라면 쓰슈."

장경사는 그녀에게 휴대폰을 내밀었다. 그녀는 오빠에게 전화를 걸어 직원을 한명 보내줄 것을 부탁했다. 왜냐고 묻는 오빠의 질문에 그녀는 곁에 있는 장경사를 의식하고는 망설이다가 "저번에 그 일 땜에."라고 얼버무렸다. 그러나 그 말을 알아듣지 못한 오빠 때문에 하는 수 없이 "열쇠를 넣고 차 문을 잠갔어."라고 말했고 그것이 장경사의 귀에 들어가버렸다.

"고마워요. 그리고 빨리 수사하세요."

무안한 마음에 서유진은 장경사에게 휴대폰을 내밀며 말했다.

"댁이 검사라면 나도 그러고 싶지."

서유진은 돌아서서 차 옆으로 가 카센터 직원을 기다렸다. 그녀를 유심히 바라보고 있던 장경사가 담배를 피우러 곁으로 온 김순경에게 불쑥 물었다.

"김순경, 저 여자 어떻게 생각해?"

김순경은 오래도록 장경사를 보아온 사람답게 그저 애매하게 웃었다.

"저 여자 남편도 없이 혼자 산다면서? 참 나 저런 여자들 말이야, 민중, 민주 뭐 이러는 여자들, 참 맛없게 생기지 않았어? 그런 콤플렉스 때문에 더 지랄들인 거 같아, 안 그런가?"

장경사는 담배를 깊이 빨았다.

40

녹화할 비디오카메라도 준비되었고 장애인 성폭력상담소장도 와 있었다. 구청에서 일하는 수화 통역사도 곧 도착할 것이었다. 그는 이곳 인권운동센터 간사의 고등학교 동기인데 자원봉사 차원에서 오기로 했다. 회의실 분위기를 크게 바꾸지는 않았지만 적어도 아이들이 편안하게 이야기할 수 있게 서유진은 오는 길에 작은 베고니아 화분도 하나 샀다. 이제 연두 어머니가 연두를 데려오고 그리고 조금 있다가 강인호가 유리를 데려오면 진술이 시작될 것이었다.

서유진은 아침에 인권운동센터 간사 두 사람과 회의를 하면서 이 모든 것의 뚜껑을 자신들이 먼저 열기로 결정했다. 아이들의 증언을 녹화해 신문·방송 등 언론매체와 국가인권위원회에 알리는 방법을 동원하기로 한 것이다. 아침에 무진지방노동위원회가 자애원의 농인 생활지도교사 송하섭이 부당해고당했다는 사실을 알려왔다. 재단 측에서 내세우는 이유는 교장에 대한 폭언과 교사로서의 품위 상실이었지만 진짜 이유는 그날밤 연두를 성폭력센터로 데리고 나온 데 있는 것 같았다. 서유진은 자신의 예감대로 무언가 거대한 것이 어둠속에 도사리고 있음을 느꼈고, 장경사와 씨름할 시간이 없다는 판단을 내렸다.

먼저 도착한 것은 연두 어머니였다. 연두 아버지가 수술이 끝나고 며칠 지나자 그녀는 새벽에 다시 무진으로 와 연두를 데리고 나온 것이었다. 연두 어머니의 얼굴빛은 더 어두워져 있었다. 연두 아버지의 수술 경과는 그렇게 좋은 편이 아니라고 했다. 인생의 한 국면에서 삶이 이렇듯 사정없이 한 인간을 몰아칠 때, 신이 있다면 이럴 수는 없다고 서유진은 오래전부터 생각하곤 했다. 열에 들떠 흰자위를 드러내며 경기를 하는 돌배기 아이를 들쳐업고 네살짜리 큰아이를 잠에서 깨워 억지로 손을 붙들고 추운 새벽 길거리에서 병원에 가려고 미친 듯이 택시를 불러 세우던 자신의 모습이 연두 어머니의 얼굴 위로 겹쳤다. 눈을 들어 바라본 새벽하늘이 짙푸른 유리 조각처럼 산산이 부서져 자신을 향해 쏟아져내리는 듯하던 환각도 기억났다.

연두는 긴장한 낯빛이었다.

—어서 와. 반가워.

서유진은 강인호에게서 배운 간단한 수화로 연두에게 인사했다. 긴장한 연두의 낯빛이 금세 밝아지며 무언가를 물었는데 당신도 농인이냐는 뜻 같았다. 서유진은 더이상은 아는 수화가 없어서 웃으면서 손을 저었다. 연두의 얼굴로 살짝 실망감이 지나갔다.

　서유진은 아이들에게 주려고 준비한 빵과 우유를 내밀었다. 연두는 잠시 망설이다가 구석 자리에 앉아 그것을 먹었다. 오래도록 그런 간식을 먹어보지 못한 아이처럼 한입 가득 팥빵을 베어무는 연두를 서유진은 물끄러미 바라보고 있었다. 연두의 통통한 뺨이 빵을 먹을 때마다 볼록거렸다. 뺨은 복숭앗빛이고 검은 머리는 윤이 나고 숱이 많았다. 눈동자는 맑고 키는 다른 또래들보다 약간 컸다. 교복 치마 아래로 드러난 두 다리는 고무인형의 것처럼 탱탱하게 뻗어 있었다. 열다섯살이라는 단어가 함축하는 많은 것들이 서유진의 머릿속으로 지나가고 있었다. 살구의 솜털, 연초록, 봄날의 장미꽃 잎, 아침 이슬, 보슬비, 초봄의 나비 날개, 그리고 엷은 홍차 향기 같은 것…… 그런 싱그러운 소녀에게 일어난 일들을 잠시 상상하자 그녀는 순간 아찔해졌는데 그때 연두와 눈이 마주쳤다. 쌍꺼풀 없는 도톰한 눈에 살짝 부끄러운 기색이 지나가더니 연두는 망설이다가 조금 웃었다. 그때 서유진은 생각했다. 어떤 일이 있다 해도, 자신의 두 딸 바다와 하늘이의 이름을 걸고 이 아이들을 지켜주자고. 그래서 서유진은 그녀가 힘들 때면 언제나 그러하듯이 씩씩한 웃음을 연두에게 지어 보였다.

41

무진 인권운동센터 회의실 가운데에 앉은 연두는 나란히 앉은 엄마의 손을 꼭 잡고 있었다. 무진 성폭력상담소장이 그 앞자리에 앉았다. 서유진은 카메라를 켰다. VCR이 돌아가는 소리가 그토록 크게 들린 이유는 그 방 안에 들어선 열몇명의 사람들 중 누구도 소리를 낼 엄두를 내지 못했기 때문이리라. 서유진은 성폭력상담소장을 향해 시작해도 좋다는 신호로 고개를 끄덕였다.

"이름이 무엇이죠?"

성폭력상담소장이 묻고 수화 통역사가 그것을 통역하기 시작했다.

─김연두입니다.

"자애학교 중2 맞습니까?"

─네.

"이 과정은 어떤 강압이나 협박 없이 진행되며 본인이 원하지 않으면 언제든지 그만둘 수 있습니다. 그렇게 하겠습니까?"

─네.

"학생은 지난주 월요일 자애학원 교장에게 성추행을 당했다고 했는데 그 과정을 말해줄 수 있습니까?"

─네.

"그럼 말해주십시오. 그 일이 어떻게 일어났지요?"

─저는 그날 방과 후에 저희 기숙사인 자애원으로 가서 옷을
갈아입고 운동장으로 놀러 나왔습니다. 함께 놀던 유리가 잠깐
화장실에 간다고 했는데 오지 않아 다시 학교로 들어왔습니다.
중앙 현관을 지나 교무실 쪽으로 가는데 교장선생님이 교장실
을 나오다가 저를 발견하셨습니다. 교장선생님이 저를 손짓으
로 부르셨습니다. 제가 무슨 일인가 하고 다가가니까 잠깐 들어
오라고 하시는 것 같았어요. 교장선생님도 역시 수화를 못하시
니까요. 들어가니까 저를 데리고 책상 앞으로 가셨어요. 책상에
는 컴퓨터가 켜져 있었는데 거기서 이상한 화면이 보였어요. 여
자와 남자가 벌거벗고⋯⋯

연두는 부지런히 움직이던 손을 허공에 멈추고 제 어머니를
바라보며 입술을 물었다. 젊은 남자 통역사가 연두의 손을 바라
보며 말을 옮기다가 멈추었다. 영문을 모르고 자원봉사하러 온
그는 이 곤혹스러운 통역에 벌써 난감한 표정을 짓고 있었다. 연
두와 통역사를 번갈아 바라보던 서유진과 강인호, 그리고 간사
와 성폭력상담소장의 시선은 연두에게 붙들려 있었다. 찍어누
르는 듯한 침묵이 그 자리를 덮치고 있었다. 연두 어머니는 천천
히 연두를 향해 눈을 깜박였다. 그녀의 얼굴은 얼음보다 딱딱하
게 굳어 있어서 눈을 깜박여 자신의 의사를 표시하는 일조차 온
생의 힘을 걸고 하는 것 같았다. 그러나 그 눈빛은 딸을 향해 거
의 터지기 직전의 슬픔과 분노와 연민을 보여주고 있었다. 그녀
의 통통한 손에서 배어나온 땀이 그녀가 쥔 손수건을 축축하게

적시고 있었다. 연두는 어머니의 표정에서 많은 것을 확인한 듯
다시 말을 시작했다. 그런 연두의 얼굴에는 이미 소녀의 것이라
고는 볼 수 없는 어떤 위엄 같은 것이 어려 있었다. 진정한 사랑
을 받았고 또 받고 있는 사람만이 보여줄 수 있는 품위 같은 것
이었다.

──벌거벗고 있는 영화 같았어요. 실제로 남자와 여자의 성기
가 나오는 그런…… 저는 두려운 마음에 도망치려 했습니다. 교
장선생님은 저를 잡아끌어다가 그 화면 앞에 세우셨고 제 가슴
으로 손을…… 저는 뿌리치고 교장실 밖으로 뛰어나왔습니다.
복도에 아무도 없었어요. 마침 여자 화장실이 보이기에 그리로
들어갔습니다. 여자 화장실이니까요. 그런데 바로 교장선생님
이 들어오셨고, 그리고 문을 잠그셨습니다.

연두는 천천히 움직였다. 그녀의 손짓이 통역사의 입을 통해
자음과 모음으로 변하고 그것이 언어라는 몸뚱이를 획득해나가
자 서유진은 손으로 제 입을 막았다. 비명을 지르지 않은 것은
연두 어머니 때문이었다. 연두 어머니가 온몸으로, 아마도 불운
한 온 생의 힘을 다해 침착을 유지하려고 애쓰고 있기 때문이었
나. 들어막힌 소리는 서유진의 몸뚱이 안을 어기저기 부딪다가
눈물로 천천히 고여왔다.

──그리고 저를 화장실 벽에 밀어붙이신 다음, 제 실내복 바
지를 벗기……

젊은 통역사의 목소리는 이제 떨리고 있었다. 가끔씩 자음과

자음 사이, 혹은 모음과 모음 사이를 끊고 수화로 연두에게 무언가를 다시 물었다. 연두 어머니는 석고상처럼 움직이지 않았다. 딸이 말을 하는 도중 문득문득 어머니의 표정을 살피기 때문인 것 같았다. 가끔씩 꿀꺽거리며 침 넘기는 소리만이 그녀가 딸에게 의식을 집중하고 있음을 알려주었다. 그런 어머니를 바라보는 연두의 눈에는 미안함이 가득 어려 있었고 연두 어머니는 어머니대로 그런 연두 때문에 눈물조차 흘리지 못하고 있었다. 통역을 듣던 인권운동센터의 젊은 여자 간사가 짧은 신음을 내뱉다가 창밖으로 고개를 돌리고 숨죽여 울기 시작했다.

"너무 힘든 부분은 다 말하지 않아도 돼요."

성폭력상담소장이 천천히 말했다. 연두가 겁먹은 눈으로 어머니를 바라보았다. 연두 어머니가 떨리는 손을 들어 연두의 머리를 쓰다듬었다. 연두의 얼굴이 그제야 일그러지기 시작했다.

—아가, 그만할래?

연두 어머니가 수화로 연두에게 물었다. 연두는 고개를 끄덕이며 어머니 품에 안겼다. 침묵이 계속되었고 아직 꺼지지 않은 VCR이 그 침묵을 녹음하고 있었다. 연두를 안고 머리를 쓰다듬던 어머니가 마침내 울음을 터뜨렸다. 그러나 그녀는 아무 말도 하지 않았다. 그저 연두의 머리칼을 하염없이 쓸어내렸다. 잠깐을 그렇게 울던 연두는 무슨 생각이 났는지 다시 격렬한 몸짓을 시작했다.

—그런데 무슨 일인지 갑자기 교장선생님이 내 입을 틀어막

고 날 화장실 칸막이 안으로 끌고 들어갔어요. 그렇게 오랫동안 숨이 막힌 채로……

통역사의 말을 듣고 있던 강인호가 입술을 앙다물었다. 그의 겨드랑이로 쉼 없이 식은 땀방울이 흘러내리고 있었다.

—제가 창피해서 바지를 올리려고 했더니 제 뺨을 때리고 바지를 벗긴 다음 변기에 저를 돌려세웠어요. 그리고 저를 엎드리게 하고…… 제 뒤에다……

연두 어머니가 허공을 가르고 있던 연두의 손을 붙들었다. 통역사의 입술이 멈춰졌고 강인호의 고개가 푹 수그러졌다.

"선생님, 이 정도면, 이 정도면 충분하겠지요?"

연두 어머니는 낮은 목소리로 말했다. 누구도 대답하지 않았다. 그때 정적을 깬 것은 처음부터 내내 지켜보고 있던 유리였다. 유리는 이상한 목소리를 내며 연두에게 달려들었고 그리고 격렬하게 무언가를 말하기 시작했다. 얼결에 당한 상황이라 연두는 거의 십오도 정도 뒤로 등을 젖힌 채 유리의 수화를 보고 있었다. 당황한 통역사가 그 둘의 말을 통역하려 했으나 역부족인 것 같았다. 왜냐하면 수화에도 속어와 유행어와 또래집단의 은어가 있기 때문이다. 유리는 연두에게 수화를 계속하며 이상한 비명 같은 것을 내지르고 있었다. 아이는 몹시 흥분한 상태였고 연두는 거의 경악에 가까운 표정을 짓고 있었다.

"왜 그래요? 유리가 왜 그래요?"

서유진이 물었고 강인호가 유리에게 다가가 뒤에서 안았다.

순간 유리의 입에서 격렬한 비명이 튀어나왔다. 아이가 날뛰는 바람에 탁자가 흔들리면서 베고니아 화분이 떨어져 깨져버렸다. 붉은 꽃잎들이 차가운 바닥에 내팽개쳐지며 베고니아의 거무튀튀한 뿌리가 드러났다.

42

강인호는 처음 유리를 만난 순간을 기억했다. 안개 속에서 파삭거리며 과자를 먹던 아이. 그때 그를 보고 지른 소리가 바로 이런 소리였다. 날것의 공포로만 이루어진 소리…… 하지만 잠시 그에게도 마음을 열었던 아이, 곰 인형을 안고 연두가 린치를 당하고 있는 세탁실까지 그를 안내해주었던 아이. 강인호는 문득 그때 복도에 발이 닿지 않는 것처럼, 마치 날아가는 것처럼 가벼이 뛰어가던 유리를 천사 같다고 생각한 것을 떠올렸다. 그는 흰자위가 보이도록 눈을 뒤집으며 절규하는 유리의 두 손을 잡았다. 유리는 그물에 갓 잡힌 맹금류처럼 버둥거렸다. 그는 자기도 모르게 그런 유리의 두 손을 붙들고 아이의 눈을 똑바로 마주 보며 말하기 시작했다.

"유리야, 무섭지 않아. 선생님이야. 선생님이 널 도와주고 싶어. 유리야, 괜찮아. 여기 널 괴롭힐 사람은 아무도 없어. 자, 선생님 봐. 선생님 따라 숨을 쉬어봐. 하나, 두울, 세엣, 그렇지 잘한다. 우리 유리 잘한다."

유리가 소리를 알아듣든 아니든 그건 그에게 아무 상관 없었다. 가끔 제 성질에 못 이겨 장난감을 집어던지던 어린 딸 새미에게 그는 이런 방식을 취하곤 했다. 너무 어려서 말을 알아듣지 못하는 아이는 그러나 신기하게도 아빠의 말을 따라 했고, 그때 그는 어렴풋하게 인간의 소통이 꼭 언어로만 가능한 것은 아님을 깨달았다. 집요하게 바라보는 강인호를 보며 몸뚱이만 큰 유리는, 여섯살 정도의 지능을 가졌다는 유리는 어느덧 그를 따라 호흡하고 있었고 눈빛은 잦아들었다. 그때 강인호는 유리의 눈 속에서 태어날 때부터 지금까지 짧은 평생을 얼음처럼 차가운 고치 속에서 얼어붙어 성장이 멈춰버린 애벌레 같은 영혼을 언뜻 보았다. 그의 가슴속에서 거대한 얼음장이 갈라지는 것처럼 쩡! 소리가 났다.

"유리야, 아무것도 두려워하지 마. 이제부터 우리가 모두 널 도울 거고 널…… 지켜줄 거야."

지켜준다,는 말을 하면서 강인호는 이제 자신이 결국 어떤 모퉁이를 돌고 있다는 것을 깨달았다. 유리는 어린아이처럼 그의 품에 힘없이 얼굴을 묻었다. 발작 끝에 유리는 힘이 다 빠져버린 것 같았다. 아이는 열다섯살이라고는 믿을 수 없을 만큼 가벼웠다. 고치에서 갓 나온 어린 나비 같았다. 아니, 누가 지었는지 그 이름 그대로 곧 깨어져버릴 유리만 같았다.

그때 연두가 통역사의 어깨를 톡톡 두드리고 수어를 시작했다.

—유리가 할 말이 있대요. 다 말하고 싶대요.

그러자 유리가 연두에게 손짓을 했다. 통역사의 입이 열렸다.

"유리가 콜라가 마시고 싶대요. 차가운 걸로 한병 다 마시고 싶대요. 그리고 초코파이도 먹고 싶다고 하네요."

얼굴이 백지장처럼 굳어 있던 남자 간사가 "유리야, 기다려. 오빠가 얼른 사올게, 많이 사올게." 하고 근처 슈퍼마켓으로 뛰어나가는 동안 회의실에는 침묵만 가득했다. 그동안 유리는 정말 다섯살짜리 딸처럼 강인호의 어깨에 머리를 기대고 앉아 있었다.

생각에 잠겨 있던 연두가 무언가 결심한 듯 고개를 들었다. 그리고 수어를 다시 시작했다.

─지지난 주에도 유리는 교장선생님께…… 유리가 그 말을 하고 싶대요. 그걸 우리 모두 보았어요.

통역사는 도저히 자신이 통역하고 있는 언어가 무슨 뜻인지 모르겠다는 표정을 지었다. 그의 통역은 이제 문법도 맞지 않았다. 성폭력상담소장이 나섰다.

"교장선생님한테 뭘요? 뭘 보았다는 거죠? 그리고 우리라니, 그게 누구누구야?"

연두는 입술을 깨물었다. 그러고는 입을 삐죽이더니 어머니에게 다가갔다. 아이들에게 더는 추궁할 수 없었기에 그들은 잠시 쉬기로 했다. 남자 간사가 봉투 가득히 콜라와 과자를 사가지고 돌아왔다. 연두와 유리의 입이 함박 벌어졌다. 다른 사람들은 모두 콜라만 마셔댔는데 유리 혼자 파삭거리며 과자를 먹었다.

"너무 늦으면 애들이 피곤할 테니까 시작할까요?"

서유진이 껐던 VCR을 다시 켰다. 강인호가 유리의 손에서 과자를 살살 빼앗아 탁자에 놓았다. 유리는 단것을 실컷 먹었는지 손가락에 남은 설탕을 빨며 얌전히 앉아 있었다.

— 말 다 하고 나면 이거 다 줄게. 지금은 묻는 말에 정직하게 대답해야 한다.

유리는 콜라를 한모금 더 마시고 나서 고개를 끄덕였다.

신상에 대한 물음에 대답이 이어지고 나서 본격적으로 질문이 시작되었다.

"지지난 주에 무슨 일이 있었는지 말해줄 수 있어요?"

유리는 이제 침착한 표정이었다. 어린아이들이 그렇듯 언제 울었느냐는 듯이 착하게 고개를 끄덕였다.

43

— 저는 연두랑 학교 앞 가게에 컵라면을 사러 가려고 했어요. 원래는 여섯시쯤 저녁식사가 나오는데 도저히 먹을 수가 없는 그걸 먹는 아이들은 거의 없어요. 그래서 우리는 인제나 학교 앞의 작은 구멍가게에서 빵이나 라면을 사서 저녁을 때우곤 했어요. 그날도 여덟시쯤 되자 배가 고팠어요. 그래서 연두랑 가게에 가려고 현관을 나서는데 제가 이상하게도 약간 배가 아프기 시작했어요. 그래서 연두에게 제 것도 사다달라고 부탁하고 현

관에 앉아 있었지요. 그때 교장선생님이 퇴근을 하시는지 나가려다가 저를 보고는 웃으면서 제 손을 잡아끌었어요. 저는 가지 않으려고 했지만 과자를 준다고 했어요. 그러고는 저를 데리고 교장실로 들어가 과자를 주고는 제가 과자를 먹는 사이에 소파 앞 탁자에 저를 누이고 제 체육복 바지를 무릎까지 내렸어요. 그리고 교장선생님도 바지와 팬티를 무릎까지 내렸어요.

젊은 여자 간사가 짧게 비명을 질렀다. 다행히 유리는 들을 수 없었고 서유진이 그녀에게 무서운 표정을 지어 보였다. 통역사의 이마에는 쉴 새 없이 땀이 흘러내리고 있었다. 태연해 보이는 것은 유리 한 사람뿐이었다. 유리의 말을 듣고 있는 사람들 속에서 올라오는 열기 때문이었을까, 모두의 이마에 진득한 땀이 배어나오고 있었다.

──그러고는 바지를 벗고 고추를 꺼내 제 속에…… 넣었어요.

서유진의 얼굴이 점점 더 마분지처럼 희고 빳빳하게 굳어갔다.

──잠시 후에 문이 열리고 연두가 들어왔어요. 그러자 교장선생님은 앞뒤로 엉덩이를 왔다 갔다 하면서 연두에게 들어오라고 손짓했어요. 연두가 달아나버리자 교장선생님은 휴지를 찢어 고추를 닦고 다시 옷을 입었는데, 그때 창밖에 누가 있었는지 뭐라 삿대질을 하면서 커튼을 내렸어요. 그리고 복도로 나가서 연두를 데리고 들어왔어요.

"아아!"

참았던 비명이 서유진의 앙다문 입술 사이로 터져나왔다. 그때를 맞춘 듯 모든 사람들의 입에서 참았던 숨이 토해졌다. 통역사가 더이상 참지 못하겠다는 듯이 자리를 떴다. 강인호가 담배를 피우러 복도로 나가서 얼핏 보니 그는 화장실로 가서 수돗물을 틀어놓고 찬물에 제 머리를 식히고 있었다. 강인호는 담배연기를 뿜으며 어두운 무진의 거리를 바라보았다. 뒷골목 쓰레기통을 뒤지던 개 한마리가 어디론가 달려갔다.

44

성폭력상담소장은 창백한 얼굴이었지만 나름의 평온을 유지하며 진술을 이끌어나갔다. 경험의 힘이었을 것이다.

"통역사님, 이제 준비되셨으면 연두에게 물어주세요. 그 정황을 연두의 입장에서 다시 한번 진술해달라고 말이지요."

조금은 진정이 된 듯 수화 통역사는 고개를 끄덕였다.

"지금 유리가 한 말이 사실인가요?"

—네, 모두 사실입니다.

"그래서 그날을 연두는 어떻게 기억하고 있나요?"

연두는 잠시 생각에 잠기더니 또렷하고 영롱한 눈매로 통역사를 바라보며 수화를 시작했다.

—저 혼자 나가서 컵라면을 사가지고 들어오니까 유리가 없었어요. 저는 유리가 기숙사로 돌아갔나 하고 현관 입구로 들어서는데 어두운 복도 저편에서 빛이 새어나오고 있었고 자세히

보니 교장실이었어요. 다가가서 보니까 희미한 음악 소리까지 들려서 사람이 있는 줄 알았지요. 그래서 문을 열어보니까……

연두는 고개를 숙였다. 그애의 귓불까지 붉게 물들어갔다. 그리고 잠시 후 고개를 들었는데 눈물이 가득 고여 있었다.

"하기 싫은 말은 하지 않아도 돼요."

성폭력상담소장이 말을 꺼내자 연두는 참착하게 고개를 끄덕였다.

─예, 유리의 말 그대로입니다. 저는 너무 놀라고 무서워서 도망쳤지요. 그런데 현관 앞으로 가다보니까 우리 반 남자애들 둘이서 제 쪽으로 도망쳐오고 있었어요. 방금 교장실에서 교장선생님이 바지를 내리고 유리를 누인 채로 고추를 덜렁이는 것을 봤다면서 우리가 본 걸 알면 선생님들께 혼이 날 테니까 저보고 얼른 방으로 가라고 하더군요. 남자애들 둘이 도망친 뒤, 저는 망설였어요. 무서워서 도망치고 싶었지만 유리가 걱정되어서 그럴 수 없었어요. 그때 교장선생님이 제 뒷덜미를 잡아챘어요. 저 역시 교장실로 끌려갔지요. 저를 앉혀놓고 만일 여기서 본 걸 말하면 가만두지 않을 거라고 수화로 말했어요. 저는 무서워서 그러겠다고 했고 유리와 함께 교장실을 나와 기숙사로 와서 잤어요.

"교장이 수화를 하니? 전번에 교장이 수화를 못한다고 했잖아?"

유심히 통역의 말을 듣고 있던 강인호가 물었다. 통역사가 그것을 통역했다. 그러자 연두가 잠시 의아한 표정을 짓더니 대답했다.

—그러네요. 글쎄, 저는 그날 교장선생님을 가까이서 처음 뵈었어요. 분명 그 말을 수화로 하셨어요. 아아, 그러고 보니 지난주 저를 화장실로 끌고 가셨을 때도 나중에 저를 놓아주면서 그 말을 수화로 하셨던 것 같아요.

"다른 말은?"

강인호가 다시 물었다. 연두는 잠시 고개를 갸웃하더니 대답했다.

—그러고 보니 다른 말을 수화로 하는 건 보지 못한 것 같아요. 그 말만 수화로 하셨어요. 여기서 본 걸 다른 데서 말하면 가만두지 않겠다구요.

"왜 그때 바로 선생님들께 말하지 않았지?"

—초등학교 삼학년 때부터 말했지만……

"뭐라구?"

서유진이 외쳤다. 왜 말하지 않았느냐, 왜 따라갔느냐, 왜 저항하지 않았느냐 같은 질문은 폭력의 희생자들에게 절대 해서는 안될 실문이라는 것도 그녀는 잠시 잊고 있었다. 초등학교 삼학년 때부터,라는 말이 사실이라면 그 세월이 너무 길었다. 분명 그 대상이 아이들은 아니었지만 분노가 치밀어올라 그녀는 유리에게 언성을 높이고 말았다.

서유진은 이제 약간씩 이성을 잃어가고 있었다. 목소리가 높아지고 얼굴은 붉게 달아올랐다. 아까 서유진에게 주의를 받은 젊은 여자 간사가 '서선배도 저럴 때가 있구나.' 하는 얼굴로 그녀를 바라보았다.

"초등학교 삼학년?"

연두와 유리가 모두 고개를 숙이고 대답하지 않았다.

서유진이 성폭력상담소장에게 물었다.

"선생님, 어떻게…… 이런 일이 있을 수 있어요?"

성폭력상담소장은 금테 안경을 밀어올리며 잠시 곤혹스러운 표정을 짓다가 대답했다.

"서간사님, 죄송합니다. 제가 이런 일을 하다보니까 세상에 별의별 일이 다 일어나고 있어요. 특히나 장애인 여성들은 말하자면, 완전 무방비로…… 짓밟히고 있어요. 죄송하지만 끝까지 진행할 수 있게 도와주세요."

서유진은 입을 다물었다. 성폭력상담소장이 다시 말을 이었다.

"초등학교 삼학년 때의 일을 기억나는 대로 이야기해주겠어요?"

유리는 잠시 기억을 떠올리려고 애쓰더니 담담히 수화를 시작했다.

—삼학년 겨울방학이 지난 다음 담임선생님께 말씀을 드렸어요.

"그러자 담임선생님이 뭐라고 하시던가요?"

—박보현 선생님께 물어보았는데 대체 그런 일이 있을 수 있

느냐고 했다면서 나보고 선생님들을 모함하는 그런 말도 안되는 소리를 하고 다니지 말라고 하셨어요.

"그런데 어떤 일이 있었던 거지요?"

— 저는 그때도 자애학교에 다니면서 자애원에서 살고 있었어요. 방학이 되면 아이들 모두 집으로 돌아가는데 저는 집에서 할머니가 데리러 오지 않으면 갈 수가 없었어요. 어느날 그렇게 집에서 데리러 오지 않는 애들 몇몇과 방에서 놀고 있는데 박보현 생활지도선생님이 들어왔어요. 저희는 우리와 놀아주려는 줄 알고 좋아했지요. 선생님들은 방학 때면 우리보고 대충 알아서 하라고 하고는 하루에 한번 정도만 얼굴을 보여주셨거든요. 그런데 그날 선생님이 저녁이 다 되어서 오시더니 저를 껴안았어요. 선생님에게서는 술 냄새가 좀 났지만 저는 기분이 좋았지요. 선생님이 저를 예뻐해주시는 줄 알았으니까요. 그러더니 남자아이들 다 있는 데서 제 바지를 내리고 제 성기에 입을 맞추고 제 실내복 윗도리를 들추고 젖꼭지를 빨았어요. 나는 정말 창피해서 죽는 줄 알았어요.

이번에는 성폭력상담소장의 얼굴도 해쓱해졌다. 다음 질문을 하는 그녀의 목소리는 그래서 떨리고 있었다.

"그리고…… 또 어떤 일이……"

— 그러다가 어느날 남자애들마저 집으로 가고 저 혼자 기숙사에 남아 있었어요. 엄마도 보고 싶고 아빠도 보고 싶고 넓은 기숙사에 저 혼자 있는 것 같아 너무 무서워서 이불을 뒤집어쓰

고 울고 있었지요. 그런데 누군가 들어와 제 곁에 누웠어요. 박보현 선생님이었어요. 선생님은 울지 말라고 하시면서 내일 과자를 사줄 테니까 오늘은 선생님이 하라는 대로 하라고 하셨어요. 저는 그러겠다고 했지요. 선생님은 제 옷을 다 벗기고 자기도 옷을 다 벗은 다음 선생님의 고추를 제 안에 넣으려고 했어요.

이제 서유진의 눈에서 눈물이 흘러내리고 있었다. 연두 어머니는 먼 산을 보며 손수건으로 연방 눈을 훔쳤다.

─저는 몹시 아파서 울었어요. 선생님은 네가 우니까 안된다고 막 화를 내셨어요. 저는 무서워서 잘못했다고 빌었지요. 그랬더니 선생님이 제 손에 자신의 성기를 쥐여주면서 계속 문지르라고 했어요. 그렇게 했어요. 선생님은 잠시 후에 눈을 뒤집더니 흘러나온 하얀 액체를 휴지로 닦았어요. 다음 날 박보현 선생님은 제게 정말로 과자를 사가지고 오셨어요. 저는 하루 종일 식당 아주머니 외에는 본 사람이 없었기 때문에 너무 심심했고, 그래서 어제 선생님이 저를 아프게 한 것도 잊고 반가워했지요. 선생님은 밤도 아닌데 저를 침대에 들어가게 하더니 말을 들으면 매일 과자를 사가지고 찾아오겠지만 만일 말을 듣지 않으면 지금 가버리고 다시는 오지 않겠다고 했어요. 그때 우리 기숙사에는 자살한 선배가 밤마다 귀신이 되어 바다에서 올라온다는 소문이 있어서 저는 제발 가시지 말라고, 무슨 일이라도 다 하겠다고 약속했지요. 선생님은 주머니에서 무슨 투명한 연고 같은 것을 꺼내서 제 성기에 바른 다음……

강인호는 자리에서 일어났다가 다시 앉았다. 이건 빙산이 아니라 해일이었다. 하늘과 땅이 딱 붙어버리는 것 같았다. 유리는 청각장애에 지적장애까지 겹친 아이였다. 그리고 그 당시 열살이었다. 열살…… 이게 대체 무슨 말인지, 그는 앞이 캄캄해왔고 담배 생각조차 할 수가 없었다. 눈앞에 노란 구름 같은 것들이 아른거렸다. 박보현, 그 쥐새끼 같은 눈을 가진 생활지도교사. 해고당한 송하섭 선생을 끌어낸 것도 그였다. 어떻게 집에도 가지 못하는 가여운 어린아이에게 그런 짓을 할 수 있단 말인가. 교장은? 학교는? 세상은? 지금이 21세기이고 여기가 한국이고 그리고 지금 내가 강인호인가 하는 의문이 들었다. 그중 아무것도 믿을 수 없다는 생각이 자꾸, 들었다.

"그러고도 얼마나 더 그런 일을 당했나요?"

성폭력상담소장의 질문에 유리는 한참을 생각하다가 대답했다.

─ 많이요.

좀 엉뚱한 대답이었다. 다시 한번 질문이 되풀이되었다.

"몇번이죠?"

─ 많이요. 저 콜라 먹고 싶어요. 졸려요.

남자 간사가 과자와 콜라를 건네자 유리는 탐욕스럽게 과자를 먹었다. 연두가 조심스레 말을 꺼냈다.

─ 유리는, 그후로 행정실장님과 박보현 선생님, 교장선생님에게 돌아가면서 당했어요. 행정실장님은 유리에게 한번 할 때마다 천원씩 주었대요.

이제 어른들은 진이 빠진 채 통역사의 말을 듣고 있었다. 아무도 두 아이를 볼 수 없었기 때문이다.

인권운동센터 회의실 낡은 형광등 아래 모여 앉은 사람들의 얼굴은 파리하게 깜박이는 듯했다. 푸른 귀기가 이 사무실을, 자애학원을 그리고 무진을 감싸고 있는 것 같았다.

유리는 연두의 수화를 빤히 바라보며 과자를 파삭파삭 먹고 있었다. 강인호의 머릿속으로 안개 자욱한 그 학교의 첫 풍경이 지나갔다. 유리가 과자를 사 먹으며 들어오고 청색 고급 승용차가 떠나고…… 그 살육보다 잔인한 현장이 자신이 마주친 첫 장면이었던 것이다. 강인호의 귓가로 유리가 과자를 씹는 소리가 다시 파삭, 하고 들려왔다. 이제 성폭력상담소장의 얼굴은 더 창백해졌다.

"천원이라니 무슨 소리죠?"

통역사가 이건 마치 자신이 성추행이라도 당하고 있다는 듯 질린 표정으로 유리에게 물었다. 유리는 이제 피곤한 기색이 역력했다.

— 행정실로 데리고 가서 천원씩 주고 바지를 벗겼어요. 그걸로 저녁에 컵라면이나 빵을 사 먹어야 하니까요. 제가 싫다고 하면 가끔은 천원을 더 주기도 했어요.

이제 묻는 사람들도 속도가 느려지기 시작했다. 유리는 집중이 잘 되지 않는지 바닥에 떨어진 베고니아 꽃잎을 발로 짓이겼다.

"처음 행정실장에게 끌려간 게 언제죠?"

—생각이 잘 나지 않아요. 기숙사에서 박보현 선생님이 그러고 나서 조금 뒤 같아요. 그러니까 사학년 초. 저는 박보현 선생님 때문에 너무 아팠기 때문에 울면서 싫다고 도망쳤어요. 그런데 행정실장님이 저를 응접실 탁자에 누이고 두 팔하고 두 다리를……

통역사가 거기서 얼굴이 굳어지며 말을 멈추었다. 유리는 태연하게 과자를 파삭, 하고 씹었다. 모두 통역사를 바라보았다. 통역사는 자신의 동창인 인권운동센터 남자 간사를 바라보며 울상을 지었다. 그의 얼굴에는 원망과 경악이 버무려져 있었고 차마 더이상은 이 일을 계속할 수 없다고 말하는 듯했다. 그의 두 입술은 떨리고 있었다.

"왜 그래? 그담에 뭐라는 거야?"

통역사가 고개를 떨어뜨렸다. 유리를 바라보고 있던 강인호가 낮은 목소리로 말했다.

"……묶었어요. 탁자에 묶었어요."

45

통역사가 고개를 끄덕였다. 젊은 여자 간사가 다시 비명을 질렀다. 이번엔 서유진은 그녀에게 아무런 눈길도 보내지 않았다. 젊은 통역사는 고개를 숙인 채 이를 악물고 있었다. 마치 자신이 유리를 성폭행한 범인이라도 되는 것처럼 그는 수치심에 떨었다. 어쩌면 그는 남자로서, 아니 한 사람의 성인으로서, 아직 여자를 모르는 동정으로서, 이 장애인 여자아이 앞에서 더는 고개를 들고 입을 열 수 없을 만큼 부끄러웠는지도 모른다. 그는 고개를 떨군 채로 양옆으로 흔들었다. 한 손으로도 들릴 만큼 작은, 새처럼 가벼운 이 여자아이를 짓밟는 그들과 같은 세상에서 함께 숨을 쉬고 있는 것이 갑자기 끔찍했는지도 모른다. 유리가 눈치도 없이 다시 수화를 시작했다. 지친 통역사를 대신한 것은 연두 어머니였다. 그녀의 얼굴은 눈물로 젖어 있었다.

　—말을 듣지 않으면 또 묶어버린다고, 여기서 내쫓아버린다고, 너희 집까지 갈 차비도 주지 않는다고 말했어요. 저는 교장 선생님도 행정실장님도 박보현 선생님도 모두 미워요. 그 사람들이 벌을 받았으면 좋겠어요.

　유리는 하품을 했다.

46

　강인호는 문득 팔레스타인과 아프리카 아이들의 무표정한 눈동자를 떠올렸다. 고통의 가장 극한의 형태, 무감각. 그는 하는 수 없이 딸 새미를 떠올렸다. 새미가 아들이었다면 지금 자신의 가슴이 조금은 덜 아팠을까, 하는 생각이 들었다.

　"일단 오늘은 여기서 녹화를 마치고 유리를 쉼터로 피신시키는 게 좋겠어요. 가해자들이 있는 그곳으로 다시 들여보낼 수는 없으니까요. 연두도 마찬가지입니다. 연두 어머니, 연두를 그리로 보내시죠. 집이 힘드시다면요. 그리고 저희는 유리의 보호자께도 내일 연락을 할 거고요. 경찰에도 유리의 사건을 신고할 겁니다."

성폭력상담소장이 말했다. 그때 연두 어머니가 조심스레 나섰다.

"선생님, 힘이 들어도 연두는 제가 집으로 데려가겠어요. 학교를 그만두는 것을 포함해서 모든 것을 처음부터 다시 생각하겠어요. 그리고…… 죄송하지만 유리, 우리 연두의 친구도 오늘 밤만 제가 데리고 가면 안될까요?"

서유진이 무언가 질문을 하려고 하자 연두 어머니가 더이상은 참기 힘들다는 듯 울기 시작했다.

"아무리 저 아이의 엄마가 가난하고 힘없고 배운 것 없는 사람이라고 해도, 아이가 귀를 먹은 것만도 가슴이 찢어졌을 텐데 저런 일까지 당하고 있는 것을 안다고 생각하면…… 저 어린것이 엄마를 부르며 얼마나 울었을까요. 그 깜깜한 기숙사에서, 그 넓은 데서 어린게 혼자 남아서 얼마나 울었을까요. 벌판에 떨어진 새 새끼한테도 그럴 수는 없는데, 어떻게 이 작은 어린것한테 그런 짓을 하는 모지락스러운 놈들이 있을 수가 있을까요. 선생님들, 제가 친엄마는 아니지만 하루만이라도 따뜻하게 보듬어 재워주고 따뜻한 밥이라도 지어 먹여서 보내고 싶어요. 제가 모자라서 해줄 수 있는 게 그것밖에 없으니까요. 그리고 선생님들, 그 사람들 꼭 처벌받게 해주시고 다시는 이런 일이 없도록…… 저희는 아는 게 없으니까, 힘도 없으니까…… 선생님들이 이런 일이 다시는 일어나지 않도록 그들이 꼭 벌을 받게 해주십시오. 꼭……"

연두 어머니는 눈물을 닦았다. 서유진이 입술을 물다가 말했다.

"그러세요. 성폭력상담소장님이 내일 아침 유리를 데리러 가실 거니까 그렇게 하세요. 그런데 연두 어머니, 각오하셔야 합니다. 경찰이 움직이지 않아 저희는 이 녹화 파일을 내일부터 전국의 모든 방송국과 국가인권위원회, 무진교육청과 시청 그리고 알릴 수 있는 모든 곳에 보낼 겁니다. 취재가 시작될 테고 증언이 필요할 겁니다. 도와주셔야 합니다. 여기 계신 분들 모두 마찬가지입니다."

서유진이 사람들을 둘러보다가 마지막으로 통역사를 보았다. 젊은 통역사는 곤혹스러운 표정으로 동창인 인권센터 남자 간사를 바라보더니 잠시 후 입을 열었다.

"사실 가벼운 마음으로 왔는데 충격받았습니다. 그리고 수화를 배운 걸 오늘처럼 후회해본 일은 없지만…… 저도 돕겠습니다."

강인호는 묵묵히 사무실 한구석으로 가서 거의 잠에 빠져 있는 유리를 업었다. 유리는 새처럼 가벼웠다. 이 가벼운 아이를 묶고 벗기고 때리며 가장 여린 살을 찢고 폭행한 그들은 누구인가.

강인호가 유리를 업고 내려선 무진의 거리는 엷게 안개가 깔리고 있었다.

47

저녁 무렵부터 내리던 안개는 새벽에는 무진시 전체를 우유통에 빠뜨려놓은 듯 짙어졌다. 바닷가에 있는 외딴 자애학원까지 딱히 다른 교통수단이 없는 터라 강인호는 하는 수 없이 차를 가지고 길을 더듬어 출근했다. 앞이 보이지 않았다. 차는 아주 조금씩 전진할 뿐이었다. 그렇게 더듬거리며 달리던 차가 교문에 가까워졌을 때 한 형체가 안개 속에 서 있는 것이 보였다. 그것은 흰 액체 속에서 방금 솟아오른 듯 나타났다. 그는 놀라 브레이크를 밟았다. 교문 앞길 한가운데였다. 좁은 길이었기 때문에 한 사람이라도 가로막으면 차는 통과할 수 없었다. 강인호는 속도를 줄이며 천천히 다가갔다. 검은 양복을 말끔히 입은 남자의 모습이 보였다. 그는 커다란 글씨가 적힌 종이를 들고 차를 향해 서 있었다. 그는 반사적으로 클랙슨을 짧게 울리려다가 말았다. 며칠 전 교장실 앞에서 끌려나가던 생활지도교사, 이름이 아마 송하섭일 것이었다. 그는 일단 브레이크를 밟아 차를 세웠다.

그가 들고 서 있는 종이에서 '저는 부당하게 해고당했습니다.'라는, 정성스레 손으로 쓴 글자들이 안개 위의 자막처럼 떠올랐고, 흰 안개 속에 서 있는 그의 모습은 마치 흰 컴퓨터 화면에 뜬 게임 캐릭터 같았다. '게임을 중단하시겠습니까?'라는 창이 뜨고 누군가 예, 하고 클릭하면 그대로 사라져버릴 존재처럼 그는 생뚱맞고 불안해 보였다. 송하섭의 입매는 '나는 각오했어, 나는 죽으면 죽었지 물러나지 않을 거야.'라는 듯 굳게 다물어져 있었으나 가끔씩 숨이 가쁜 듯 앙다문 입술을 풀어야 할 때는 가을 들판에 바람이 지나가는 것처럼 얼굴 전체가 두려움으로 출렁거렸다.

그러고 보니 그는 지난번에도 저 검은 양복 차림이었다. 오늘 아침 그가 정성스레 넥타이를 매고 양복을 말끔히 차려입고 안개를 뚫고 여기까지 왔을 것을 강인호는 잠시 상상했다. 그러자 어쩐지 눈시울이 뜨거워지는 것 같아 그는 잠깐 운전대 아래로 시선을 내려뜨렸다. 그때 바로 뒤에서 찢어질 듯한 클랙슨 소리가 울렸다. 돌아보니 청색 차가 위아래로 전조등을 비추며 클랙슨을 울려대고 있었다. 안개 때문이었을 것이다. 순간적으로 교장인지 그의 쌍둥이 동생 행정실장인지 잘 파악되지 않았다. 하이빔을 번쩍이는 것이 안개 속에서 전혀 먹히지 않자 그는 이번에는 더 크고 신경질적으로 클랙슨을 울렸다. 송하섭이 서 있는 흰 화면 뒤에서 검은 옷의 수위가 튀어나왔다. 그리고 그를 끌어내기 시작했다. 청색 차의 클랙슨은 더 크게 울렸다. 수위가 한편으로 송하섭을 붙들면서 한편으로 강인호에게 인상을 써댔다. 그는 하는 수 없이 차를 출발시켰다. 안개 너머로 사라지는 송하섭의 비명 소리가 들려오는 것 같았다. 그는 농인이지만 말을 할 수 있는 사람이었다.

"이 해고는 부당합니다. 저는 그럴 만한 일을 하지 않았습니다!"

어제 이곳에서 유리를 데리고 퇴근할 때까지만 해도 강인호는 자신이 이 아침을 이런 심정으로 맞을 거라고는 상상하지 않았다. 하루 사이에 자신의 내부에서 모든 것이 완전히 달라져 있었다. 안개 속에 희미하게 솟아 있는 자애학원의 고풍스러운 건물은 온 세상을 점령한 안개를 등에 얹고 그를 빤히 내려다보고 있는 것 같았다. 그때 뒷덜미를 낚아채듯 욕설이 들려왔다.

"씨버럴 놈이 아침부터 재수없게 왜 귀머거리 앞에서 밍기적거리게 만들고 지랄이야 지랄이!"

자기도 모르게, 반사적으로, 여기가 어딘지 생각할 겨를도 없이, 흰 컴퓨터 화면에 붕 뜬 기분이 되어 순간 그는 뒤를 돌아보았다. 행정실장의 눈은 적의에 가득 차 있었다.

"이 신빵 새끼구나. 가뜩이나 요새 골치 아픈 일도 많아 죽겠는데. 뭘 쳐다봐, 이 씹새야!"

강인호는 그 자리에서 잠시 눈을 깜빡였다. 처음 든 생각은 설마, 행정실장이 자신을 농인 교사로 착각한 거겠지 하는 것이었다. 그러나 사실 그는 숨이 가빠왔다. 무심히 지하철을 타려고 내려갔는데 난데없이 밀림의 하이에나떼를 본 듯, 공포도 분노도 실감도 없었고 생각은 뒤죽박죽 엉겼다. 그러나 차츰 선명하게 이것이 아이들이 말한 그 엽기적 진술과 결국 동일한 현실이구나 하는 생각이 드는 것도 사실이었다. 강인호는 입술을 잠시 앙다물고 행정실장에게 다가갔다. 그리고 침착한 목소리로 말했다.

"아무리 그러시다 해도 어떻게 그렇게 욕을 하십니까? 사람이 앞에 있었잖아요. 제가 비키라고 해도 그 사람이 들을 수도 없는 처지고."

"비켜! 너도 귀머거리 새끼처럼 되고 싶냐, 재수없게!"

그는 거의 강인호를 밀치다시피 하면서 앞으로 걸어갔다.

— 천원씩 주었어요…… 탁자에 누이고 두 팔하고 두 다리를…… 말을 듣지 않으면…… 집까지 갈 차비도 주지 않는다고……

유리의 무표정한 얼굴이 떠올랐다. 아니다. 무표정하지 않았다. 이제야 생각해보니 그 아이의 벌린 입술과 검은 눈동자로 어떤 열기 같은 것이 뿜어져나오고 있었다. 아직 잠에서 채 깨어나지 않은 휴화산처럼 그것은 희미했으나 분명히, 있었다. 그리고 이제 이 아침 그 열기가 희미하게 자신의 코에서도 뿜어져나오는 것이 느껴졌다.

강인호는 교사 안으로 들어섰다. 불현듯 복도 전체에서 야만의 피비린내 같은 것이 진동하는 듯했다. 쓰고 신 침이 목구멍 뒤로 힘겹게 넘어가는 것이 느껴졌다. 토할 것 같았다. 그는 다시 밖으로 나와 담배를 물었다. 새삼 어제 진술을 마친 유리를 꼭 안아주지 못한 자신이 후회스러웠다. 그는 자신의 경악을 추스르느라 아이를 생각할 겨를이 없었다. 연두 어머니가 그 아이를 품고 하루를 재워준다고 한 것이 그는 정말 고마웠다. 이 세상 모든 부모의 이름으로, 그제야 그는 그것이 무슨 의미인 줄 알았던 것이다.

송하섭은 이제 교문 안쪽을 향해 서 있었다. 종이에 쓴 글자는 구겨지고 안개에 젖어 형체를 잃어가고 있었다. 강인호는 자신을 주시하고 있는 수위를 의식하며 소리 죽여 몇번 기침을 했다. 그리고 송하섭에게 다가갔다. 송하섭의 눈에 더럭 공포가 어렸다. 그는 송하섭에게 서유진의 명함을 내밀었다. 송하섭은 명함과 강인호를 번갈아 바라보았다.

─도와줄 사람입니다. 여기로 가십시오.

두 남자의 눈이 마주쳤다. 송하섭은 이 학교의 누구도 믿지 않겠다는 듯 작게 고개를 저으며 몇걸음 뒤로 물러났다. 물러나는 만큼 그의 형체가 흐려졌다. 안개의 커다란 입속으로 빨려들어 가는 것 같았다.

강인호는 다시 학교로 들어섰다. 예상대로 그가 들어서자마자 교무부장이 그를 불렀다. 어제 그가 자애원에서 외출 허락을 맡아 데리고 나간 진유리의 외박을 문제 삼는 것이었다.

"실은 보호자이신 할머니께서 올라오셨습니다. 아아, 제가 말씀을 안 드렸던가요? 잠깐 집에 데리고 가신다고 해서 어제 제가 인도해드렸는데요."

강인호는 서유진과 말을 맞춘 대로 대답했다. 교무부장은 잠시 고개를 갸웃하더니 "그러면 진작 외박허가서를 받아놓으셨어야죠." 하며 이야기를 그쳤다. 오늘 인권운동센터 간사 중 한 명이 유리의 산골 집으로 가서 할머니를 모셔오거나 사정이 여의치 않을 경우 상황을 설명하고 적어도 유리의 전학동의서를 받아올 것이다. 연두의 경우와 다르다고 하지만 이번 유리 건도 경찰이 적극적으로 수사하지 않을 것이 뻔하니 이런 편법을 쓸 수밖에 없었다. 그때 휴대폰의 진동이 울렸다. 아내의 문자메시지였다.

당신 언제 서울 와? 월급날쯤 오려구 그러지? 나랑 새미랑 뭐 사줄 거야?^^ 우린 요새 아빠 오면 뭐 할까, 그 생각 하면서 재미나게 지내고 있어.

48

"그런 일이 있었다고…… 누가 그래요?"

마주 앉은 교육청 최수희 장학관이 서유진에게 물었다. 마르고 목이 길어서 전체적으로 약간 억센 인상을 주는 장학관은 찻잔 속의 녹차 티백을 꺼내놓으며 티슈를 뽑아 탁자의 녹차 방울을 닦고 그것을 잘 접어 휴지통에 버렸다. 그러고도 서유진을 보지 않은 채 마치 주름을 펴려는 듯 타이트스커트 자락을 긴 손가락으로 가볍게 탁탁 쳤다. 그녀가 이렇게 딴짓을 하는 이유는 시간을 벌기 위해서였다. 교대를 나와 시골의 초등학교 교사로 시작해서 여자의 몸으로 여기에 오르기까지 그녀는 누구보다 단정하고 신중하며 치우치지 않게 처신해왔다고 자부하고 있었다. 그런데 지금 이 왜소한 단발머리 여자가 들고 온 사안은 자신의 일평생을 뒤흔들 만한 사건이었다. 게다가 다음 달엔 딸아이 혼인예배식이 있었다. 이강석 이강복 형제도 중요한 하객이었다. 그 집안 아이들을 결혼시킬 때마다 들어간 부조가 얼마인데…… 그러니 우선 침착해야 했다. 그녀는 스스로에게 늘 하던 대로 주문을 외웠다.

'원하는 대로 이루리라. 소망하는 대로 가지리라. 우리가 간절히 원하면 주님은 모두 주신다.'

그녀는 등을 곧게 펴고 다리를 조신하게 뻗으며 서유진이 탁자에 내려놓는 물건을 바라보았다.

"아이들의 진술을 담은 동영상 씨디, 그리고 여기 그것을 풀어쓴 진술서입니다. 저희는 정식으로 자애학원 이사장을 해임하고 이사진을 관선이사로 교체하며 당사자들을 징계해줄 것을 요청합니다."

벌써 사흘이나 면담 요청을 해왔는데 차일피일 미루기만 하던 최수희 장학관은 그러나 시작부터 별로 분위기가 좋지 않았다. 어차피 기대를 가지고 온 것은 아니지만 서유진은 침착하게 다시 말을 꺼냈다.

"원래는 중학교 이학년 아이에 대한 자애학원 교장의 성추행한건만 경찰에 신고했습니다만, 저희가 알아보니 교장뿐 아니라 그 동생 행정실장, 생활지도교사 한명이 거기 지적장애 여자아이, 그러니까 복합장애아죠, 그 아이에 대한 성폭행도 지속적으로 저질러온 것으로 밝혀졌습니다. 조사를 하면 다른 피해자가 더 나올 수도 있을 겁니다. 이 건도 경찰에 이미 신고는 해놓은 상태이구요. 너무 엄청난 일이라서 믿으실 수 없겠지만 이 씨디를 보시고 아이들의 진술을 들으신다면 거짓말이 아니라는 걸 아시게 될 겁니다."

최수희 장학관은 성폭행이라는 말을 들으면서 눈살을 찌푸렸다. 약간 찌푸린 것도 매력적이라는 말을 들은 적이 있는지 자신감 있는 찌푸림이었다. 실제로 그녀는 오십대 초반의 나이치고는 예쁜 얼굴이고 날씬했으며 그것을 대단한 자부심으로 여기고 있는 듯했다. 그녀는 마음속에서 이는 갈등을 내비치지 않기 위해 일단 차를 한모금 마셨다. 이강석 교장은 그녀의 남편과 함께 무진 영광제일교회 장로였고 한달에 한번 열리는 무진을 사랑하는 사람들의 모임 '무사모'의 멤버였다. 그녀는 오늘밤 베갯머리에서 이 말을 전하면 남편이 무어라고 할지 궁금해졌다. 그렇게 점잖은 사람이 이런 일을 할 수 있다는 것이 사실일까? 골프장에서 사람 좋게 웃던 말 없는 이강석의 얼굴을 떠올리면 믿을 수 없긴 했다. 그렇게 날씬하고 아름다워도 그녀에게는 한번도 그런 망측한 시선을 보낸 적이 없기 때문이다. 이런 측면에서 최장학관은 여자로서 자신의 직감을 믿고 있었다. 이건 무언가 모함의 냄새가 났다.

"말씀 중에 죄송한데요, 잠깐만요, 그러니까 그…… 폭행이 수업 중에 일어난 건가요? 제 말은, 학과 시간 중에 일어난 것이냐는 거지요."

서유진은 그녀의 이 말뜻이 무엇일까, 잠깐 생각에 잠겼다.

"그러니까 이 동영상을 보시면 알겠지만요, 설명을 드리자면, 아이들이 방과 후에 저녁을 먹고 학교 쪽으로 오는데……"

"아, 방과 후면 우리 소관이 아니네요."

최수희 장학관은 말을 자르며 그럴 줄 알았다는 듯이 방긋 웃었다. 그녀는 서유진이 어이가 없다는 듯 고개를 발끈 들자 얼른 자리에서 일어나 인터폰을 눌렀다.

잠시 후 남자 직원 한 사람이 들어왔다.

"김과장, 자애원에서 사고가 나면 그게 우리 소관인가?"

"아닙니다. 그건 시청 소관이죠."

이제 일은 규명되었으니 더 할 말이 없다는 듯 장학관은 서유진을 빤히 바라보았다. 생각만 해도 골치 아프고 구질구질하니까 그만 나가달라는 표정이었다. 서유진은 잠시 기가 막힌 얼굴로 큰 숨을 한번 내쉬고 말을 이었다.

"저기 이게, 교장과 행정실장 그리고 생활지도교사가 학교 내에서 아이들을 성추행하고 성폭행한 게 교육청 소관이 아니면 대체…… 어디 소관이란 말입니까? 그게 말이 됩니까?"

"그게 말입니다, 그게, 자애학원은 저희 소관이 맞지만 자애원, 즉 생활기숙사는 시청 사회복지과 관할입니다. 거기 가셔서 말씀하시면 되겠네요. 거기 자애학원 아이들은 방과 후에는 기숙사로 가고, 방과 후에 벌어진 일이면 그게 자애원 일이지요. 허허, 그건 시청 관할이에요."

김과장이 잠시 장학관의 눈치를 살피더니 세상에 이런 명쾌한 진리가 또 어디 있겠느냐는 듯 자신있는 어투로 말했다.

"아니, 자애원 원장도 이강석이잖아요. 그 동생이 이강복이구요. 게다가 아이들은 그 학교의 학생이에요. 학생들이 교장, 행정실장, 선생한테 성폭행을 당했는데, 것두 학교 내에서 당했는데, 어떻게 교육청에서 소관이 아니라는 말씀을 하세요?"

서유진이 언성을 약간 높였다. 최수희 장학관은 어느새 자기 자리로 가서 다른 서류를 뒤지고 있었고, 김과장이 아무것도 모르고 우기기만 하는 아줌마를 인내심 있게 대하는 것처럼 사람 좋은 웃음을 웃었다.

"허허, 그게 얼핏 생각하면 일리가 있는 것 같습니다마는, 행정이라는 게 그렇습니다, 허허허. 시청으로 가십시오."

김과장은 잠시 웃다가 더 상대하지 않겠다는 듯이 일어섰다. 서유진은 순간 두 사람을 돌아보았다. 그녀가 가지고 온 씨디 복사본과 진술을 정리한 서류봉투는 탁자에 놓인 채였다. 그녀는 그것들을 잠시 바라보다가 고개를 조아리듯 두 손을 모으고 낮은 목소리로 말했다.

"네, 장학관님, 잘 알겠습니다. 제가 시청으로 가겠습니다. 그러나 이것은 학교에서 교장과 그의 동생 행정실장, 생활지도교사 등이 일으킨 범죄입니다. 피해자들은 정말 힘없고 불쌍한 아이들입니다. 그 아이들은 학교에서 자신들을 가르쳐야 할 선생들에게 평생 씻을 수 없는 상처를 입었습니다. 적어도 학교 책임자들이 연루되었다는 혐의가 있으니 교육청에서 우선 감사라도 하는 것이 당연한 일 아닐까 하는데요."

김과장은 최장학관의 눈치를 살피며 서 있었다. 장학관은 서류에 무언가를 휘갈겨쓰다가 잠시 고개를 들더니 뭐, 원한다면 그 정도야, 하는 표정으로 고개를 끄덕였다.

"예, 그거야 저희가 늘 하고 있는 일입니다. 또 저희가 해야만 하는 일이기도 하구요. 김과장! 나가서 자애학원 한번 체크하세요."

"네, 알겠습니다."

김과장이 대답했다. 장학관이 체크하라고 하고 실무자가 그러겠다고 하니, 서유진은 더 할 말이 없었다. 문을 밀고 나오다가 그녀는 문득 멈추어 섰다. 벽에 걸린 표창장이 보였다. 거기에는 '무진여고를 빛낸 사람, 최수희.'라는 글자가 쓰여 있었다. 그녀는 뒤를 돌아보았다. 최수희 장학관은 끝내 책상을 집요하게 응시하고 있었는데, 그것은 이쪽을 의식하지 않아서가 아니라 많이 의식하고 있어서라는 것을 그녀는 느꼈다.

교육청을 나서는 그녀의 발아래로 무언가가 툭, 하고 떨어져 내렸다. 올가을 첫 낙엽이었다.

49

시청 사회복지과 장과장은 종이컵을 들고 먼 곳을 바라보며 후루룩 소리를 내어 커피를 마셨다. 중키에 약간 마른 듯한 체구, 그리고 잔 곱슬머리가 인상적인 중년의 사내였다. 그는 서유진의 말을 들으며 머리를 긁고 나서 몹시 못마땅하다는 표정을 지었다.

"학교 일인데 교육청으로 가셔야지, 여긴 아이들 생활복지 담당하는 데니까요."

만일 교육청보다 이곳에 먼저 왔다면 화가 좀 덜 났을까? 서유진은 장과장에게 바싹 다가갔다. 그리고 어떻게든 발끈하고 있다는 인상을 주지 않으려고 낮은 목소리로 말했다.

"교육청에 갔더니 학교가 끝난 후에 기숙사에서 일어난 일이라고 시청 사회복지과로 가라고 해서 왔는데요."

장과장은 여전히 서유진을 바라보지 않은 채 고개를 갸웃하더니 다시 커피를 후루룩거리며 마셨다. 대체 이야기할 때 상대방을 바라보지 않는 저 고약한 버릇은 어디서 배워먹은 것일까. 그러나 그녀는 어쨌든 공손한 자세로 서 있었다.

"그러니까 애들이 그 사건을 자애원에서 당한 거예요?"

장과장이 비로소 곁눈으로 서유진을 바라보며 물었다.

"그러니까 제가 여기 피해자의 진술을 담은 동영상하고 진술서를 가지고 왔어요. 이걸 보시면 아시겠지만, 그게 그러니까 아이들이 학교를 마치고……"

서유진은 잠깐 한숨을 쉬었다. 벌써 세번째 설명이었다.

"학교를 마치고 기숙사에서 나오다가……"

"그러니까 이보세요, 서간사님. 다른 건 내가 수사할 일도 아니고, 내가 알 일도 아니니 됐구요, 그러니까 아이들이 그 일을 당한 게 기숙사 안이냐구요?"

"장소는 학교였죠. 우선 일층 화장실, 그리고 교장실 그리고 행정실……"

서유진은 유리의 진술이 떠올라 잠시 진저리를 치며 말했다. 장과장은 남은 커피를 다시 후루루룩 소리가 크게 울리도록 마시더니 대답했다.

"그러면 교육청으로 가셔야 해요. 여긴 자애원 아이들 생활만 담당하는 거고 예산배정 그런 거 하는 데니까요. 교육청으로 가세요."

장과장은 다시 종이컵을 들어 후룩 커피를 마셨다. 회전의자를 뱅그르르 돌리자 그의 등이 보였다. 그녀는 그의 등을 바라보며 저 돌린 등을 갈겨줄 수만 있다면 폭력이 언제나 꼭 나쁜 것만은 아닐 거라고 생각했다.

"교육청은 방과 후의 일이라 자기네 관할이 아니라고 하잖아요. 그리고 아이가 기숙사 내에서도 성폭행을 당했어요. 그게 어떻게 여기 관할이 아니라고 하시는 거예요?"

옆자리에 있던 공무원 하나가 몹시 시끄럽다는 듯 끙, 하고 천천히 몸을 일으키더니 슬리퍼를 끌며 창가로 다가갔다. 서유진은 자신이 마치 잡상인이라도 된 기분이 들었다.

"이보세요, 장과장님, 자애학원하고 자애원이 일년에 정부에서 받아가는 돈이 사십억이에요. 그거 다 우리 세금이잖아요. 그러니까 장애인 아이들 데려가서 잘 키우는지 어떤지 당신들이 감시해야 하는 거 맞잖아요. 아이가 기숙사에서 성폭행을 당했다구요. 아이가, 그것도 기숙사 생활을 지도해야 할 교사에게 당했다구요!"

서유진의 소리는 컸다. 장과장은 언성을 높이는 그녀의 말투가 거슬린다는 듯 눈살을 찌푸리고 있다가 대꾸했다.

"그러니까 선생이 폭행한 거는 교육청 소관이라니까요. 선생 감시까지 사회복지과에서 하느냐고요. 그리고 예산이 잘 쓰이는지 아닌지는 시의원님들이 판단하는 거니까 시의회로 가보시든가."

옆자리에 앉은 중년 남자가 자리로 돌아오며 낮게 말했다.

"참, 아침부터 성폭행, 성폭행 하는 말 들으니까 좀 거시기하네. 것두 젊은 여자분 입으로, 허허허."

"당신들도 자식이 있을 텐데 어떻게 그런 말을 해요? 어쨌든 당신들은 자애원을 감독하라고 월급 받는 거 아니에요?"

서유진은 더이상 참지 못하겠다는 듯이 따졌다.

"글쎄 교육청으로 가세요. 아침부터 아줌마가 와서 목소리만

높인다고 우리 관할 아닌 게 우리 관할이 되는 것도 아니고……
사정은 딱한데 우리도 어쩔 수 없다니까요."

그들은 돌아앉았다. 장과장이 마지막 남은 커피를 마시는 후
루루룩 소리가 천둥처럼 들렸다.

시청 사회복지과 문을 밀고 나오는데 다리가 휘청했다. 그녀
는 후들거리는 다리로 천천히 주차장으로 걸어갔다. 그때 휴대
폰이 울렸다. 남자 간사였다. 남자 간사는 오늘 시의회 쪽에 진
정을 접수하러 떠났다. 그러나 거기도 마찬가지인 모양이었다.
힘없이 차에 올라탄 그녀는 한참 동안 차를 출발시키지 못하고
있었다. 그녀는 휴대폰의 폴더를 닫고 운전대에 두 얼굴을 묻었
다. 다시 휴대폰이 울렸다. 이번에는 강인호였다.

"송하섭 선생이라고, 농인인데 말은 할 수 있어. 내가 전에 말
했지, 연두를 신고하게 해준 그 지도교사. 혼자서 교문 앞에서
시위를 하고 있기에, 내가 일단 서선배 명함을 줬어. 듣고 있는
거야?"

"……어."

"가면 잘 좀 안내해줘. 그리고 연두랑 유리는 학교 측에 대충
둘러댔는데 아마 조만간 난리를 칠 거 같아. 왜 그래, 서선배? 혹
시 울어?"

"인호야……"

서유진은 낮게 그의 이름을 불렀다. 그가 전화기 저쪽에서 멈
칫하는 게 느껴졌다.

"우리나라가 그렇게 좋은 나라 아닌 줄은 알고 있었는데 이 정도로 그지 같을 줄은 몰랐어. 우리 많이 힘든 싸움을 해야 할 거 같아. 교육청, 시청, 다 얽혔어. 무진여고 무진고, 아니면 초등학교 아니면 처조카 아니면 무사모, 아니면 영광제일교회…… 인호야, 글쎄 사십억이야, 사십억! 그 인간들이 우리 세금 일년에 사십억 가져다가 그런 짓을 한 거야. 예산 감시하는 시의회에 진정하러 가려고 남자 간사 보냈더니 허탕 치고 왔어. 시의원들 몇명이 성폭행으로 성추행으로 입건된 상황이래. 것두 한 놈은 엘리베이터걸을 추행한 혐의야, 엘리베이터 안에서…… 너무 코미디 아니니? 우리 여기서 딸 키우고 살아야 하는 거지? 이 발정 난 나라에서, 응?"

50

안개가 걷혔지만 거리는 아직도 뿌연 빛이었다. 여러번 눈을 떠도 또 하나의 눈꺼풀을 더 떠야 할 것같이 거리는 불투명했다. 여귀(女鬼)의 머리칼 같은 안개, 사람들로 하여금 이 안개를 걷어줄 해를, 바람을 간절히 부르게 하는 그 무진의 안개였다. 서유진은 혼자서 아이 둘을 키우면서도 외롭다는 생각을 하지 않았다. 오늘밤 아이가 아프지 않기를 기도했고, 내일 아파트 관리비를 밀리지 않게 되기를 빌었고, 한달에 한번은 돼지갈비집에서 외식을 하면서 사는 것이 기뻤다. 아이들이 일인분을 더 먹자고 할 때 두렵지 않으면 부자가 된 것 같았다. 외롭다는 생각 같은 건 아이들이 크면 하자고, 선천성 심장기형으로 태어난 둘째가 건강해지면 하자고 그녀는 오래전부터 결심했다. 그런데 이 순간, 그녀는 열린 창문으로 들어오는 습기 찬 바람의 알갱이가 무수한 가시돌기처럼 느껴졌다. 뺨이 따갑도록 외로웠다.

"유리 데리고 산부인과 다녀왔어요. 산부인과 진료받게 하구 진단서 뗐구. 처녀막 파열에 외음부 찰과상과 열상이 심한 모양인지 상처가 덧나서 아이가 밤에 잠을 못 자…… 서간사 말이야, 어떻게 보면 유리가 지능이 좀 떨어지지 않았다면 이 아이가 어떻게 그 시간들을 버틸 수 있었을까 싶어, 그렇지? 서간사, 차라리 그게 나은 거지……"

어젯밤 성폭력상담소장이 훌쩍이며 전화로 전한 말이 떠올랐다. 그녀는 자신도 모르게 액셀러레이터를 더 세게 밟았다. 바다까지 이어진 만에는 갈대들이 퇴각하는 안개의 이빨에 물린 채 파랗게 질려 있는 것 같았다. 파랗게 열린 하늘 아래 맑게 출렁이는 바다를 본 것이 아주 오래전의 일만 같았다.

큰아이 바다가 아직 어린데 작은아이 하늘이를 가진 것을 안 것은 이미 남편과 별거를 시작한 뒤였다. 작은 체구에 배만 커다랗게 부른 그녀의 얼굴에는 기미가 까맣게 덮였고 낯빛은 누르죽죽했다. 예민해진 마음은 하루에도 몇번씩 자살을 생각할 정도로 자주 낮은 곳으로 옆어졌다. 그때였을 것이다. 대형서점에 들러 책들을 살펴보고 있는데 자신의 배를 톡, 하고 건드리는 느낌이 왔다. 자신이 잘못해서 책장을 건드렸나 싶어 살펴보았는데 아니었다. 아직 태동을 느낄 개월 수가 되지 않았기에 그녀는 그 감촉을 무심히 지나쳤고 다시 책을 찾으러 여기저기를 걷고 있었다. 그때 다시 배를 톡, 하고 찼다. 그녀는 멈추어 서서 자신의 배를 만졌다. 아직 바람이 매운 봄날에 언땅을 뚫고 솟아나는 싹처럼 그렇게 하늘이는 작은 감촉으로 자신의 존재를 알려왔다. 그때 대형서점의 한 모퉁이에 서서 그녀는 조금 울었다. 그건 슬픔은 아니었다. 절망도 아니었다. 오만한 인간이 스스로의 작음을 깨닫는 순간, 더 거대하고 장엄한 것 앞에서 누구라도 가질 그런 경외의 눈물이었다.

그리고 그녀는 혼자서 아이를 낳았다. 병원에 갈 돈이 없어서 산파를 자신의 작은 아파트로 불렀다. 자신에게 닥쳐온 불행보다 더 끔찍한 것은 그 불행이 누군가에게 알려지는 일이었다. 아마 갓난아이를 데리고 무진으로 내려온 것도 그런 이유가 더 컸으리라는 건 부인할 수 없었다. 그렇게 태어난 아이는 너무 작았다. 입술이 파란 것도 맘에 걸렸다. 이 모든 것이 임신 기간 동안 제대로 태교도 못한 엄마의 죄 같아 그날밤 그녀는 아이를 옆에 누인 채로 결심했다.

"엄마가 네게 공주 같은 옷은 입히지 못할지도 몰라. 레이스가 늘어진 침대도 사주지 못할지 몰라. 아빠랑 놀이공원에 가서 온 가족이 사진을 찍지 못할지도 몰라. 미안해…… 정말 미안해…… 하지만 엄마가 한가지는 약속할 수 있어. 우리 바다하고 하늘이가 컸을 때 지금보다 더 좋은 나라를 만들겠다고. 여자들인 너희가 더 씩씩하게 거리를 걸어다니게 해주겠다고. 아주 조금이라도, 거의 느껴지지 않을지라도 어쨌든 사람이 사람답게 사는 더 좋은 세상을 만들기 위해 엄마는 볼이 빨갛도록 뛰어다닐 거라고."

그때 다시 전화벨이 울렸다. 사무실이었다. 서유진은 아직도 유리창에 달려드는 안개 때문에 와이퍼를 작동시키고는 천천히 전화를 받았다. 남자 간사의 목소리가 들렸다.

"선배, 이번엔 좋은 소식이야. 서울에서 연락이 왔어. 우리 문제를 집중 보도한대. 지금 피디들이 출발한다고 해서 그러라고 했어. 빨리 들어와요. 자료 정리랑 해야지. 손이 모자라는데 응? 서선배, 그리고 서울 국가인권위에서도 연락이 왔어. 우리 문제를 조사하겠다고 자료를 더 보내달라고 하네……"

서유진은 그 자리에서 급하게 유턴을 했다. 노란 선이 그어진 도로였으니 명백한 위법이었다. 그러나 그녀는 망설이지 않았고 무진 인권운동센터 사무실로 더 힘차게 달리기 시작했다.

51

서유진은 강인호에게 전화를 걸었다. 강인호는 아까 울먹이던 그녀 때문에 맘이 좋지 않아 운동장을 돌며 담배를 피우던 참이었다. 그녀의 말씨는 빠르고 다급했다.

"오늘 서울의 방송국에서 피디들이 와. 드디어 우리 문제가
조명을 받는 거야. 성추행뿐만 아니라 남자아이들에게 가해지
는 폭력 문제, 아이들의 열악한 식생활 문제도 이 기회에 폭로하
는 게 좋을 것 같아서 전화했어. 강선생 반에 그 기숙사에서 맞
은 아이가 있다는 말 했었지? 그 아이를 오늘이라도 좀 외출시
킬 수 있을까?"

그녀의 목소리는 바람 불고 구름 끼다가 언제 그랬느냐는 듯
해가 나는 것 같았다. 어쩌면 이 무진의 안개 끼고 축축하고 어
두운 날씨보다는 그게 더 나을 듯하다고 그는 생각했다.

"성추행하고 성폭행 부분은 우리가 녹화해놓은 동영상을 주
면 되는데 폭행 문제는 우리가 좀 미리 알아야 브리핑이라도 하
지. 하루라도 방송이 빨리 나와야 문제가 더 빨리 해결될 거 아
니야."

"알았어. 근데 아까는 울더니…… 이제 괜찮은 거야?"

무심히 넘어가려다가 강인호가 물었다. 저쪽에서 수줍은 웃
음소리가 들렸다.

"그게 말이야, 우는 일이라는 게, 그게 장엄하게 시작해도 꼭
코 푸는 일로 끝나더라고."

강인호는 잠시 웃었다. 그러고는 문득 서유진을 지켜주고 싶
다는 생각을 했다. 눈시울이 뜨거워지듯 돌연한 감정이었다. 물
론 아내와 아이 하나 제대로 건사하지 못하는 주제에,라는 생각
이 따라오지 않았다면 서유진을 생각하며 잠시 마음이 흔들렸

을 것도 같았다.

그날 오후 그는 전민수를 데리고 나왔다. 민수는 짜장면을 사준다는 말에 순순히 그를 따라나섰다. 민수 얼굴의 흉터는 이제 좀 나아가는 듯 보였다. 아이에게 약속대로 짜장면을 사 먹이고 무진 인권운동센터에 도착했을 때, 사무실 안은 이상한 활기로 북적이고 있었다. 여러대의 카메라와 분주히 움직이는 사람들 때문이었다. 민수는 사람들을 보자 한발자국 뒤로 물러서 문밖으로 나갔다. 겁에 질린 표정이었다. 그리고 학교로 돌아가고 싶다고 했다. 그때 송하섭 선생이 나타나지 않았다면 아마 민수는 그 자리에서 또 어딘가로 도망쳐버렸을지도 모른다. 송하섭은 서유진의 연락을 받고 막 센터로 들어서는 길이었다. 송선생을 보자 민수의 얼굴이 활짝 피었다. 어색할 수도 있는 강인호와 송하섭의 개인적인 대면은 민수 덕분에 훨씬 부드러워질 수 있었다. 송하섭은 두려움에 떨고 있는 민수를 불러 말했다. 일부러 강인호도 들으라는 듯 수화를 하는 동시에 소리 내어 말했다.

"민수야, 괜찮아. 모두가 우리를 도와주시려는 사람들이야."

수화를 바라보던 민수가 빤히 송선생의 얼굴을 올려다보았다. 송하섭이 민수를 바라보다가 천천히 고개를 끄덕이고 수화로 다시 말했다.

—네게 나쁘게 대했던 사람들에 대해 말하라고 널 데리고 온 거야. 그들이 무슨 짓을 했는지 이야기하면 다시는 그런 일 없을 거야.

민수는 다시 강인호를 바라보았다. 강인호도 가만히 고개를 끄덕였다. 그리고 주머니에서 손수건을 꺼내 민수의 입가에 묻은 짜장면 자국을 닦아주었다. 그러자 불현듯 부임한 첫날 울고 있던 민수의 눈물을 닦기 위해 손수건을 꺼내던 장면이 떠올랐다. 그 전날 그 아이의 동생이 철길에서 사고로 죽었다고 했다. 그때 강인호가 못 알아듣는 것도 모르고 격렬한 수화로 이야기하던 민수. 그가 입가를 닦아주는 동안 민수는 아기처럼 가만히 있었다. 강인호가 민수의 두 어깨를 잡았다. 어깨는 앙상했다. 그 앙상한 어깨의 감촉이 그에게 사무쳐왔다. 대체 이 아이들을 어떻게 먹이고 어떻게 재웠기에 하나같이 이렇게 작고 앙상한 것인지 말이다.

　그는 민수의 어깨를 놓고 수화로 다시 말했다.

　―여기는 안전한 곳이야. 여기는 약한 사람들을 괴롭히고 때리는 사람들을 벌주기 위해 사람들이 모인 곳이야. 그러니까 두려워하지 말고 무슨 일이 있었는지 말해야 한다. 네가 하는 말이 전국에 텔레비전으로 나갈지도 몰라. 전민수! 말하자면 너는 농인 나라의 국가대표선수로 여기 와 있는 거야, 알았어? 잘해야 돼.

　텔레비전이라는 말에 민수의 얼굴이 환해졌다가 금세 어두워졌다. 송하섭이 그런 민수를 데리고 회의실 안으로 들어섰다.

　녹화가 시작되었다. 하는 수 없이 이 일에 동참해 이제는 친근해진 수화 통역사도 와 있었다.

"자애원의 밥을 못 먹는 이유는 무엇입니까?"

—점심은 괜찮습니다. 점심에는 학교 선생님들과 모두 다 같이 식사를 하니까요. 그런데 저녁식사는 점심에 남긴 밥을 대충 섞어 볶거나 끓여서 나옵니다. 어떤 때는 탕 안에서 나무젓가락이 나오기도 하고, 우리 기숙사생들은 그걸 돼지밥이라고 부릅니다. 그걸 먹는 사람은 거의 없습니다.

"간식을 사 먹을 수는 있나요?"

—부모님이 오시거나 돈이 생겼을 경우 나가서 사 먹을 수는 있지만 부모님이 가지고 오신 케이크나 과자 등은 생활지도선생님들이 모두 압수해갑니다.

"때리기도 합니까?"

민수의 얼굴이 푹, 하고 수그러졌다.

"동생이 사고로 죽었다고 들었는데 왜 기찻길까지 갔습니까? 그날은 일요일이었고 혼자 외출하는 건 위험했을 텐데요. 왜 동생은 거기까지 갔습니까?"

민수는 얼굴이 창백해진 채로 입을 다물었다. 강인호가 민수의 손을 잡으려는 것을 송하섭이 가볍게 제지했다. 그리고 송하섭이 민수에게 무슨 말인가를 수화로 했다. 말을 할 수 있는 그가 말을 하지 않는 것을 보아서는 둘만이 주고받을 말인 것 같았다. 민수의 마르고 긴 얼굴이 씰룩이기 시작했다. 조명이 비추는 아이의 이마에 진땀이 맺혔다.

"동생이 죽기 전에 무슨 일이 있었나요? 동생도 많이 맞았습니까?"

민수는 수화 대신 고개를 끄덕였다. 둘러싼 사람들의 얼굴로 딱딱한 긴장이 어렸다. 실내는 숨이 멎을 듯 고요했다.

"누구에게 맞았나요?"

민수는 다시 고개를 숙였다. 그러고는 다시 고개를 들었다. 송하섭과 강인호의 애타는 눈길이 민수에게 가서 머물렀다. 민수는 그들을 의식한 듯 천천히 손을 들었다. 그 아이의 앙상한 등과 가슴 언저리에 땀이 배어 티셔츠가 젖어가고 있었다. 식은땀이었다.

—박보현 생활지도교사에게도 맞고 선배들에게도 맞았습니다.

"주로 어떤 때에 맞았나요? 규칙을 자주 어겼습니까?"

무슨 말인가 하려던 민수가 갑자기 하늘을 보며 울부짖었다. 돌연한 사태였다. 강인호가 다가가 민수를 붙들었다. 그리고 민수는 통역사가 아닌, 송하섭 선생을 향해 격렬한 수화를 시작했다. 민수의 수화를 보던 송하섭의 두 눈이 경악으로 일그러졌다. 곁에서 바라보는 통역사의 얼굴도 순간 몹시 창백해졌다.

"무슨 일이죠? 뭐라고 하는 거예요?"

서유진이 물었다.

"그냥 두십시오. 일단 녹화를 떠두면 나중에 저희가 서울에서 다른 통역사를 불러 통역해도 됩니다. 일단은 아이의 감정을 자극하거나 거스르지 마세요."

서울에서 온 피디가 낮은 목소리로 서유진에게 말했다. 송하섭이 아이의 수화를 듣다 말고 두 팔을 축 늘어뜨렸다. 그의 눈은 멍했고 어떤 곳을 쳐다볼 힘조차 남아 있지 않은 듯했다. 수화 통역사가 어이없다는 듯 굵은 침을 삼켰다. 잠시 침묵이 계속되었다. 송하섭은 이제 두 손으로 제 얼굴을 가리고 있었다. 사람들의 시선이 수화 통역사에게 쏠렸다. 그는 잠시 망설이더니 민수에게 다시 수화를 했다.

──다시 한번 말해주세요. 그날, 동생이 왜 시내로 나간 거죠?

민수는 발작이 지나간 듯 고개를 들더니 수화를 시작했다.

──박보현 선생님이 아침에 기숙사에서 퇴근을 하시면서──생활지도선생님들은 밤새워 근무를 하고 아침에 퇴근하시거든요──집에 가서 컴퓨터게임을 더 하게 해주겠다고 해서 저하고 동생이 따라갔어요.

"그래서요?"

──집에 도착하니 박선생님이 컴퓨터가 있는 방을 하나 보여주시면서 저보고 거기서 게임을 하라고 했어요. 그러고는 동생을 데리고 나가셨어요.

"어디로 데리고 갔나요?"

──옆방으로요.

갑자기 서유진의 눈빛이 예리하게 빛났다. 침묵은 계속되었다. 센터 회의실 전체를 거대한 롤러로 찍어내리는 듯했다.

"그러고는요?"

─그러고는 한참 게임을 했어요. 보통 때 같으면 한두시간 지나서 그만하라고 하실 텐데 시간을 보니 벌써 세시간이나 지나 있었어요. 거실로 나가보니 박보현 선생님이 혼자 텔레비전을 보고 계셨어요. 제가 동생은 어디 있느냐고 물었지요. 그랬더니 혼자 기숙사로 가버렸다고 했어요.

민수는 울먹이기 시작했다.

─동생은 기숙사로 가는 길을 몰라요. 돈도 없고 그럴 리가 없었지요. 밖으로 나갔는데 안개가 너무 심해서 아무것도 보이지 않았어요. 저는 박보현 선생님 집 근처에 기차가 지나다닌다는 걸 나중에야 알았어요. 저는 그후로 동생을 영영 보지 못했어요.

"동생이 왜 나갔다고 하던가요?"

─박보현 선생님은 대답하지 않았어요. 그러더니 저보고 제 동생 영수처럼 이 안개 속에서 고생하다가 잘못하면 나쁜 놈들에게 끌려갈 거라고 했어요. 조금 있다가 라면을 끓여 먹고 학교로 데려다준다고 했어요. 저는 동생이 걱정되어서 견딜 수가 없고 미칠 것만 같았어요. 그애는 글씨도 제대로 모르고 전화번호도 외우지 못해요. 그런데 박보현 선생이 저를 소파에 쓰러뜨렸어요. 그리고 제 바지를 벗겼어요.

듣고 있던 여자 간사가 비명을 질렀다.

52

그런 일이 있다. 그는 무심히 아이의 가느다란 팔뚝 위에서 꼬물거리는 작은 벌레 같은 것을 발견한다. 초여름 나무 위에서 떨어진 애벌레인 줄 알고 무심히 손가락으로 그것을 떼어내려고 집어든다. 마치 작은 밥풀을 떼어내듯 말이다. 그가 가볍게 집어내는데 그것은 피부의 미세하고 작은 숨구멍으로부터 쭈욱 뽑아져나온다. 가슴이 철렁한다. 애써 철렁한 가슴을 무마하려고 눈꺼풀을 두어번 깜박이며 호흡을 가다듬고 다시 본다. 하나가 사라진 자리에 다른 애벌레만 한 것이 고개를 내밀고 그 자리에서 그대로 꼬물거리고 있다. 설마, 하면서도 다시 그것을 떼어내려고 한다. 손가락으로 집는다. 베트남 쌀국수 가닥보다 가느다랗고, 희고, 긴 벌레가 죽 당겨져나온다. 그러곤 이내 다른 것이 바로 그 자리에서 나와 꼬물거리고 있다. 아니, 정신을 차리고 보니 아이의 온 땀구멍마다 그런 벌레들이 나와 꼬물거리고 있다. 강인호는 차마 그 광경을 다 지켜볼 수 없다. 아이에 대한 연민보다 그 광경에 대한 혐오가 더 커진다.

혐오, 신이 기괴하거나 비뚤어진 것으로부터 연약한 인간을 보호하기 위해 준 제일 감각.

강인호는 고개를 돌린다. 도망치고 싶지만 차마 그 아이를 버리고 갈 수가 없다. 벌레들은 조금씩 아이의 땀구멍에서 더 길게 뻗어나와 온몸을 흔들어댄다. 아이의 얼굴은 무표정하다. 아이는 과자를 먹고 있다. 가느다란 벌레들이 춤을 추는 손을 뻗어 무심히 과자를 집는다. 아이는 민수고 아이는 유리고 아이는 연두고 아이는 딸 새미다. 다가가 새미의 팔뚝을 잡는다. 안돼,라고 말하려는데 자신의 팔 위로도 그 벌레들이 길게 나와 춤을 추고 있다.

53

"아아아—"

그렇게 비명은 그날 이후 강인호의 새벽잠을 덮쳤다. 베갯머리에 젖은 땀과 꿈에서 깬 후 온 피부 위로 그물을 씌운 듯한 스멀거림. 그것은 찬물을 마셔도 가셔지지 않았다.

새벽이 오긴 왔는지 창문은 푸르스름했다. 딩동 하고 문자 오는 소리가 들렸다. 머리맡의 휴대폰을 들어보니 역시 잠을 이루지 못했는지 서유진의 문자가 와 있었다.

잠이 너무 안 와 바닷가에 있어. 갯벌 너머로 푸르스름하게 새벽이 오네. 세계가 거짓말을 하는 날들이 있고 세계가 진실을 말하는 날들이 있지. 잔인하고 집요한 진실. 혹시 깨어 있으면 여기로 좀 와주지 않을래?

강인호는 일어나 창밖을 내다보았다. 거리는 아직 잠들어 있었다. 멀리서 청소차 지나가는 소리가 길게 끌리듯 들려오고 있었다. 완연한 가을을 알리듯 새벽바람이 찼으나, 신선한 새벽이었다.

　서유진은 바다가 보이는 제방에 앉아 있었다. 강인호가 차에서 내려 다가갔을 때 그는 그녀의 얼굴이 파랗게 얼어 있는 것을 보았다. 도심하고 또 다르게 바닷가의 새벽바람은 더 찼다.

　"내 기억에 너 잠꾸러기인 줄 알았는데 금방 왔네. 엠티 가서 매번 가장 늦게 일어난 사람이 너 아니었니?"

　서유진의 입에서 다 깨지 않은 술 냄새가 났다. 그녀의 손에는 작은 종이 소주잔이 들려 있었고 옆에 있는 비닐봉지에 소주병과 마른안주가 보였다.

　"그래도 내가 온다고 하고 안 온 적은 한번도 없었을걸."

　서유진은 강인호의 대답을 듣다가 아주 오래전 기억을 떠올리듯 빙긋 웃었다.

　"맞아, 조금 늦긴 해도 꼭 왔어. 그래, 그게 강인호였어."

　그녀는 말을 마치고 종이에 든 소주를 홀짝하고 마셨다.

　"설마 밤새 혼자 여기서 마신 건 아니겠지?"

　"아니야, 한시간 전쯤 남자 간사하고 통역사하고 갔어. 나도 가려고 했는데……"

　서유진은 얇은 재킷을 여미며 부르르 떨었다. 그녀는 무슨 말인가를 하려다가 "난 술을 한잔만 더 했으면 해서." 하고 말을 돌렸다. 그러고는 겸연쩍은 듯 덧붙였다.

　"너 전에 길 잃고 나한테 전화했을 때 니 집에 가서 하는 수 없이 술 더 마셔준 거 기억나지? 그거 오늘 갚아."

서유진은 샐쭉 웃었다. 바람이 불자 그녀의 야윈 뺨 한켠에 오소소 소름이 돋았다. 강인호는 비닐봉지에 든 소주를 종이잔에 따라 그녀에게 건넸다.

"원수 갚아주고 싶지만 수업이 있으니 오늘은 그냥 옆에 있어줄게. 내 몫까지 두잔 다 마시고 집에 가서 좀 자."

서유진은 작은 종이잔을 그러잡고 그것을 천천히 입에 가져다 댔다. 문득 그는 그녀가 울 것 같다고 생각했다. 그는 재킷을 벗어 그녀의 어깨에 걸쳐주었다. 소주잔을 입에 대던 그녀가 움찔하고 그 자리에서 멈추었다. 그는 희미한 여명 속에서 먼바다를 바라보았다.

"따뜻하다…… 나 예전에 너 참 좋아했었어, 몰랐지?"

강인호는 머리를 쓸어내렸다. 그리고 서유진의 어깨에 걸쳐있는 자신의 재킷의 깃을 세워 목덜미로 불어오는 바람을 막아준 뒤 대답했다.

"……알았어."

그녀가 놀란 표정으로 그를 바라보았다.

"아니, 그냥 좋아한 게 아니라 너랑 사귀고 싶었어. 남자로 말이야. 후배로 괜찮은 놈이다, 그런 게 아니구…… 내 얘기는 그 얘기야."

서유진은 말을 마치고 논문이라도 발표한 듯 스스로를 대견해하는 표정으로 혼자서 샐쭉 웃었다.

"그래…… 그것도 알았다구."

갑자기 서유진이 어리둥절한 표정을 짓더니 웃음을 터뜨렸다.

"거짓말!"

"정말이야."

강인호는 낮은 목소리로 말했다.

"왜 내가 몰랐을 거라고 생각해? 알았어. 그건 그냥 아는 거니까."

취기가 오르는 듯 가볍게 딸꾹질을 하다가 서유진이 고개를 갸웃하며 말했다.

"야, 엄청 자존심 상하려고 한다. 내가 맘에 들지 않았었니? 넌 나를 언제나 깍듯하게 선배로 대접했잖아."

강인호 역시 웃으며 고개를 저었다. 두 사람의 얼굴이 가까운 곳에서 마주쳤다.

"그 반대였어. 선배는 늘 옳아서…… 난 자신이 없었어."

그녀는 잠시 그 뜻을 헤아리려고 애쓰는 듯했고 이윽고 아주 고독한 눈빛이 되었다.

그제야 멀리 파도치는 소리가 들렸다. 발이 없는 물고기처럼 퍼덕퍼덕 파도는 이리로 오려고 애쓰는 듯이 보였으나 또다시 제자리로 물러나고 또 물러나고 있었다.

"오늘 방송이 나오면 무슨 일이 일어날까?"

그녀의 말소리는 부정확해서 중얼거리는 듯했다.

"이게 우리가 할 수 있는 마지막 카드니까…… 이렇게 당연한 범죄를 온 무진의 상류층들이 겹겹이 에워싸서 은폐하려 하고 있어. 삼척동자도 다 아는 범죄를 범죄 아니라고 하고 있어. 강 선생 나…… 실은, 그게 무서워. 너무 불길하고 무서워."

강인호는 서유진의 손을 잡았다. 그녀의 손은 참 작았다. 그녀는 손을 잡힌 채로 그를 돌아보지 않았다. 두 사람은 그렇게 말 없이 앉아 있었다. 오래된 멍 자국 같은 빛깔의 보랏빛 해가 바다를 물들이며 조금씩 솟아오르고 있었다.

54

강인호는 퇴근 후 시간에 맞추어 무진 인권운동센터 사무실로 갔다. 거리는 여전히 북적이고 있었다. 처음 이곳에 도착한 날 그를 잡았던 어린 창녀는 아직도 그 거리를 서성이고 있었다. 문득 강인호와 눈이 마주쳤으나 그녀는 그를 전혀 알아보지 못하는 것 같았다. 당연한 일이었다. 이제 그도 무진의 안개에 젖어 퇴락의 냄새가 배어버렸을 것이고 이 거리의 누구라도 그녀에겐 그저 흘러다니는 지폐로만 보일 테니까. 사람들은 식당 문을 열고 나와 걸어갔다. 차들이 빵빵거렸고 헤드라이트가 번쩍거렸다. 스스로는 한번도 원하지 않았을지 모르나 그 또한 이제 그 거리에서는 군중이었다.

55

인권운동센터 회의실에는 긴장감이 어려 있었다. 서유진과 센터 직원들, 통역사 그리고 송하섭 선생이 이미 와 있었다. 유리와 민수는 성폭력상담소장이 이미 쉼터로 데려다놓은 상태였다. 아홉시뉴스가 끝날 무렵 인권운동센터의 전화벨이 울렸다. 젊은 남자 간사가 전화를 받고는 곧이어 스피커폰으로 들리게 했다. 오늘 방송의 담당 피디였다.

"방송은 예정대로 나갈 겁니다. 저희로서는 최선을 다했는데 어떨지 모르겠습니다. 다만, 오늘 낮부터 자애학원 쪽에서 항의가 대단합니다. 아까는 저희 방송국의 간부에게까지 전화가 왔네요. 아마 그분들의 백이 대단들 하신가봅니다. 저희로서는 가끔 겪는 일입니다만, 그쪽에서 많이 힘드실까봐 알려드립니다. 경찰이 움직이지 않으니 만일 무슨 일이 있으면 연락하십시오. 서울에서 도울 일 있으면 도와드릴게요. 아이들 잘 있지요?"

마지막 말을 하면서 피디도 몹시 긴장했는지 애써 웃는 듯했다. 많이 겪는 일이라고 하면서도 그 역시도 긴장되는 건 어쩔 수 없는 모양이었다. 이쪽에서 괜찮다는 대답을 하고 통화는 끝났다. 방송 시간이 다가오고 있었다. 서유진은 누가 묻는다면, 오늘 새벽? 응, 그거 꿈이었잖아,라고 대꾸라도 할 것처럼 여전히 담담하고 씩씩한 얼굴이었다.

방송 시간이 다가오고 있었다. 누구도 입을 열지 않았다. 회의

실의 시계 초침 소리가 벽에 부딪혀 가는 비처럼 사람들의 어깨 위로 부서져내리고 있었다. 호흡을 가다듬던 강인호가 복도로 나가 담배를 물었다. 그때 진동이 울리고 문자가 도착했다.

여보, 무슨 일이야? 학교에 무슨 일 있는 거야?

아내였다. 그는 잠시 망설이다가 요즈음 아내와 연락이 뜸한 것을 의식하고 천천히 자판을 눌렀다.

별일 없지? 나는 잘 있으니 걱정하지 마. 당신이 늘 믿어주니 나는 괜찮아.

회의실에서 짧은 탄성이 들렸다. 프로그램이 시작되는 모양이었다. 그는 담배를 끄고 얼른 안으로 들어가려고 했다. 그때 다시 문자가 왔다.

그럼. 내가 당신 안 믿으면 누가 믿어. 자기 홧팅! 우리 힘내. 아자!

그는 전화기를 들여다보고는 잠시 망설이다가 그것을 껐다.

56

─박보현 선생은 저를 소파에 쓰러뜨렸어요. 그리고 제 바지를 벗겼어요. 그러고는…… 자기도 바지를 벗고 자기 성기를 제 항문에……

"반항할 수는 없었나요? 도망간다거나……"

─반항하면 밤새 맞아요.

"그러면 동생 영수도 그날 그런 일을 당한 건가요?"

—모르겠어요. 그날은 어떤 일을 당했는지.

"그럼 그전에는 그런 일을 당했습니까?"

—……네.

"어디서 당했습니까?"

—박보현 선생님이 집에 데려가거나 아니면 기숙사 목욕탕에서요.

"동생이 죽었을 때 어떤 생각이 들었습니까, 자살이라고 생각했나요?"

—동생은 자살할 아이가 아니에요. 그럴 지능이 없어요. 그런데 동생은 그런 일을 당하고 나면 아파서…… 아파서 며칠 동안 걸음도 제대로 못 걷고…… 아파서…… 그날도 동생이 아파할 생각을 하니까……

텔레비전 화면 속에서 민수가, 화면 밖에서는 서유진과 여자 간사가 두 손을 붙들고 울었다. 이제 아이들 앞이 아니니까 울어도 되는 것이다. 그때 컴퓨터 앞에 앉아 있던 남자 간사가 소리쳤다.

"벌써 댓글이 올라오고 있어요! 텔레비전 프로그램 싸이트뿐 아니라 우리 센터 홈피에도 올라와요. 이제 됐어요!"

언제나처럼 폭행보다 고통스러운 것은 버림받고 고립되었다는 느낌, 아무도 우리를 돕지 않을 거라는 절망, 그런데 이제 그들은 혼자가 아닌 것이다. 그들은 그 순간 그것을 확인했고 존재의 밑바닥부터 기쁨과 감격으로 흔들렸다.

57

존재의 밑바닥부터 흔들린 것은 그들뿐만이 아니었다. 그 밤 이후 온 무진시가 흔들거렸다. 과거 민주화운동의 훈장을 장롱서랍에 넣어둔 원로들이 오랜만에 양복에 넥타이를 매고 집을 나섰고 단체장 선거를 앞둔 민주화운동단체들이 잠시 선거유세를 멈추고 이 작은 운동센터를 주목했다. 서울에서까지 기자들이 몰려들었고 텔레비전 뉴스마다 자애학원의 비리가 보도되었다. 시장에서 학교에서 관공서에서 인터넷에서 온 사방에서 자애 자애 자애…… 무진은 자애의 도가니였다. 정의는, 깊은 땅속에 묻혀 있던 부드러운 흙이 깊은 쟁기질에 얼굴을 내밀듯 솟아나서 세상은 그래도 살 만하다는 오래된 전설을 확신시켜주는 듯했다. 무진 인권운동센터는 그날 이후 당직자들이 번갈아 밤을 지새워야 했다. 응원하는 사람들의 방문과 격려에 응대하고 물품과 성금을 접수하는 데만도 손이 모자랄 지경이었다.

방송이 나간 바로 다음 날 장경사는 자애학원으로 가서 제 손으로 이강석 교장과 이강복 행정실장, 박보현 생활지도교사를 체포했다. 체포되는 순간 교장과 행정실장은 막 강인호에 대한 기간제 교사 해임 통보를 논의하려던 참이었다. 어제 강인호는 텔레비전 프로그램에 나와—모자이크 처리가 된 상태였으나 그게 강인호라는 건 아는 사람은 알아볼 수 있었다—자애학원에 대해 여러가지 불리한 증언을 했다. 아이들에 대한 구타와 성폭행, 수화를 할 수 있는 교사의 절대 부족, 그리고 린치 등에 이르기까지. 설마 긴급체포를 당할 줄은 몰랐던 그들은 일단 강인호를 부르려던 참이었다. 그러나 장경사가 한발 먼저였다.

장경사로서는 사실 이들의 행보를 불안해하던 참이었다. 신고가 접수되었다는 통보를 하고도 경찰 측에서 조치를 취하지 않고 말미를 주었을 때 회유를 하든 합의를 하든 하다못해 깡패라도 동원해서 협박을 한 후 어디론가 쫓아 없애버리든 사안을 마무리했어야 했다. 그러나 역시 오래된 권력은 나태해진다. 그건 어쩔 수가 없는지 그들은 그저 어제처럼 오늘도 아무 일 없을 거라는 생각에 아무 대비도 하지 않은 듯했다. 그토록 힌트를 주었건만 이제 그로서도 더 손을 쓸 수가 없었다. 오랜 경험을 가진 그로서는 늘 하는 생각이었지만 나쁜 놈들이 아니라 어리석은 놈들이 수갑을 찬다. 맹수는 다리를 다친 사슴 한마리를 잡을 때도 결코 방심하지 않는 법이다.

그가 수갑을 채우는 순간, 교장 이강석은 어이가 없다는 듯 장경사를 바라보았다. 거기서 조금이라도 누그러지는 기색을 보이면 '네가 그동안 가져간 게……' 뭐 이런 계산이라도 하자고 덤빌 것처럼 교장은 아직도 사태 파악을 못한 듯했다. 이런 인간에게는 어차피 강경책이 묘수여서 장경사는 무표정한 어투로 미란다원칙을 읊었다.

"당신은 변호사를 선임할 권리가 있으며 법정에서 불리한 증언에 대해 묵비권을 행사할 수 있습니다."

그러고는 '내가 그동안 가져간 게 있으니 그래도 친절하게 한마디한다.'는 투로 덧붙였다.

"봐드리는 겁니다. 방금 수업 시작해서 복도에 아무도 없을 겁니다. 도와달라고 소리쳐도 여기 아무도 들을 사람이 없으니, 가시죠!"

행정실장 이강복은 다리부터 벌벌 떨고 있었다. 순간 장경사는 이들이 농아들을 성폭행했으리라는 것을 처음으로 확신했다. 그건 그로서는 거의 동물적인 직감이었다. 그리고 그런 인간들을 상대해왔다는 것이 순간적이지만 몹시 불쾌해졌다.

"장경사, 우린 아니오, 맹세코 우린 그런 일을 한 적이 없어. 장경사가 알잖아. 어, 장경사!"

행정실장 이강복이 울상을 지으며 소리치자 장경사는 김순경에게 턱짓을 해서 그들을 경찰차에 태웠다. 이윽고 김순경은 다른 순경과 함께 박보현을 체포해서 다른 차에 태웠다.

"이건 음모야! 빨갱이들이 하는 방송 하나만 보고 이러는 법이 어딨나, 응?"

장경사는 신경질적으로 문을 닫았다. 이제부터는 이 인간들이 문제가 아니었다. 이렇게 어리석은 인간들이 언제 어떻게 모든 일을 잘못 몰고 가서 행여나 자신에게 불똥을 튀게 할지 알 수 없었다. 장경사는 집요하게 앞만 보고 있었다. 그것이 장경사가 정말 자신들을 배신한 징조라고 여겼는지 그들은 어린아이처럼 울상을 짓고 있었다. 얼핏 천진한 얼굴이기도 했고 다시 보면 한없이 늙고 노회한 얼굴이었다.

"장경사, 박변에게 전화해줘. 어서, 어서 와달라고 해, 응? 어서 전화하라니까 뭐 하고 있는 거야?"

교장 이강석이 징징 울면서 말했다. 장경사가 앞자리에서 경멸스러운 시선으로 두 사람을 돌아보았다. 이강석은 그런 장경사의 시선은 전혀 의식하지 못한 듯 얼굴이 벌게진 채로 중얼거렸다.

"우리가 서로 그럴 사이는 아니잖나? 박변이면 이 일을 해결할 수 있을 거야. 그래 박변을 불러. 무진 최고의 변호사이고, 또 우리 자애학원의 이사 아닌가. 그래, 그러면 될 거야. 그래 맞아. 그리고 장경사 자네, 자네 그러는 거 아니네. 아무리 그래도 어떻게 학교에서 나한테 수갑을…… 내 정말 이 일을 두고두고 잊지 않음세."

장경사는 그들을 빤히 바라보다가 한심하다는 듯이 다시 고개를 돌려 정면을 응시한 채로 담배를 물었다. 그가 담배연기를 내뿜자 이강석과 이강복이 동시에 기침을 해대기 시작했다. 담배를 피우지 않는 그들에게는 그 연기가 매워서이기도 했지만 명색이 무진 영광제일교회 장로인 그들 앞에서 담배를 무는 데 대한 항의였다.

"길게 얘기 안합니다. 두번도 더 안합니다. 잘 들으십시오."

장경사의 목소리는 아주 낮았으나 어떤 위엄을 가지고 있었다. 이강석 이강복 형제는 과장된 기침을 얼른 멈추고 그에게 귀를 기울였다.

"오늘 무진검찰청이 발칵 뒤집혔어요. 잘못하면 아직도 두분 소환하지 않은 저, 또 제 위의 검사 옷 벗을지 몰라요. 저도 지금 제 코가 석자라 이겁니다. 무진 시내도 발칵 뒤집혔어요. 자, 잘 들으세요. 박변호사, 사람 좋죠. 무진에 그만한 인재 어딨겠으며 두분하고 둘도 없는 사이니 좋지요. 그런데 시장 출마 준비하고 있어요. 뭐가 문제냐? 여론에 무심할 수가 없어요. 왜? 시장 출마해야 하니까. 그럼 어떻게 하느냐? 이제 박변호사에게 전화하셔서 무조건 방금 옷 벗은 사람을 찾으세요. 아직 변호사 개업 안한 사람이면 더 좋아요. 아쉬운 게 더 많을 테니까. 억울하다, 이런 개뼉다귀 같은 소리는 나중에 교회 가셔서 하나님 아버지 한테나 하시고 지금은 누가 뭐래도, 설사 나중에 이 장경사가 무서운 얼굴로, 당신들 내가 다 알고 있어! 이래도 입을 꾹 다물고 당신들이 뜯어먹던 그 아이들처럼 귀머거리다! 생각하고 입 다물고 계시라 이겁니다. 두분이 입을 열어야 할 때는 오직 하나, 옷 벗은 사람! 옷 벗은 사람을 찾아라! 무진에서 고등학교나 대학교나 뭐 하다못해 초등학교라도 나온 사람 중에 아니면 처가 붙이가 여기서 방귀라도 뀌고 있는 사람 중에 방금 옷 벗은 사람을 찾아라! 이럴 때만 여시라, 이겁니다. 자아, 저기 벌떼가 몰

176

려옵니다. 입 다무십시오. 그리고 만에 하나 일이 잘되면 하나님 아버지께 십일조, 그리고 저 이 장아무개에게도 십의 십일조라도 생각해주십쇼."

58

경찰서 앞마당에는 벌써 기자들이 몰려와 그들을 기다리고 있었다. 그들 틈에서 장경사는 얼핏 서유진을 보았다. 넝쿨 뻗듯이 고개를 빼어들고 달려드는 기자들 사이에서 작은 서유진은 거의 보이지 않았지만 장경사는 왠지 금방 알아볼 수 있었다. 순간 장경사는 자신도 모르게 그녀의 신상을 조사했던 기억을 떠올렸다.

그녀의 전남편은 현재 정치인이었다. 원내(院內)는 아니지만 누구라고 하면 금방 알 수 있는 권력자의 주변 사람이었다. 의외였다. 그녀가 사는 집과 환경은 형편없었다. 아픈 둘째아이에 대한 전남편의 지원도 거의 없는 듯했다. 그럼 설마 서유진이 외도를 해서?라고 생각해보기도 했으나 그건 아닌 듯했다. 하기는 따지고 보면 세상에 그런 무책임한 아비들이 한둘은 아니었다. 자신의 아비 또한 그런 사람이었으니까. 그만하면 얼굴도 그리 밉상이 아니고 서울에서 대학교육까지 받은 여자가 왜 저리 궁상을 떨고 사는지 그는 곰곰 그녀의 신상명세를 들여다보며 의아해했다.

장경사는 차에서 내리는 형제를 도와주는 척하며 며칠 전까지는 서로가 상상도 못했을 거만한 태도로 두 형제의 귀에다 대고 주의를 주었다.

"얼굴을 숙인다거나 재킷으로 가린다거나 이런 짓은 절대 하지 마세요. 나는 몹시 억울하다, 음모가 있다, 나는 희생자다, 모든 것은 정의로운 경찰과 검찰이 밝혀줄 것이다, 이런 주문을 외우면서 담담하게 고개를 들고 살짝 미소도 지으세요. 잘되지 않겠지만 노력해보라구요. 알았어요? 네?"

두 형제는 겁먹은 얼굴로 장경사를 향해 고개를 끄덕였다. 장경사는 그러나 조만간 다시 이런 처지가 역전되리라는 것을 계산하고 있었다. 세상은 동화처럼 그렇게 녹록지 않은 것이다. 지금은 그들이 어린아이처럼 그의 바짓단을 붙들고 있지만 이 계절이 끝나면 지나온 긴 날들처럼 앞으로 많은 날들을 그들은 그 앞에서 지폐를 흔들며 거만하게 굴 것이었다. 그렇기 때문에 더욱 이번 기회에 자신이 그들의 은인이라는 것을 각인시켜야 했다. 이미 많은 것을 가진 인간들보다 우월할 기회는 거의 없다. 아니 동등할 기회조차 거의 없다. 이것이 현실이었다.

59

기자들이 코앞까지 몰려들고 이것저것 묻기 시작하자 교장 형제의 얼굴은 이제 거의 백지장처럼 빳빳해져 있었다. 설사 차

안에서 무슨 말인가 하라고 시켰어도 아무 말도 못할 지경이었던 것이다. 부모의 유산을 물려받아 평생을 소왕국의 왕자처럼 지낸 이런 종류의 인간들을 장경사는 내심 경멸하고 있었다. 무진에서도 내륙으로 한시간 반, 버스도 들어오지 않는 산골, 더 공부하고 싶었으나 주정뱅이 아버지에게 매만 맞던 자신 같은 사람이 인생에 대해 가지는 경외와 공포를 이 인간들은 모른다. 이런 부류의 인간들에게 인생은 농익은 수박과 같아서 건드리기만 해도 쩍 벌어져 단물이 뚝뚝 떨어지는 과육을 물리도록 선사했을 것이다. 그래서 장경사는 그들에게 '이건 내 경험인데, 조금만 참으면 사람들은 이 모든 것을 금방 잊는다. 시간을 벌자.'라고는 충고하지 않았다. 이 소공자들에게 그런 말은 사태를 더 그르치게 할 확률이 높기 때문이었다. 패는 천천히 펴도 늦지 않는다.

카메라 플래시들이 펑펑 터졌다. 두 형제는 역시 장경사의 지시대로 말이 없었다. 재킷으로 얼굴을 가리지도 않았다. 다만 교장 이강석과 달리 행정실장 이강복은 거의 쓰러질 것같이 창백해져서 벌벌 떨었다.

"한시간 후에 저희 센터로 오시죠."

장경사가 돌아보니 서유진이었다. 그로서는 기습이었다. 장경사가 이 여자의 접근이 무슨 뜻일까 잠깐 생각하느라 우물거리는데 별렀다는 듯이 그녀가 말을 이었다.

"기자회견이 있거든요. 수사할 의지도 능력도 없으신 경찰이 우리가 조사한 것을 받아적어가기라도 하셔야죠."

서유진의 얼굴에서는 그녀가 등지고 선 하늘처럼 푸른빛 같은 것이 뿜어져나오고 있었다. 장경사로서는 그런 경험이 처음이어서 약간 당황해하자 그녀가 얼굴을 씰룩거리더니 말을 이었다.

"당신들 경찰, 저기 저 인간들보다 더 그지 같은 놈들이야!"

60

'저는 자애학교를 십년 전에 졸업한 사람입니다. 어제 방송을 보고 십년 동안 가슴에 파묻고 아무에게도 하지 못한 이야기를 말씀드립니다. 저는 자애학교 기숙사에 살면서 수업시간에 처음으로 행정실장실로 불려가 이강복에게 성폭행을 당한 뒤로 수시로 그에게 성폭행을 당했습니다. 이후 제가 사회에 나가 약혼한 사람이 생겼는데도 가끔 저를 불러내서 만일 자기 말을 듣지 않으면 남편 될 사람에게 이 사실을 폭로하겠다고 협박해서 저와 강제로 성관계를 가졌습니다. 며칠 전 방송을 보고 저 같은 피해자가 한둘이 아니라는 것을 알고 남편에게 이 사실을 고백했습니다. 설사 남편이 저를 용서하지 못할지라도, 그래서 어쩌면 제가 남편에게 버림을 받더라도 저는 그 짐승 같은 행정실장을 세상에 고발하고 싶습니다. 그를 처벌해주십시오.'

'저는 오년 전에 기간제 교사로 처음 자애학교에 부임했습니다. 조금만 참고 있으면 정교사로 발령을 내준다는 말에, 그리고 장애아들을 가르친다는 보람에 기간제 교사라는 불안한 신분도 참고 견딜 수 있었습니다. 그런데 교장 이강석이 어느날 저를 부르더니 이상한 씨디를 주었습니다. 그것을 복사해오라는 것이었습니다. 열어보니 조잡한 포르노 영상이었습니다. 저는 그후로도 계속 교장의 그 심부름을 해야 했고 가끔씩은 수업도 빼먹은 채 새 포르노 씨디를 복사해다가 그에게 가져다주어야 했습니다. '대체 먹고사는 것이 뭐기에 내가 여기서 이런 짓을 하고 있어야 하나?' 하는 자괴감에 빠진 적이 너무 많았습니다. 이제 모든 일이 세상에 밝혀지니 속이 시원합니다. 저와 저희 아이들을 위해 그들의 행위를 처벌해주시고 우리 학원이 가엾은 아이들의 진정한 배움터가 되도록 해주시기 바랍니다. 감사합니다.'

'제 친구는 수업시간에 자주 불려나갔고 기숙사에서도 잠을 자다가 보면 사라졌습니다. 그 아이는 늘 울고 있었는데 제가 물어보면 '부끄러워서 도저히 말을 못하겠다. 세상이 싫고 무섭다. 나는 왜 귀머거리로 이 세상에 태어났고 우리 부모는 왜 날 이런 데 맡겨놓고 찾으러 오지도 않나. 다음 세상에서는 좋은 부모 밑에서 건강한 여자로 태어나고 싶다.'고 자주 한탄했습니다. 그러던 중 친구는 며칠 동안 먹지도 자지도 않고 멍하게 창밖만 보고 있었습니다. 그런데 어느날 저녁 행정실장님이 그애를 오라고 불렀습니다. 이상한 생각이 들어 제가 가지 말라고 했는데 그애는 저보고 만일 자기에게 무슨 일이 생기거든 네가 탐내던 자기 머리핀을 가지라고 이야기하고는 나갔습니다. 이후 친구는 돌아오지 않았습니다. 그날밤 안개가 지독했는데 친구는 운동장 끝 절벽에서 떨어져 죽은 채로 발견되었습니다. 왜 행정실장님이 불러서 나간 아이가 절벽에서 떨어져 죽었을까요? 왜 경찰은 그걸 저에게 물어보지 않았을까요? 가여운 친구의 원혼을 위해 수사해주시기 바랍니다. 친구의 머리핀은 제가 지금도 간직하고 있습니다.'

방송의 파장은 생각 밖으로 컸다. 각지에서 증언들이 쏟아져 나오고 진정이 접수되었다. 언론은 연일 이 사실을 보도했고 피의자 이모 교장 형제와 박모 교사의 처벌은 당연한 일이었다. 이제 국고의 전폭적 지원을 받는 복지법인과 학교법인 경영진과 이사진은 해임될 것이다. 그리고 관선이사가 파견되어 이후 정상화 절차를 밟으면 될 것이었다.

61

최수희 장학관은 남편과 함께 무진 영광제일교회의 열시 예배에 앉아 있었다. 담임목사가 북한선교 지원차 옌볜에 간 바람에 그 아들 목사가 예배를 집도하는 날이었다. 젊고 잘생긴 아들

목사는 침통한 얼굴이었다. 미국 유학에서 돌아온 지 얼마 되지 않아 영어를 자주 섞어 쓰는 것이 흠 아닌 흠으로 지적되는 것 외에는 정말 괜찮은 사람이라는 평을 받는 목사였다. 그는 이렇게 말문을 열었다.

"우리 성도 가운데 두 사람이 지금 큰 고통 중에 있습니다. 우리는 지금 그들을 기억하고자 합니다."

성도들의 머리 위로 긴장이 흘렀다.

"물론 그 두 사람뿐 아니라 그들의 가족 그리고 실은 우리까지도 고통에 휩싸여 있습니다. 오늘 큰 슬픔을 무릅쓰고 주일예배에 참석하기 위해 여기 나오신 가족들에 비할 바는 아니지만 저 역시 방송을 본 이후 지금까지 깊이 번민하고 있습니다."

젊은 목사의 음성은 단호했다. 약 삼천명이 들어설 수 있는 대성전은 침묵에 휩싸였다. 이 교회의 신도들은 이미 돌이킬 수 없는 마음의 상처를 입었다. 어느 편이 옳든 혼란은 분명한 일이었다. 그러므로 하나님의 목자인 이 목사가 단도직입적으로 예배 시간에 아직 아무 결론도 나지 않은 문제를 꺼내는 것은 분명 하나의 강공책이었다. 자칫 이 교회의 존폐를 결정할 수도 있는 사안을 이렇게 용감하게 주일예배 시간에 공개적으로 꺼낸다는 것 자체가 이미 하나의 전쟁을 선포하는 것이나 마찬가지일 테니까. 그게 어떤 전쟁이든 말이다.

"일단, 방송에 따르면 그들은 그리스도를 따르는 성도로서뿐만 아니라 교직자로서, 아니 그냥 한 인간으로서도 입에 담지 못할 죄를 지었음이 분명합니다. 아니라고 생각하려면 거기 청각장애아들이 완전히 거짓말을 하고 있다는 가정을 해야 하는데—그 아이들은 약간의 지적장애도 가지고 있다고 합니다—이 엄청난 거짓말을 지어내기에는 너무, 죄송합니다만, 냉정히 말해서 그럴 만한 머리가 없습니다. 그렇다면 우리 장로님들이시고 평생을 바쳐 장애인들에게 헌신해온 봉사자이시며 정말 진실한 성도이신 이강석, 이강복 성도가 그런 죄인이란 말인가? 정말 그들이 그랬단 말인가? 이런 의문에 이르게 되는 거지요."

장내는 더욱 조용해졌다. 누군가의 휴대폰이 잠시 울렸는데 평소 같으면 할렐루야라든가 아멘 소리에 묻혔을 그 소리가 선명하게 들려와서 그는 서둘러 휴대폰을 꺼야 했다. 최수희 장학관이 고개를 갸웃했다. 흥미진진해지고 있는 것 같았다.

"저는 개인적으로 그분들을 잘 압니다. 저보고 증언대에 서라고 하면 하늘에 맹세코 그분들은 절대로 그런 일을, 아니 그 비슷한 일도 하실 분들이 아니다, 차라리 여기에 선 제가! 위선자면 위선자였지! 그분들은 그럴 분들이 아니다! 맹세라도 하고 싶지만…… 경찰과 검찰이 잘 밝혀줄 것이니 우리는 그냥 기다릴 뿐입니다."

비로소 젊은 목사의 설교 방향을 알아차린 머리 좋은 축들이 서둘러 아멘! 하고 소리쳤다. 비로소 대성전에 약간의 숨소리가 들리기 시작했다. 젊은 목사는 빙그레 웃으며 장내를 둘러보았다.

"그러면 대체 이게 어떻게 된 일일까? 저는 어젯밤 잠을 못 이루고 주님 앞에 앉아 물었습니다. 주님! 대답해주십시오!"

그러자 군중이 소리쳤다.

"아멘!"

"좋으신 하나님! 대체 이게 어찌된 일입니까? 이런 날벼락이 어떻게 있을 수 있는 겁니까? 저는 그들을 의심하지 않습니다. 그러니 진정 그들에게 이런 시련을 주시는 이유가 무엇이란 말입니까? 그렇다고 저는 그 불쌍한 어린 학생들을 결코 의심하지 않으렵니다. 그렇다면 주님, 대체 이게 어찌된 일이란 말입니까?"

"아멘!"

"주님은 대답이 없으셨습니다. 저는 묻고 또 묻고 또 묻고 또 물었습니다. 땀이 밤새 비오듯 흘러내렸고 제 옷은 축축하게 젖었습니다. 저는 쉬지 않고 주님께 물었습니다. 새벽이 오고 말았죠. 주님은 이렇게 저를 모른 척하시나보다 낙담하려는 순간, 저는 답을 얻었습니다. 조간신문을 보는 순간 저는 하나님께서 제게 응답하심을 알았던 겁니다."

"할렐루야!"

순간 사람들이 두 손을 치켜들고 환호하기 시작했다. 최수희 장학관은 팔짱을 낀 채로 그런 목사를 지켜보고 있었다.

"바로 이 신문입니다."

젊은 목사는 신문 하나를 흔들었다. 그리고 그것을 읽기 시작했다.

"어제 방송이 나간 뒤, 그동안 자애학원 사태를 조사해온 무진 인권운동센터를 주축으로 해서 자애학원 대책위원회가 꾸려졌다. 그들은 무진의 오랜 민주화운동의 상징이며 전 무진 영광제일교회 목사였고 지금은 '교회 없는 교회' 목사로 일하는 최요한 목사를 위원장으로 추대했다."

젊은 목사가 잠시 성도들을 둘러보았다. 일순 침묵이 다시 이들을 내리눌렀다. 짧은 탄식을 애써 억누르는 사람도 있었다. 최요한 목사는 지금의 담임목사인 아버지 목사와 함께 무진 영광제일교회를 초창기부터 일군 목사로서, 담임목사가 자신의 아들에게 교회를 세습하려 하자 반기를 들었고 그 불화를 견디다 못해 오년 전 이 교회를 나갔다. 그때 그를 따르는 많은 이들이 교회를 떠났고 영광제일교회는 아직도 그 상처를 다 치유하지 못하고 있었다.

"물론 제가 최목사님을 개인적으로 비방하고자 이 말씀을 드리는 것은 절대 아닙니다. 그분은 개인적으로 훌륭하신 분입니다. 아버님과 함께 이 교회를 개척하셨고, 코 찔찔 흘리던 꼬맹이 때부터 저는 그분의 기도를 받고 자랐으니까요. 그러나 그렇기 때문에 그분은 더욱더 우리 교회의 장로로 계시는 누 형제를 고발하는 위치에 서면 오해를 받으시게 되어 있는 것입니다. 그런데 그분이 그것을 모르셨을까요? 저는 다시 생각해보았습니다. 저라면 어떻게 했을까? 내가 그분을 고발해야 하는 위치에 어쩔 수 없이 서야 한다면? 저는 그분을 잘 알고 있다고 말씀드릴 수 있습니다. 저는 그런 자리라면 서지 않을 것입니다. 그러나 그분은 서셨습니다."

사람들이 다시 아멘, 했으나 이번에는 그 소리가 좀 약했다.

"자 여러분, 이밖에도 대책위에는 참으로 이상한 사람들이 많이 있습니다. 먼저 전교조 출신 기간제 교사. 이 사람은 이 사건이 나기 겨우 한달쯤 전에 홀연히 서울에서 옵니다. 그리고 한때 전교조에서 활동했는데 그동안 이상하게도 교사 일을 하지 않고 있다가 갑자기 나타나 이 사건의 대책위를 맡아 지금은 학교 내에서 가장 열렬하게 활동하고 있다고 합니다. 이것도 참 이상한 대목입니다. 누가 봐도 이상하지요? 그리고 무진 인권운동 센터. 이들은 말이지요, 우리 장로님 중에 최수희 장학관님 계시지만, 이상하게도 말이지요, 이사장과 이사진을 해임하고 관선 이사를 파견해줄 것을 요구한다고 합니다. 자, 그럼 교육청과 시청에서 그걸 들어준다고 칩시다. 그럼 누가 그 관선이사가 될까요? 지금 이 학원의 이사진들, 무진 시내에서 열 손가락에 들기도 아까운 그런 분들로 구성되어 있어요. 물론 저도 그중의 한 사람입니다만 저희들 돈 받은 거? 있죠. 한번 갈 때마다 차비 조로 십만원인가 받았습니다. 우리들 시간 없는 사람들, 정말, 가여운 아이들 위해서 일한다는 봉사의 마음으로 갔습니다. 그런데 이 이사들 다 해임하고 오십년 동안 판자촌에서 시작해서 온 가족이 사생활도 희생하고 오직 장애인 아이들을 위해 일생을

일궈온 그 학원 내놓으라고 합니다. 좋습니다. 죄지었으면! 내
놔야죠. 법에 그렇게 되어 있지 않아도 내놔야죠. 영광제일교회
장로가 불쌍한 아이들에게 그런 짓 했다면! 저라도 다 내놓으라
고 호통을 칠 겁니다!"

"할렐루야! 아멘!"

젊은 목사는 이번에는 목소리를 아주 작고 부드럽고 속삭이
듯 바꾸었다. 귀엣말을 하듯이 그는 입을 열었다.

"그런데 여러분, 그분들이 했다고 그들이 주장하는 그 죄가
너무 지저분해. 너무 좀 추해. 그렇지 않나요, 여러분? 그래요.
사람이니까! 남자니까! 사춘기 가슴 빵빵한 아이들 보고 마치
다윗이 유부녀 밧세바 보고 유혹에 빠지듯이! 자기도 모르게 그
것이 사탄의 유혹인 줄도 모르고! 그럴 수 있는데! 그러면, 에
잇 장로님, 어서 벌받으쇼! 하겠는데…… 이건 좀 너무 많이 갔
어요. 너무 싸구려 뽀르노로 가버린 거야. 가다보니까 너무 많이
가서 마치 뱀이 에덴동산에서 하와를 유혹하던 그때처럼 과장
하고 거짓말이 거짓을 낳고 또 거짓을 낳아서 코미디로 변하게
해버린 것이란 말입니다. 우리는 적어도 상식을 가지고 이 사건
을 바라봐야 한다는 겁니다. 적어도 상식 말입니다!"

목사의 웅변은 폭포처럼 쏟아져내렸다. 에너지는 폭풍우처럼
충만했고 논리는 정연했다. 이제 대성전은 거의 감동의 도가니
로 변해가고 있었다. 누구라도 감동받을 준비가 되어 있었고 마
음을 열고 그의 말에 흠뻑 취할 준비가 되어 있었다. 성령께서,

그분께서 임하신 것만 같았다. 최수희 장학관마저도 시큰해진 눈가를 훔쳤다.

62

"존경하고 사랑하는 성도 여러분, 우리 조카아이가 요즘 뉴라이트인가 뭔가를 참 열심히 해요. 제가 한번 그게 뭐 하는 거냐? 그러니까 삼촌 그거 우리 건강한 사회 만들자는 거예요, 그럽디다. 그래서 제가 그래? 근데 '뉴'는 왜 붙였냐? 하니까 예전에 우리가 아무것도 모르고 김일성 부자 찬양하던 게 부끄러워서 그래요, 하고 웃어요. 그래요, 그 아이는 저와 제 아버지이신 담임 목사님의 기도 그리고 온 가족의 눈물 어린 기도로 다시 태어났습니다. 그 아이가 운동권일 당시 히틀러의 선동론이라는 것을 공부했답니다. 그게 뭔데? 물으니 그애가 그런 말을 합니다. 히틀러가 당시 국민들을 기가 막히게 속이는 걸로 유명했는데 그 방법이 이것이랍니다. 예를 들어 국민을 오른쪽으로 좀 데리고 가고 싶으면, 오른쪽으로 백 미터 가면 한 사람에게 금 십 톤씩 준다, 이런 식으로 사람들을 선동한답니다. 그걸 들은 사람들은 누구라도 생각하겠죠. 세상에 있는 금을 다 끌어모아도 한 사람에게 어떻게 십 톤을 준단 말이야? 그러면 옆에 있는 사람이 말한다는 겁니다. 그래도 아무리, 아무것도 없이 저런 말을 할까? 아마 한 백 그램은 주겠지. 어쨌든 가보세나…… 즉, 뻥을 치려면 세게! 쳐라. 그러면 사람들은 설마 다는 아니더라도 뭐가 좀 있을 거라고 믿는다. 이게 히틀러의 선동론, 공산주의자들의 선동론, 사탄의 선동론, 거짓 아비들의 선동론! 자, 여러분 이제 제 말을 좀 정리해보십시다. 우리 장로님들 두분, 그들은 우리가 차마 하나님 아버지 모시는 이 자리에서 입에 담을 수도 없는 그런 짓을 했다고 지금 감옥에 갇혔습니다. 그들을 고발한 이들은 운동권이었거나 아직도 그 언저리에 있는 사람들입니다. 자, 여러분은 이제 기로에 서 있습니다. 이제 이 예배가 끝나면 여러분은 무진 시민들의 질문에 대답해야 합니다. 거짓으로 우물거리지 말고! 주께서 수난당하던 날 밤 비겁한 베드로처럼 나는 그 사람을 모르오! 하지 말고 대답해야 합니다! 어떻게?"

사람들이 일제히 대답했다.

"그는 그럴 사람이 아닙니다!"

"그렇습니다. 우리가 알기에 그들은 절대 그럴 사람이 아닙니다. 하나님께서 아실 것입니다,라고 대답해야 합니다. 그들이 우리를 욕하고 우리에게 돌을 던져도 우리는 수난당하던 밤의 베드로처럼 되어서는 절대 아니 됩니다. 우리는 일찍이 바울 사도가 말씀하신 것처럼 오로지 예수께 희망을 두고 살 뿐입니다. 지저스 얼리빙 홉! 예수, 살아 있는 희망! 예수가 있기에 우리에게 절망은 없습니다. 사모님 두분 힘을 내십시오. 특별헌금 주신 것, 주님께서는 그것이 두분의 눈물, 아니 지금 차가운 감방에서 고생하시는 그분들의 눈물로 이루어진 돈이라는 것을 잘 알고 계십니다. 여러분들! 상심하신 두분을 위해 큰 박수를 부탁합니다."

<h1 style="text-align:center">63</h1>

"그 여자가 또 왔는데요."

이어폰으로 온라인 영어 회화를 듣고 있는데 김과장이 들어와 말했다. 최수희 장학관은 서유진이라는 것을 알고 여느 때처럼 살짝 주름을 잡아 미간을 찌푸리며 손가락을 가볍게 저었다. 그러고는 혼잣말을 했다.

"쟤네들은 왜 저러고 사는지 모르겠어. 너무 극단적이고 매사에 너무나도 부정적이야. 하나님 믿고 구원받으면 참 좋을 텐데……"

그녀는 고개를 저었다.

<h1 style="text-align:center">64</h1>

언론을 통해 보도된 사건의 충격이 가라앉을 무렵, 영광제일교회의 젊은 목사가 말한 논리 역시 많은 힘을 얻어 퍼져나가고 있었다. 무엇보다 그것은 상식적이었고 보통 사람의 사고에 잘 맞는 합리성을 가지고 있었다. 입에 담기조차 힘든 사건이 자신의 도시에서 일어났다는 것이 부끄러운 사람들에게는 그렇게

생각해버리는 것이 무엇보다도 우선 마음이 편했다.

65

 진실이 가지는 유일한 단점은 그것이 몹시 게으르다는 것이다. 진실은 언제나 자신만이 진실이라는 교만 때문에 날것 그대로의 몸뚱이를 내놓고 어떤 치장도 설득도 하려 하지 않으니까 말이다. 그래서 진실은 가끔 생뚱맞고 대개 비논리적이며 자주 불편하다. 진실 아닌 것들이 부단히 노력하며 모순된 점을 가리고 분을 바르며 부지런을 떠는 동안 진실은 그저 누워서 감이 입에 떨어지기만을 기다리고 있는지도 모른다. 이 세상 도처에서 진실이라는 것이 외면당하는 데도 실은 그만한 이유가 있다면 있는 것이다.

 "생각해봐. 선생들 다 있는데, 애들 보는 눈이 있는데 어떻게 그럴 수가 있었겠어, 아무리 말이야. 그리고 교직자잖아. 그냥 좀 집적거린 거겠지. 사춘기 아이들이니까 그걸 예민하게 받아들인 거고 말이야. 에잇! 사람들이 말이야, 그래도 그렇지 어린 것들한테……"

 누군가 말하면 사람들은 고개를 끄덕였고 이강석 형제가 그렇고 그런 못난 남자들 중의 일부일 뿐이라고 얼른 판결을 내리고 싶어했다. 그러면 도시를 뒤흔든 사나운 소동은 햇살에 안개가 걷히듯 사라지면서 바다 쪽으로부터 부드러운 바람이 산들 산들 밀려오는 것도 같았다. 사람들의 표정은 다시 온화해졌고 햇살은 다시 따뜻해진 것만 같아서, 다가오는 아이들의 대학입시와 김장과 물가와 이런저런 이야기들을 두런거리며 할 수 있었다.

<h2 style="text-align:center">66</h2>

그 무렵 강인호는 행정실의 호출을 받았다. 행정실에는 오십 줄이 넘어 보이는 낯선 남자가 돈을 세고 있었고 뜻밖에도 윤자애가 팔짱을 낀 채 그 곁에 앉아 있었다. 강인호가 문을 들어설 때부터 윤자애는 노골적으로 그를 노려보았다.

"이거 돈 세어보시고 거기 싸인 좀 해주세요."

낯선 남자가 말하자, 강인호는 영문을 모른 채로 그가 내미는 돈과 종이를 집어들었다. 종이에는 '이강복이 강인호에게 빌린 오천만원을 반환함.'이라는 글자가 쓰여 있었다. 그가 의아해하며 고개를 들자 낯선 남자가 돋보기 너머로 그를 바라보며 심드 렁하게 말했다.

"교장선생님께서 우선 개인적인 모든 채무를 깨끗이 하고 싶다고 하셔서 제가 대리로 나왔습니다."

그러니까 강인호가 이 학교에 부임할 때 내도록 강요받은 '학교발전기금'이 졸지에 개인적 채무가 되어 다시 그의 손에 쥐여지게 된 것이다. 아직 시청이나 교육청이 움직이지 않고 있지만 곧 감사가 시작될 것에 대비하는 듯했다. 강인호는 얼핏 웃음이 나와서 일단 그 돈을 받아들고 싸인을 해주었다. 윤자애의 당돌한 시선은 아직 그의 귓바퀴에 머무르고 있었다. 요즘 다시 학교로 돌아온 연두와 유리, 민수 등을 윤자애가 기숙사에서 수시로 불러 혹시라도 재판에 나가면 교장 형제에게 불리한 말을 하지 못하도록 협박하고 있다는 것을 그는 알고 있었다. 그는 자리에서 일어났다. 그러자 갑자기 윤자애가 입을 열었다.

"경력이 참 대단하시던데요?"

그는 비로소 그녀를 돌아보았다.

"비합법 시절의 전교조 투사를 이런 촌구석 귀머거리 학교에서 만날 줄이야, 하!"

"전교조?"

강인호가 어이가 없다는 듯 되묻자 윤자애는 대답 대신 그를 노려보더니 다시 말했다.

"당신 누구야? 누가 보냈어? 왜 온 거야, 여기!"

윤자애는 악을 써댔다. 그가 기가 막혀 무어라 대꾸를 하려는데 휴대폰이 울렸다.

67

아내였다. 강인호는 그냥 윤자애를 무시하고 복도로 걸어나와 전화를 받았다. 전화를 걸어놓고 아내는 한동안 말이 없었다.

방송이 나간 뒤 바로 전화를 할 것 같아 내심 각오했는데 아내는 한동안 전화가 없었다. 그러다가 이제야 비로소 전화가 걸려온 것이다.

"새미 아빠, 여태까지 당신 일에 반대한 적 거의 없어, 그치? 나 당신 언제나 믿었어, 그치?"

아내는 오래 생각한 듯했다. 그는 무언가 중대한 말이 나오리라는 것을, 그것이 그의 의지와는 다를 것임을 짐작했고 그래서 무겁게 응, 하고 대답했다. 짧은 별거였지만 그사이 너무 많은 일이 일어났기에 어차피 아내를 설득하기는 불가능에 가까울 거라고 그는 생각하고 있었다. 친구에게 부탁해 어렵게 자리를 만든 아내의 입장이 얼마나 곤란할지도 짐작할 수 있었다. 그래서 더 아내에게 전화할 수 없고 상의할 수 없었는데 이제 아내는 그에게 너무 먼 나라의 이민자같이 느껴졌다. 체제도 언어도 화폐도 다른 나라의 사람 같았다. 그러고 보니 정말 너무 많은 일들이 일어났다. 한 생(生)처럼 길게 느껴지는 그런 일들이. 그러고 보면 시간은 결코 객관적이지 않은 것도 같았다.

"나 생각해봤는데, 당신 빠른 시일 내에 그냥 서울로 오면 좋겠어. 그 사람들 옳고 당신 틀려서 그런 거 아니야. 당신 거기 취직시켜준 내 친구가 나한테 전화해서 그래, 정말 지랄 지랄……"

아내는 여기서 잠깐 말을 끊고 침을 삼켰다. 그러자 그간 아내가 혼자 당했을 모욕이 그가 상상한 것보다 훨씬 더 깊었으리라는 게 비로소 느껴졌다. 남편 하나 잘못 만난 탓으로 그녀 혼자

목구멍으로 굵은 수모를 삼켜야 했으리라. 만일 그녀가 가까이 있었으면 어깨를 끌어당겨 오래 안아주었을 것이다. 그는 혼자 그것을 견디어내고 삭이고 정리한 뒤에야 비로소 전화를 건 아내에게 고마움과 미안함을 느꼈고, 고맙고 미안한 만큼 그러나 또 아내가 멀어지고 있는 것을 인정했다. 운동장 끝으로 걸어온 그의 시야 멀리 갈매기들이 낮게 날고 있었다. 먹이를 찾아서 낮게 더 낮게 날갯짓을 하며 강하하고 있었다.

"그래, 그놈들 나쁜 놈들이지. 당신이 하려는 그거 옳은 일이지. 그 아이들 불쌍하지. 그런데 하지 마. 당신은 하지 마. 부탁이야, 여보. 손 떼고 돌아와. 그냥 와."

강인호는 담배를 물었다. 맑은 가을 저녁이었다. 만에 펼쳐진 젖빛 갈대들의 풍경 위로 그는 뿌얀 담배연기를 뿜었다. 마지막 남은 햇빛은 옅은 분홍과 보랏빛으로 구름을 물들이며 기울고 있었다. 이 모든 풍경에서 다른 것은 모두 남기고 오직 사람들만 지워버린다면 여기가 천국일 것이다, 그는 문득 생각했다. 아무런 의미도 없는, 아름다운…… 천국.

"한번만 눈감아줘, 나랑 새미 위해서. 정 미안하면 방법은 많아. 당신이 갑자기 아픈 걸로 하고 나머지 짐이랑 그런 거 내가 다 싸러 내려가도 돼."

"내일…… 공판 시작이야."

강인호는 그가 부임하기 한달 전 이 운동장 끝 절벽에서 떨어져 죽었다는 여학생을 생각했다. 그러나 오늘 저녁은 그저 평온

한 가을 저녁이었다. 바람도 없는데 갈대들이 부드럽게 부풀어오르며 햇살을 끌어안은 듯 보였다. 부풀어오르는 갈꽃들이 막 감은 소녀의 머리털 같았다.

"새미 아빠 부탁이야, 한번만 눈감고……"

"………"

"당신, 나랑 새미 사랑하잖아. 그 아이들 사랑하겠지. 그렇지만 나랑 새미를 더 사랑하잖아. 그러니까……"

강인호는 잠시 입술을 물었다가 천천히 대답했다.

"새미 엄마 잘 들어. 나 그 아이들 그렇게 사랑하지 않아. 그래서 그러는 거 아니야. 그런데 이건, 너무 아니야. 너무 아닌데, 그걸 그렇다고 할 수는 없어서 그러는 거야. 그래서 가더라도 말하고 가려는 거야. 이건 아니라고, 진짜, 아니라고."

68

전화를 끊고 복도로 들어서다가 강인호는 잠깐 연두와 마주쳤다. 연두는 유리의 손을 붙잡고 서 있다가 기다리고 있었다는 듯이 샐쭉 웃으며 그의 손에 조그만 리본으로 맨 봉투를 올려놓았다. 편지였다. 녹두알만 한 금빛 방울이 매달린 분홍 리본으로 치장한 편지를 내밀고 연두와 유리는 여느 사춘기 여학생들처럼 까르르 웃으며 복도 끝으로 뛰어갔다. 그는 교무실로 들어가 편지를 폈다. 음…… 우리 강인호 선생님께,라고 시작되는 편지였다.

　음…… 우리 강인호 선생님께

　일반학교 말고 청각장애인학교에 와서 선생님께 편지를 쓰
는 것은 처음이에요. 박보현 선생님이 경찰서로 가신 뒤로 저
희는 좋은 저녁 시간을 보내고 있어요. 윤자애 선생님이 당직
일 때만 빼구요. 실은 저는 여기 선생님들을 좋아하는 아이가
아니었어요. 뭐랄까요, 선생님들은 늘 한쪽 눈으로는 우리를,
다른 쪽 눈으로는 다른 곳을 바라보시는 것 같았거든요. 제가
소리를 듣지 못하는 아이라서 그런지 저는 이야기할 때 사람
들 눈빛을 아주 중요하게 생각해요. 선생님께서 처음 오신 날
저희에게 보여주신 그 시를 저는 아직도 기억해요. 성냥불도
켜주셨죠. 그 순간 제 마음속에 빛이 환하게 댕겨진 것 같았어
요. 그전에는 내가 어둡다고 생각하지 않았는데 불이 켜지고
보니까 아아, 내가 어둠속에 서 있었구나, 깨닫는 느낌, 아세
요? 그날 이상하게도 선생님의 두 눈이 우리만 바라보고 있다
고 저는 느꼈어요. 민수 동생이 죽은 이야기를 그래서 아마 선
뜻 꺼냈는지도 모르구요.

　교장선생님이랑 행정실장 선생님 그리고 박보현 선생님이
곧 재판정에 서신다구요. 선생님도 증언하러 나가신다고 들
었어요. 서유진 간사님이 엄마한테 전화를 하셔서 저희도 증
언대에 서야 할지 모른다고 하셨대요. 저는 선생님께서 얼마

나 우리를 위해 잘해주실지 믿어요. 우리도 잘할 거예요. 저는 이전에는 어른들은 모두 나쁜 사람들일지도 모른다고 생각했지만, 서유진 간사님, 우리 강인호 선생님 그리고 우리를 위해 대책위원장을 맡아주신 최요한 목사님을 뵈면서 정말 반성 많이 했어요. 제가 너무 세상을 나쁘게만 생각한 것 같아 죄송했어요.

선생님, 오늘은 옆 침대의 유리는 잠들었는데 저는 이상하게 잠이 오지 않았어요. 열어놓은 창으로 들어오는 바람이 추워서 문을 닫으려고 창가로 갔는데 멀리 달빛 아래 갈대밭이 희미하게 반짝이는 게 보였어요. 바람이 부는지 조금씩 흔들리고 있는 것도요. 아주 어린 시절 제 귀를 스치며 들려오던 그 바람 소리가 기억났어요. 소리의 기억이요. 이젠 너무 희미해져서 그게 맞는지 모르겠지만 말이에요. 그래서 선생님께 그 이야기를 하고 싶어졌나봐요.

그 이야기, 제가 들을 수 없게 된 이야기 말이에요. 초등학교 일학년이던 어느날, 저는 몹시 아팠어요. 밤새 많이 아팠어요. 엄마는 아빠와 함께 큰집 제사에 가시고 이웃집 할머니가 절 보고 계셨는데 혼자서 저녁때부터 막걸리에 취해 제가 아무리 울어도 깨어나지 않으셨어요. 새벽녘에 엄마가 오셔서 제 이마에 찬 물수건을 올려주고 한참을 지나서야 저는 겨우겨우 잠이 들었죠. 잠에서 깬 아침, 이상하게 집 안이 조용했어요. 너무나도요. 묘했어요. 물속 깊이 잠긴 것 같기도 하고……

아직 열이 다 내리지 않아서 눈을 뜰 수가 없는데 내가 너무 늦잠을 자서 식구들이 모두 나갔나보다 생각하고 졸린 채로 엄마를 불렀지요. 그런데 아무리 불러도 엄마가 대답을 안하는 거예요. 너무 화가 나서 엄마! 하고 고함을 치며 일어났어요. 벌떡 일어난 순간, 저는 알았어요. 식구들이 바로 제 곁 등 그런 상에 둘러앉아 밥을 먹다 말고 모두 저를 바라보고 있는 거예요. 제 고함 소리에 눈을 휘둥그레 뜬 채로 말이지요.

그러니까 아픈 저를 아랫목에 뉘어놓고 식구들이 바로 옆에서 밥을 먹고 있었던 거죠. 그리고 뭐라고 말을 했어요. 아니, 한 것 같았어요. 입이 벙긋벙긋하더군요. 아무리 제가 어렸지만 가슴이 철렁했어요. 무언가 아주 나쁜 일이, 도저히 일어나서는 안되고 일어날 수도 없는 일이 일어나고 있다는 느낌만 들었어요.

꿈이라고 생각하고 싶었어요. 그래서 얼른 다시 자리에 누웠어요. 식구들은 바로 지척에 있는데 돌아누우면 그들은 완전히 사라지고 저 혼자 텅 빈 집에 있는 것 같았어요. 겁이 나서 눈을 뜨고 다시 쳐다보면 그들은 바로 옆에 있었어요. 눈을 감으면 사라지고 눈을 뜨면 바로 옆에 있는 식구들. 엄마가 저를 흔들며 부어라 말을 했어요. 밥을 먹자는 것 같았어요. 엄마 얼굴을 쳐다볼 수가 없었어요. 엄마의 입이 벙긋벙긋하더군요. 그런데 엄마에게 이 사실을 들키면 정말로 다시는 소리를 들을 수 없을 것 같았어요. 저는 이불을 뒤집어쓰고 신경질을 부리는 척했어요.

병원에 드나들고 좋다는 약을 다 먹었지만 이미 때가 늦었대요. 저는 초등학교에 입학하기 전부터 이미 글을 쓰고 읽을 줄 알았고 노래를 아주 잘한다고 칭찬을 받았는데…… 아무것도 할 수 없었어요. 선생님, 저는 그때부터 물속나라에 들어간 아이처럼 모든 사람이 붕어처럼 입만 벙긋거리는 걸 바라보며 완벽한 고독 속으로 쫓겨나버린 거예요. 저보다 노래를 못하던 아이들이 교단에 서서 노래하는 것을 볼 땐 가슴이 찢어져내리는 것만 같았죠.

어느날부터 저는 밥을 먹지 않고 학교도 가지 않고 울기만 했어요. 어린 나이였지만 죽고 싶었어요. 엄마가 저를 붙들고 글자로 말을 했어요. 조금만 기다리라고, 나이를 먹어서 어른이 되면 들을 수 있을 거라고. 그러니까 밥을 먹고 얼른 키가 커야 한다고. 믿었죠. 어서 크기 위해 정말 열심히 밥을 먹었어요. 하루 이틀, 한해가 지나고 두해가 지났는데 여전히 들을 수가 없었어요. 그래도 저는 기다렸어요. 세해 네해가 더 지나갔어요. 그래도 들리지 않았어요. 어느날 제 방에 있는 물건을 다 집어던지며 엄마에게 고함을 쳤지요. 왜! 이렇게 컸는데, 이만큼 자랐는데, 들리지 않느냐고! 엄마는 미안하다면서 저를 붙들고 울기만 하셨어요. 제가 던지는 공책이랑 책이랑 다 맞으시면서…… 선생님, 저 참 나쁜 아이죠? 엄마는 얼마나 마음이 아프셨을까요?

선생님, 그래도 저는 요즘 아주 행복해요. 기숙사 저녁 반찬이 좀 나아지면 좋겠지만, 괜찮아요. 학교가 좋아지고 있어요. 아이들이 눈에 띄게 밝아지는 것 같아요. 유리도 이젠 밤에 잠을 잘 자요. 전에는 박보현 선생님이 밤에 유리를 깨워 끌고 나갈까 무서워 깊은 잠을 잘 수 없는 날들이 많았어요. 한번은 제 손목과 유리의 손목을 묶고 잔 적도 있어요. 밤에 박보현 선생님이 들어와 비명을 지르는 유리를 끌어내도 잠든 우리는 들을 수가 없으니 제 손목에 그렇게 연결하고 자자는 거였죠. 그런데 아침에 일어나보니 끈이 싹둑 잘려 있었어요. 그후로 우리는 그냥 그런 얘기는 더 안하게 되었어요. 몇분 선생님께 말했지만 무시당하고 혼나기만 했어요. 선생님이 오시기 전까지, 민수 동생이 그렇게 죽기 전까지는요.

저희는 빨리 재판하는 데 가서 우리를 괴롭히던 나쁜 사람들이 훌륭하신 검사님 판사님들께 혼나는 것을 보고 싶어요. 그래서 벌을 받고 다시는 안 그러겠다고 정말 반성하는 걸 보고 싶어요.

선생님, 그리고 이건 비밀인데요, 언젠가 유리가 고백한 거예요. 유리가 강인호 선생님 많이 좋아한다고 했어요. 왜, 기억나세요? 전에 인권운동센터에서 유리가 당한 내용 녹화하고 쓰러지듯 잠들었을 때, 선생님이 유리 업어주셨잖아요. 실은 그때 유리는 살짝 깼었대요. 부끄러워서 그만 내려달라고 하고 싶었는데, 선생님 등이 아주 따뜻하고 좋았대요. 그래서 자는 척했대요. 유리 말이, 자기가 뚱뚱해서──실은 그앤 말라깽이인데──선생님이 힘드셨을 텐데 미안했다고…… 그러면서 그때 문득 선생님이 자기 아빠였으면 참 좋겠다, 생각했대요. 선생님, 유리가 그 말은 절대 하지 말라고 했어요. 그러니까 비밀 지켜주세요.

선생님, 우리에게 와주셔서 감사해요. 윤자애 선생님과 무서운 선배들이 돌아가는 세탁기 통에 제 손을 넣고 협박할 때 선생님 저 구해주셔서 정말 감사해요. 제가 손바닥에 쓴 것 믿고 저희 엄마 불러주셔서 감사해요. 선생님, 우리가 커서 훌륭한 사람이 되지 못할지는 모르지만 스승의날이면 꼭 선생님께 갈게요. 카네이션 달아드리러요. 선생님, 이 편지 드리고 나면 부끄러워서 내일 뵐 수 있을까요. 오늘은 하나님께 기도하고 잘래요. 우리 아빠 빨리 낫게 해주시고, 나쁜 사람들 벌 받게 해주시고 그리고 우리 강인호 선생님 서유진 간사님 최요한 목사님 모두 행복하게 해달라구요. 선생님, 안녕히 주무세요.

69

첫 심리가 열리던 날 무진의 일기는 쾌청했다. 무진지방법원 앞에는 수많은 언론사의 깃발을 단 자동차가 줄을 서고 법원 앞 사거리에서는 '자애학원 총동문회' 이름으로 기자회견도 열렸다. '지속되는 성추행을 은폐해온 자애학원을 규탄하며 피해를 입은 후배들과 양심적인 교사의 싸움을 지지한다.'는 내용이었다. 법원 정문 앞에서는 찬송가 소리가 요란하게 울려퍼졌다. 무진 영광제일교회의 일부 신도들인 듯했다.

서유진은 이른 아침 최요한 목사와 함께 법원을 향해 길을 나섰다. 최목사는 육십대 중반으로 무진 토박이였다. 이 사건의 대책위원장을 맡기 전까지 그는 실은 진보진영 내에서도 그리 환영받는 존재가 아니었다. 무진시가 칠팔십년대 독재에 맞서 민주화운동의 메카 역할을 할 때, 언제나 온건한 의견을 내기로 유명한 사람이었다. 동그란 안경을 낀 최목사는 언제나 온화하게 웃었다.

"좋은 꿈 꾸셨어요, 목사님?"

법원으로 향하는 내내 생각에 잠긴 최목사에게 서유진이 묻자 그가 입을 열었다.

"서간사, 검찰 측에서 유죄 판결에 문제가 없다고 자신을 하지요?"

당연한 일을 물어서 그녀는 순간적이었지만 그 의미가 무얼까 생각하느라 잠시 대답하지 못했다. 사실 검사는 한번인가 두번 만났을 뿐이다. 무표정하고 약간 귀찮다는 기색이긴 했지만 그래도 그는 냉정하게 사건을 파악하고 있는 듯했고 그래서 그녀는 일단 안심하고 있었다.

"네, 당연히 피해자들의 피해 사실이 명백하고 진술도 일치하고 게다가 증인까지……"

서유진은 최목사를 바라보았다. 그는 잠시 고개를 끄덕이더니 더 말을 하지 않았다. 문득 그녀의 마음속으로 두려움 같은 것이 휘익, 하고 지나갔다. 그것의 정체를 다 파악하기도 전에 최목사가 입을 열었다.

"그래요. 나도 그러리라고 생각하는데, 이번에 선임된 변호사를 보니까, 내가 잘 아는 이예요. 여기 무진고 두어해 후배인데 그러니까, 무진고에서 늘 수석을 했더랬어요. 서울 법대를 차석인가로 들어갔지 아마. 초등학교 때부터 유명한 무진의 수재였지. 얼마 전까지 고등법원에 판사로 있는 줄 알았는데, 이번에 옷을 벗었대요. 그리고 맡은 게 이번 건인 거 같아."

"그러면 전관예우라는 게…… 그게, 죄지은 사람도 죄 없다고 하는 건 아닐 거잖아요? 설마요."

서유진이 하도 심각하게 물어서일까, 최목사는 그녀의 옆얼굴을 바라보며 잠시 웃었다.

"그건 아니겠지요. 그건 전혀 아닌데 아마 조금은 참작이 될 거예요. 그게 법원의 관례라니까. 그래도 믿어봅시다. 그래도 많이들 배우고 양식있는 사람들, 우리나라 최고의 엘리트들인데…… 그냥 참고삼아 알아두면 좋을 거 같아서요."

더 곰곰이 생각할 틈도 없이 법원 앞 광장으로 차가 들어서자마자 기자들이 달려들었다. 최요한 목사가 기자들의 질문에 대답하는 동안 무리에서 조금 물러서 있던 서유진의 귀에 누군가가 더운 입김 같은 것을 후욱, 하고 뿜어냈다. 덥고 더럽고 소름 끼치는 열기 같은 것이었다. 놀라 돌아보니 오십대 중반 정도의 진한 화장의 여자가 그녀를 노려보고 있었다. 예기치 못한 일이 었다.

"이 쌍년아, 니가 그년이구나. 어디 상판 좀 보자, 이 마귀 같은 년아! 니가 내 남편 잡아먹으려고 이런 누명을 씌운 그년이구나. 너 남편도 없이 산다더니 그 짓을 오래 못해 환장을 했구나. 그래서 너 빼고 다 그 짓만 하고 사는 줄 알았니? 이년아, 내가 우리 주 예수님 모시고 너 같은 마귀는 지옥 끝까지 쫓아가서 니 씹을 갈아마시고야 말 테다, 이년! 이 사탄!"

화창한 봄날 휘파람 후후 불며 자동차를 운전하고 가다가 난데없이 온 사방에 길이 투두두둑 소리를 내며 끊겨버린대도 이런 느낌은 아닐 것이다. 예고도 없이, 징조도 없이, 전례도 없이, 아침이 오자마자 밤이 되고 오물들이 하늘에서 쏟아져내린대도 이보다 더 더럽고 오싹하지는 않을 것이다. 서유진은 그 자리에서 얼어붙었고 세상에 태어나 처음 겪는, 그 벌거벗은 야만의 음성이 주는 공포에 작은 비명조차 지르지 못하고 서 있었다. 찬송가 소리, 구호 소리, 자동차 경적과 카메라의 플래시 터지는 소리들이 멀어지고, 그녀는 눈앞의 진한 화장의 여자와 단둘이 희디흰 정적의 공간 속에 서 있는 듯했다. 그 의미를 완전히 깨달은 것은 나중이었지만 바로 이 순간, 서유진은 새처럼 작은 아이들이 노골적인 야만 앞에서 겪었을 얼어붙은 공포를 이해했다.

70

욕을 퍼부은 여자가 자리를 뜬 뒤에도 서유진은 그대로 서 있었다. 가슴이 쿵쾅거리며 뛰었고 손끝이 떨리고 있었다. 인터뷰를 마친 최목사의 뒤를 따라 들어가다 돌아보니, 아까 자신에게 다시 생각하기도 싫은 욕을 퍼부은 그 여자의 붉은 입술은 지금 일군의 무리와 섞여 하나님 아버지, 아버지, 하고 있었다. 나중에 알았지만 행정실장 이강복의 아내였다. 아까 그 여자가 서유진의 머리채를 잡아챘다 하더라도 그녀는 아마 잠시 동안 반항조차 못하고 얼어붙어 있었을 것이다. 그것은 그 힘 때문이라기보다는 그 난데없음 때문이었다. 서유진은 아직도 겁에 질린 눈으로 그녀를 바라보았다. 행정실장 부인은 일행과 함께 두 손을 부여잡고 기도를 하고 있었다. 채도가 낮은 녹색 투피스와 진주목걸이 그리고 굵은 웨이브의 머리는 우아했다. 방금 전에 일어난 일만 아니었다면 서유진은 그 여자를 그냥 교양있는 오십대의 평범한 사모님이라고 생각했을 것이고, 남편 때문에 이런 공판에 나와야 하는 그녀의 처지에 대해 같은 여자로서 조금은 연민의 눈으로 바라보았을지도 모른다. 기도가 끝나고 검은 양복을 입은 남자가 어깨를 치고 무어라 격려의 말을 건네자, 그 여자는 심지어 한 손으로 입을 가리며 고개를 살짝 외로 꼬면서 수줍게 웃기까지 했다. 대체 인간이란 무엇일까,라는 뚱딴지같은 생각이 났다. 대체 어디까지 떨어져내릴 수 있는 것일까? 저 여자는 정말 남편이 결백하다고 믿고 있을까? 그러니까 고발의 주체인 서유진이 미웠을까? 그럴 수도 있을 것이다. 그래서 다짜고짜 욕을? 백번 양보해서 그럴 수도 있을 것이다. 그러나 설사 그렇다 해도 그 욕의 내용이 함축하는 남존여비의 봉건성이 결국은 남편의 범죄에 일조했다는 것을 서유진은 깨달았다. 하지만 이성적으로 그렇게 분석하고 나서도 공포는 남았다. 그것은 아직 입가에 피를 묻힌 맹수에게서 느끼는 근원적인 공포였다.

71

판사가 들어오기 전까지도 서유진은 여전히 멍한 채로 앉아 있었다. 재판정은 만원이었다. 카메라맨들은 들어오지 못했지만 기자들과 방청객들로 실내는 후끈거렸다.

"그래도 판사가 좀 점잖은 사람이에요. 내 말은, 아주 보수꼴통은 아니라는 거죠."

서유진이 넋이 나간 이유가 아까 자신이 말한 변호사의 이력에 대한 걱정 때문이라고 생각했는지 최요한 목사가 달래는 듯한 투로 귀엣말을 했다. 그녀는 정말로 멍한 채 재판부가 앉을 자리를 바라보았다. 문득 저 위에서 이곳 사람들을 내려다보면 어떨까, 하는 생각이 들었다. 이곳에 앉거나 서서 족히 일 미터는 더 높은 곳에 있는 그를 바라보는, 아니 바라보는 정도가 아니라 그의 처분만 바라는, 낮은 곳의 사람들을 내려다보는 재판부의 느낌은 어떨까. 그 위치는 혹시 자신에게 저 아래 있는 인간들과 다른 부류인 반신반인(半神半人)의 지위를 부여하는 그 고도(高度)는 아닐까.

72

실내가 웅성거리기 시작했다. 옥색 옷을 입은 피고인 세명이 법정으로 들어섰다. 한쪽에서 울음소리가, 한쪽에서는 "죽여라." 하는 욕설이 터져나왔다. 이강석 이강복 형제는 정말 똑같은 옷을 입혀놓으니 구별할 수가 없었다. 서유진은 그들이 쌍둥이라는 생각이 새삼 들었다. 머리가 벗어진 것하며 약간 마르고 구부정한 체구하며 구분이 잘 되지 않았다. 이강석 이강복 형제는 곁눈질로 뒤를 돌아보며 이 사람 저 사람에게 알은체를 했다. 미소까지 짓고 있었다. 박보현은 굳은 얼굴로 그 옆에 서 있었다. 곱슬머리에 키가 작은 박보현은 그들 곁에 서자 더 초라해 보였다.

"변호사가 왜 이렇게 많지요?"

서유진이 최요한 목사에게 물었다. 최목사는 잠시 의아한 표정을 짓더니 대답했다.

"아하, 저 사람이 그 유명한 황변호사이고 아마 그 옆은 보조변호사인가봅니다. 그리고 그 옆은 박보현의 변호사예요. 돈이 없으니까 변호사를 못 대서 국선변호사가 왔다고 하지요 아마."

"같이 잡혀와놓고 다른 변호사를요?"

서유진이 놀라자 최목사는 그런 그녀의 순진함이 딱하다는 듯, 그러나 잠시 다시 생각해보니 결국 옳은 말이라는 듯이 고개를 끄덕이며 대답했다.

"그러네요. 같이 잡혀와놓고 자기네는 좋은 변호사를, 박보현은 국선변호사를 쓰게 내버려두었군요. 참 의리도 없는 사람들이지요?"

최요한 목사는 마지막 말을 하면서 씁쓸하게 웃었다.

73

"참으로 이 며칠 동안 저는 치욕에 떨며 왜 제게 이런 고난이 왔는지 생각해보았습니다. 그리고 하나님과 조상님들 앞에서 저 자신의 생을 돌아보는 계기를 가졌습니다. 저희 선친, 배산 이준범 선생께서 청각장애인들을 가엾이 여기시어 사재를 몽땅 털어 자애학원을 설립하신 지 오십년, 저희 형제는 코흘리개 때부터 이 학원과 함께 자랐습니다. 어릴 때부터 청각장애아들을 가엾이 여기라는 선친의 말씀을 한번도 잊은 적이 없으며 그것은 여기 있는 제 아우 행정실장 이강복도 마찬가집니다. 어떻게 하면 아이들을 좀더 위할까, 어떻게 하면 아이들을 좀더 잘 먹이고 잘 가르칠까 하는 생각이 죄라면……"

재판이 시작되었다. 인정신문과 검사의 공소장 낭독이 있고
나서 교장 이강석이 먼저 일어나 말했다. 모두진술을 하는 그의
목소리는 떨리고 있었다. 그때 뒤쪽에서 소란이 일기 시작했다.
농인의 것으로 보이는 목소리가 들려왔던 것이다.

"통역을 해주시오. 수화 통역을!"

진술을 듣고 있던 판사의 눈매에 날이 서더니 쨍한 소리가 나
왔다.

"뭡니까?"

정리들이 달려가 소리치고 있는 농인을 끌어냈다.

"정숙하십시오! 그러잖으면 퇴장시키거나 법정소란죄로 입
건하겠습니다."

"통역을!"

여기저기서 농인 방청객들이 소리를 치기 시작했다.

"판사님, 그 말도 통역해주세요. 저 사람들 그 말을 못 알아들
어요."

누군가 말하자 방청석 여기저기서 웃음이 터졌다. 멀리서도
판사의 표정이 머쓱해지는 것이 보였다. 그러나 곧 그는 입술을
앙다물며 방청석 쪽을 노려보았다. 소리치던 농인 한명이 또 끌
려나갔다. 검사와 변호사 양쪽은 이 광경을 물끄러미 바라보다
가 고개를 숙이고 들고 온 서류에 볼펜으로 뭔가 체크하거나 메
모를 했다. 오래된 버릇들 같았다. 사람들이 웅성거리는 소리로
법정은 소란스러웠다. 최요한 목사가 일어섰다.

"공판 도중에 죄송합니다만, 저는 자애학원 대책위원장을 맡은 최요한 목사라고 합니다. 이것이 청각장애인의 재판이니만큼 통역을 요구합니다. 어차피 박보현 피고인에 대한 통역이 와 있으니까, 수고스러우시겠지만 그분께 방청객 쪽으로도 통역을 부탁드린다면 부담도 되지 않고 좋을 듯해 건의드립니다. 재판장님께서 그렇게……"

최요한 목사가 이야기하는 동안 청중은 조용히 그의 말을 경청했다. 그러나 이것이 판사의 심기를 건드린 듯했다.

"최요한 목사님, 퇴정을 명령합니다. 여기서는 누구나 절차에 의한 발언만 가능합니다."

최요한 목사가 잠시 판사를 물끄러미 바라보았다.

"재판장님, 청각장애인 재판에 통역이 필요한 것은 당연한 일 아닙니까? 이들은 자신들의 일처럼 슬퍼하고 분노하며 여기까지 온 사람들입니다. 장애인에 대한 배려는……"

판사는 대답 대신 "정숙하세요!" 하고 소리쳤고 최요한 목사는 정리 두명에 의해 끌려나갔다. 서유진은 다시 한번 판사가 앉은, 저 높은 자리를 올려다보았다. 창백하고 왜소한 인상의 판사는 굳은 표정으로 마이크를 잡더니 청중을 빙 둘러보았다.

"박보현 피고인의 통역은 우리 재판부를 위해서 와 있는 것이지 방청객을 위한 게 아닙니다. 통역 없이 계속하시고 지금부터 조금이라도 소란을 피우는 경우, 가차없이 법대로 집행합니다."

판사가 방청객을 돌아보았다. 그때 한 농인이 일어섰다. 정리들이 달려가는 사이 그가 말했다.

"우리도 대한민국 국민입니다. 우리도 재판을 보고 들을 권리가 있습니다. 당신이 우리에게 조용히 하라고 했다지만 우리는 그 말을 듣지 못하고 들을 수도 없으니 당신은 나를 잡아가둘 수 없습니다. 그렇지 않습니까?"

여기저기서 웃음소리와 함께 작은 박수가 터져나왔고 재판은 시작하자마자 휴정되었다. 기자들이 휴대폰과 노트북을 들고 이 소란을 타전하기 시작했다. 재판부로서도 이것이 큰 부담이 되리라는 것은 확실했다.

최요한 목사는 앞뜰 구석 벤치에 앉아 있었다. 멀리 하늘을 보고 있는 듯했는데, 서유진이 오는 기척을 느끼자 얼른 허리를 펴고 낮게 기침을 했다.

"보수꼴통 아니라면서요?"

아까 판사를 두고 한 말을 상기하며 그녀가 농담처럼 말했다.

"아니지, 보수꼴통이었으면 법정소란죄로 구속시켰을 테니까요."

최목사는 잠시 웃다가 말을 이었다.

"생각을 못했어요, 설마 통역이 없을 거라고는 말이야. 그래서 그저 상식적인 이야기를 하려 한 건데, 초장부터 이거 미안하게 됐어요."

서유진이 머리를 귀 뒤로 넘기며 중얼거렸다.

"그게 말예요, 목사님, 상식이 말이지요, 상식이……"

74

"본 재판부는 일단 원활한 재판 진행을 위해 통역사를 임시 배치하기로 합니다."라는 판사의 말로 재판은 속개되었다.

"피고 계속하세요."

이강석이 다시 일어났다.

"참으로 이 며칠 동안 저는 치욕에 떨며 왜 제게 이런 고난이 왔는지 생각해보았습니다. 그리고 하나님과 조상님들 앞에서 저 자신의 생을 돌아보는 계기를 가졌습니다. 저희 선친, 배산 이준범 선생께서……"

"그래 그분께서 설립하신 지 오십년 되었고, 그다음 말부터 하세요."

실내는 몹시 더웠고 판사는 좀 지치고 짜증이 난 듯했다. 몇몇 이 키득 웃었다. 그러나 이제 전반적으로 법정은 조용했다. 호통 을 들은 이강석의 어깨가 움찔하는 것이 뒷모습으로도 보였다.

"예, 알겠습니다. 그러니까 저희 선친 배산 이준범 선생께서 청각장애인들을 가엾이 여기시어 사재를 몽땅 털어 자애학원을 설립하신 지 오십년, 저희 형제는 코흘리개 때부터 이 학원과 함 께 자랐습니다."

판사는 그를 더 바라보다가 한심하다는 표정을 숨기지도 않 고 고개를 약간 숙이며 머리를 긁었다. 한번 외운 구구단을 중간부터 끊어서 다시 할 수 없다는 듯이 이강석은 처음부터 다시 시작하고 있었다.

"어릴 때부터 청각장애아들을 가엾이 여기라는 선친의 말씀을 한번도 잊은 적이 없으며 그것은 여기 있는 제 아우 행정실장 이강복도 마찬가집니다. 어떻게 하면 아이들을 좀더 위할까, 어떻게 하면 아이들을 좀더 잘 먹이고 잘 가르칠까 하는 생각이 죄라면 죄이고, 그것이 죄라면 벌을 받겠습니다. 정에 굶주린 아이들에게 손길 한번 더 주려고 한 것이 성추행이고, 아이들 머리 한번 더 쓰다듬어주려고 한 것이 성폭행이라면 저와 제 아우에게 벌을 주십시오. 이건 요즘 저희 재단에 불만을 가지고 있는 일부 젊은 좌파 교사들과 저희 재단을 통째로 삼키려는 좌익운동세력이 가여운 장애아들을 세뇌하여 자신들의 권력욕을 위해 이용하려는 파렴치한 사건입니다. 저는 거꾸로 이들을 고발하고 싶습니다. 존경하는 재판장님, 그러나 저는 이 가여운 아이들의 정신적 아비로서 그리고 예수를 믿는 기독교인으로서 제 손으로는 그들을 처단하지는 않을 것입니다. 다만 저는 요 며칠 감옥에 갇혀서 이런 시를 생각해보았습니다. 저희 선친께서 자주 읊으시던 시입니다만, 아, 다정도 병인 양하여, 잠 못 들어 하노라. 하늘만은 저의 결백을 아실 것입니다!"

무진 영광제일교회 신도들이 앉은 자리에서 작은 박수 소리가 나오다가 판사가 노려보자 얼른 멈추었다. 이강석은 스스로의 말에 도취된 듯 아주 만족한 표정이었다. 서유진은 오늘 연두와 유리와 민수가 오지 않은 것이 참으로 다행이라는 생각을 했다. 직접 이강석 형제나 박보현 등과 맞부딪쳐보지 않은 서유진으로서는 솔직히 말해서 저 정도 수준의 인간들과 싸우는 자신이 한심해 보이기까지 했다. 검사나 변호사 그리고 판사도 그 정도는 알 것이다. 그들이 거짓말하고 있다는 것을 말이다.

심리의 마지막 부분, 이강석, 이강복 그리고 박보현은 일관되게 혐의사실을 부인했다. 마지막으로 판사가 서류들을 들여다보다가 물었다.

"피고인들, 당신들은 만일 이 혐의가 사실이라면 죄질이 아주 나쁩니다. 그것이 사실이 아니라는 걸 입증하는 데 어려움을 겪을 것입니다. 하나만 묻겠습니다. 교장실과 행정실장실은 교무실과 행정실 직원들이 일하는 곳과 얼마나 떨어져 있습니까? 이강복 피고인, 대답해보세요."

이강석과 이강복의 얼굴이 동시에 변호사를 향했다. 황변호사의 얼굴은 무표정했으나 그를 따라온 젊은 보조 변호사는 희색을 감추지 못했다.

"교장실은 좀 외따로 있는데 비서실이 붙어 있고 제가 쓰는 행정실장실은 행정실 직원들이 쓰는 사무실과 붙어 있습니다."

"그러면 누군가 큰 소리를 치면 들릴 만한 거리입니까?"

"예! 그렇습니다."

판사는 잠시 생각하다가 말했다.

"다음 재판은 이번 주 금요일 오후에 열립니다. 검찰 측, 변호인 측, 증인 신청하세요."

75

첫 공판이 열린 날 오후 서유진과 최요한 목사는 무진시교육
청에서 최수희 장학관과 마주 앉았다. 최장학관이 최목사와 이
렇게 마주 앉는 것이 그리 쉬운 일은 아니었다. 만일 최목사가
세습에 반기를 들고 교회를 나가지 않았다면 최수희는 아마도
다가오는 딸의 혼인예배 집전을 그에게 부탁했을지도 모른다.
여러번 서유진의 면담 요청을 거부했던 그녀도 이번에 최목사
의 부탁은 거절할 수가 없었다. 지금이야 예전에 비해 영향력이
많이 약해지긴 했지만 어쨌든 그는 무진시에서 무시할 수 없는
유지이고 최수희로서는 그에게 나쁜 인상을 보여 좋을 일은 없
었다. 최수희는 녹차 잔을 집어들며 말했다.

"조사를 해봤는데 저희로서는 뭐 딱히 자애학원의 비리 같은
건 발견하지 못했습니다. 나가 조사해보니까 교사 채용공고를
인터넷에 올리지 않았기에 시정명령을 했어요."

최수희는 애써 서유진을 바라보지 않은 채 말했다.

"그게 답니까?"

최수희는 힐끗 서유진 쪽을 바라보며 자신도 모르게 미간을
찌푸렸다. 저 여자는 왜 저렇게 늘 공격적인지 알 수가 없다는
표정이었다. 그녀에게 서유진은 무턱대고 싸우자고 덤비는 밥

맛없는 여자 축에 속했다. 혼자 산다던데 저렇게 공격적인 여자를 어떤 남자가 데리고 살고 싶어할까 생각했다. 서유진이 물었으나 최수희는 최목사를 향해 말했다.

"예, 뭐 지금까지 밝혀진 지적사항은 그게 다입니다."

"최장학관님, 그게 지금 말이 됩니까? 교장과 행정실장, 이사장 아들 둘이 애들을 성폭행한 혐의로 구속되었는데, 홈페이지요? 그걸 시정하라고 했다구요?"

최수희는 칠판에 손톱이 긁히는 소리라도 들은 것처럼 인상을 찌푸리며 이제 노골적으로 서유진을 경멸하는 표정을 감추지 않았고, 그녀를 외면했다. 최목사가 나섰다.

"최장학관님, 여기 일단 무진 시민 5,292명의 서명이 든 탄원서를 제출합니다. 앞으로 서명은 더 이어질 거예요."

최수희가 최목사가 건넨 서류를 힐끗 바라보았다.

"우리는 시교육청에 정식으로 요청합니다. 자애법인에 대한 위탁교육을 전적으로 취소하고 공립학교 신설을 요청합니다. 이번 판결이 어떻게 나든 현재 장애아들 시설에 대한 공공기관의 감독이 전무합니다. 예산을 사십억이나 타 쓰면서 감독을 하지 않는 이 구조 자체가 문제이지요. 설사 이번 건이 덮어진다 해도 이런 문제는 계속 발생할 소지가 있는 겁니다. 그러니 대안은 공립학교 신설밖에는 없어 보입니다. 그리고 성폭행 사실을 처음 고발한 송하섭 교사에 대한 해고를 철회하도록 해주십시오."

최수희는 풍선껌을 씹는 것처럼 천천히 입 모양을 오물거리며 느긋하게 서류를 들여다보았다. 그리고 마치 기도라도 하듯 잠시 눈을 감고 생각에 잠긴 뒤 최목사를 바라보며 입을 떼었다.

"목사님, 저도 딸 키우는 사람으로서 법원의 판결이 그렇다고 난다면 정말 이 일에 대해 분노하지 않을 수 없을 겁니다. 그렇지만, 딸 키우는 엄마이기 이전에 저는 한 사람의 국가공무원으로서 목사님 앞에 앉아 있습니다. 한마디로 모든 게 어렵습니다. 일단, 위탁교육을 취소하면 지금 거기에 있는 아이들 칠십명은 당장 어디서 교육을 받을 것이며, 사회복지법인은 전에도 말씀드렸다시피 저희 소관이 아니라 무진시청 복지과 소관이구요, 공립 특수학교 설립은 예산이 없으니 어렵습니다."

서유진이 무슨 말인가 하려고 몸을 앞으로 빼는 순간 최목사가 그녀를 제지했다.

"그래요, 공무원으로서 어렵겠지요. 그렇지만 우리 대책위와 무진시 그리고 교육청이 머리를 맞대면 사람이 하는 일인데 무슨 방법이 있지 않겠습니까? 그래보자고 우리가 이렇게 찾아온 것 아닙니까?"

최수희는 엷게 미소를 지었다.

"그래요, 아주 좋으신 말씀입니다. 저희 교육청 공무원들이 요즘 자애학원 때문에 날마다 머리를 맞대고 고심하고 있습니다. 저도 밤에 잠을 못 자요. 목사님 저 아시잖아요, 예민한 거……"

최수희가 마지막 말을 하며 손을 가리고 웃자, 최목사는 사람 좋게 그녀를 따라 웃었다.

"저희 믿고 돌아가주세요. 무진시청 쪽에서 자애법인 감독을 하니까 문제 해결은 그쪽으로 가시고요, 저는 개인적으로 열심히 기도하겠습니다, 목사님."

최수희는 마지막 말을 하면서 두 손을 딱 마주 잡았다. 그만 나가달라는 표시였다.

76

"목사님은 화가 나지도 않으세요?"

교육청 문을 밀고 나오며 서유진이 물었다. 그는 최수희 장학관 앞에서 그녀를 더 밀어붙이지 못한 최목사가 의심스러웠고 조금은 이해할 수 없었다. 최목사는 또 그냥 웃었다. 웃는데 눈가의 주름이 가을 햇살 아래 선명했다. 그래서 웃고 있지만 그의 얼굴은 서글퍼 보였고 조금은 쓸쓸하고 늙어 보였다.

"민주화되고 나면 더이상 이런 일 안할 줄 알았어요. 화가 난다기보다는 뭐랄까요? 견고한 저 성벽이 정권이 바뀐다고 변하는 게 아니구나 하는 생각이 들어요. 결국 예수가 다시 온대도 또 십자가에 못 박혀 죽겠구나 싶기도 하구요. 저런 사람들이 예수의 이름으로 또다시 예수를 죽이겠죠."

발끈하던 그녀는 뜻밖의 말에 입을 다물었다.

"일단 재판 결과가 나오면 좀 달라지겠죠. 그들에게 유죄가 선고되고 나면 저 최장학관이나 그런 사람들도 더 빼지는 못할 테니까."

멀리서 웅성거리는 소리가 들렸다. 오늘 교사들이 교육청 앞에서 기자회견을 한다고 했는데 이제 시작하는 모양이었다. 카메라맨과 기자들이 몰려 있고 '우리는 그들의 고통을 듣지 못하는 진정한 청각장애인이었습니다.'라는 플래카드가 걸려 있었다. 교사들은 모두 검은 양복을 입고 있었다. 해고된 송하섭 교사까지 포함해 모두 열세명이었다. 강인호가 나와 성명서를 낭독했다. 그 곁엔 수화 통역사가 함께 있었다.

"저기는 좀 상식이 통하네요, 목사님."

서유진이 최목사에게 말했다. 그제야 두 사람은 조금 웃었다.

"저희 자애학원 교사들은 오늘 사랑하는 제자들과 존경하는 학부모님들 그리고 무진 시민들께 사죄의 말씀을 드리고자 여기 모였습니다. 막 피어나는 꽃봉오리 같은 아이들이 그토록 오랜 시간 짐승만도 못한 인간들에게 유린당하고 있었음에도 저희는 들을 귀가 없었습니다. 교사를 채용하면서 뇌물을 요구하고, 수업시간에 포르노 씨디를 복사해오라는 굴욕적인 요구를 해도 저희에게는 그것에 항의할 입이 없었습니다. 장애인은 우리 아이들이 아니라 바로 우리였던 것입니다. 그렇게 우리 교사들이 귀를 막고 입을 닫고 있는 동안 듣지 못하고 말할 수 없는 우리의 제자들은 그들에게 능욕당하고 짓밟히다가 심지어 이번

학기 들어 두 사람이 목숨을 잃기까지 했습니다. 이런 사실이 하나둘 밝혀질 때마다 저희 교사들은 괴로움에 빠져 진심으로 밤잠을 이룰 수 없었습니다. 교사로서, 아니 그 이전에 어른으로서, 더이상 부끄럽지 않기 위해 양심의 소리를 내기로 결정했습니다. 저희는 이런 사실에 대해 제자들과 학부모님들께 진심으로 사죄드립니다."

그리고 열세명의 교사들은 마련된 단상에서 청중을 향해 큰절을 올렸다. 모여 있던 학부모들과 시민들의 박수 소리가 울렸다. 울먹이는 사람들도 있었다. 강인호의 낭독은 계속되었다.

"저희는 앞으로 당연히 들어야 할 것을 듣고 당연히 말해야 할 것을 말할 것입니다. 우리 학원의 경영을 감독해야 할 교육청과 시청의 침묵, 자애학원 이사들의 침묵을 더이상 묵과하지 않겠습니다. 저희는 앞으로 모든 진실이 밝혀질 때까지, 선생이 스승이 되고 학생이 제자가 되는 날까지, 죄를 지은 사람이 벌을 받는 그날까지, 학생들이 편안히 잠들고 일어나 열심히 배울 수 있는 안전한 학원을 만들 때까지 성심을 다하겠습니다. 국민 여러분이 내주신 세금으로 운영되는 우리 학원이 진정한 아이들의 배움터가 되는 그날까지 사죄하는 마음으로 싸우고 가르치고 사랑할 것을 약속드립니다. 또한 이 순간에도 돈 없고 백이없어서 걸레 조각처럼 쓰러져 신음하는 이들, 갖은 폭력과 성폭력의 희생자가 되어온 이들, 외출 한번 하지 못하고 강제로 노동에 시달리며 돈 한푼 받지 못하고 인간 대접 한번 받지 못한 채

노예처럼 살아가는 모든 장애인들을 위해 궁극적으로 싸울 것
도 다짐합니다."

무진에 도착한 이래 강인호의 얼굴이 이렇게 빛난 것은 처음
이었다. 그것은 카메라의 플래시 세례 때문이기도 했을 것이다.
엷어지고 투명해진 가을 햇빛 때문이기도 했을 것이다. 검은 양
복을 입은 그는 얼핏 젊은 사제처럼도 보였고 진리의 한자락을
잡은 수도승처럼도 보였다.

장경사는 청중의 맨 뒷줄에 서서 이 모든 것을 보고 있었다.

77

이례적으로 맑은 날이 계속되고 있었다. 사람들의 표정은 하
늘처럼 맑았고 바람은 바다에서 육지로 쾌청하게 불어왔다. 강
인호는 무진지방법원에 도착하면서 준비해온 과자를 유리에게
주었다. 유리는 손가락을 빨고 있었다. 그는 차 뒷문을 열고 입
속에 들어가 있는 유리의 손을 잡아 차에서 내려주며 말했다.

"무서워할 것 없어. 그냥 아는 대로 사실대로만 이야기하면
돼. 선생님이 끝나고 맛있는 거 사줄게, 응? 그리고 자꾸 손가락
빨면 안돼. 벌써 여기가 빨갛게 헐었잖아."

유리는 강인호에게 잡힌 손가락을 빼려고 하면서 수줍게 웃
었다. 그는 앉은 자세에서 유리를 가만히 안아주었다. 유리의 가
슴이 새처럼 콩닥거리며 뛰는 게 느껴졌다. 연두가 언니처럼 어

른스레 유리의 손을 꼭 잡았다.

일차 심리 때보다 기자들의 수는 현저하게 줄어들었지만 학부모나 시민들의 수는 더 불어나 있었다. 최요한 목사와 서유진, 강인호와 연두 유리 민수는 공판석 앞자리에 앉았다. 판사는 지난번 공판 때 자신의 처사가 비판적인 논조로 언론에 보도된 탓인지 오늘은 조금 마음을 진정시킨 듯했다. 처음부터 부드러운 주문으로 재판이 시작되었다.

"오늘은 증인심문이 있을 예정입니다. 증인들이 몹시 예민해 있다는 것을 참작하셔서 정숙을 유지해주시기 바랍니다. 사안이 미묘한 만큼 그리고 사춘기의 학생들인 만큼 여러분들 질문에 유념해주시고, 그리고 증인들의 요청이 있을 시에는 언제든지 비공개로 진행할 수 있음을 알려드립니다. 수화 통역사, 이점 증인들에게 잘 통역해주기 바랍니다."

판사는 지난번 재판 도중 세명이나 퇴장시킨 것은 어디까지나 법을 지키기 위한 노력이었지, 자신은 결코 장애인에 대해 편견을 가진 사람이 아니라는 것을 강조하고 싶어하는 듯했다.

이강석과 이강복은 여전히 무표정한 얼굴이었다. 그러나 그들이 수인 차림으로 나타났을 때 연두와 민수의 입에서 작은 탄식이 흘러나왔다. 한번도 저들이 저런 위치에 있을 수 있다는 것을 상상조차 하지 못한 것 같았다. 연두의 눈에는 어느덧 눈물이 맺히고 있었다. 강인호의 시선을 의식하자 연두는 그것을 닦아내며 씨익 웃었는데 눈빛은 분노와 공포의 기억에 잠겨 있었다.

강인호가 그런 연두를 향해 수화로 파이팅! 하고 말했다. 연두는 야무진 입술을 다물며 파이팅! 하고 대답했다.

먼저 변호인 측의 증인들이 나섰다. 첫번째 증인은 뜻밖에도 교무실에서 강인호의 옆자리에 앉은 박선생이었다. 그는 갈색 양복을 입고 차분한 표정으로 증언대에 섰다. 증언대에 서기 전 그는 이강석과 이강복에게 가벼운 목례를 보내는 것도 잊지 않았다. 놀라운 일이었다. 설마 여기 아이들이 앉아 있는데, 싶었다. 그는 증인선서를 하고 변호인 앞에 섰다. 황변호사가 질문을 시작했다.

"박경철 교사, 증인은 자애학원에 근무한 지 얼마나 됩니까?"

"십일년째 됩니다."

"그렇다면 그동안 교장과 행정실장에 대해 인간적으로도 많은 걸 알 수 있었겠군요."

"글쎄요, 전적으로 안다고는 할 수 없을지 모르겠으나 인간적으로 두분은 좋은 분들이었습니다."

이강석과 이강복의 얼굴에 희미하게 미소가 어리기 시작했다. 수화 통역을 보고 있던 연두와 유리의 입에서 짧은 탄식이 나왔다. 검사가 일어섰다.

"재판장님, 변호인은 지금 사건과 아무 상관이 없는 질문을 하고 있습니다."

판사는 고개를 끄덕였고 곧바로 변호인에게 주의를 주었다.

"인정합니다. 사건에 대해 질문하세요."

체구가 작고 등이 약간 굽은 황변호사는 판사의 말에 잠시 동작을 멈추었다. 변호인으로서의 첫발, 세상에 태어나 이런 지적을 받아본 일이 있었는가 싶은 표정이었고 아하, 내가 지금 변호인이 되었구나, 잠시 회한이 어리는 것 같기도 했다. 그러나 곧 냉정한 어투로 그가 물었다.

"증인은 교장이나 행정실장이 아이들을 심하게 쓰다듬거나 혹은 수업 중에 교장실 혹은 행정실장실로 아이들을 불러가는 것을 본 일이 있습니까?"

"없습니다."

박선생의 단호한 대답이 통역됨과 동시에 방청석 뒤쪽에서 비명 소리가 들렸다. 지난달 절벽에서 떨어져 죽은 아이가 박선생 반이었다. 그 아이는 분명히 수업시간에 종종 행정실장에게 불려나가곤 했다. 그 아이의 친구가 방청석에 있다가 박선생의 증언을 듣고 비명을 지른 것이었다. 판사의 얼굴이 다시 무섭게 변했다. 그는 잠시 생각하는 얼굴이더니 말했다.

"수화 통역사, 분명히 통역하세요. 소란은 퇴정이라고 말이지요."

판사가 말하는 동안 박선생은 얼어붙은 듯 앞만 바라보고 있었다. 아니, 그가 바라본 것은 진정 '앞'이었을까, 강인호는 그후로도 오랫동안 생각하곤 했다.

황변호사는 소란이 가라앉기를 기다리며 헛기침을 하더니 냉랭한 말투로 다시 물었다.

"만일 누군가가 교장실이나 행정실장실로 끌려가 비명을 질렀다면 그걸 들을 수 있는 사람은 많겠군요?"

"물론입니다."

검찰 측에서 이의를 제기하려고 했으나 변호인은 재빨리 "이상입니다." 하며 심문을 마쳤다.

연두의 얼굴은 빳빳하게 굳어가고 있었다. 아마도 이 아이는 재판정에 오면 모두가 증인선서를 한 대로 사실만을 이야기하고 사실만을 확인하여 진실이라는 것이 원하던 바로 그 자리에 가게 된다고 생각한 모양이었다. 그런 연두를 바라보면서 강인호는 자신 역시 그런 순진한 생각을 하고 있다는 것을 깨달았다.

"박보현 피고인 변호인, 증인심문 하시겠습니까?"

판사가 묻자 연한 갈색 양복을 입은 박보현의 국선변호인이 자리에서 일어나 고개를 저었다.

"아닙니다. 제 질문은 앞의 변호인께서 거의 다 하셨습니다. 추가 질문 없습니다."

강인호는 그 국선변호인이 아까 법원 복도 한구석에서 싸구려 주간지를 손에 들고 졸고 있던 모습을 떠올렸다. 검사가 일어나 박선생 앞으로 갔다.

"이곳에 부임한 지 십일년이라고 하셨는데, 사범대 출신도 아니고 일반대학 일반학부를 나오신 분이 어떻게 여기로 오게 되었습니까?"

검사의 질문에 변호인이 자리에서 일어섰다.

"존경하는 재판장님, 지금 검찰 측은 사건과 아무 관계도 없는 질문을 하고 있습니다."

그러자 검사가 맞받아쳤다.

"그렇지 않습니다. 이 학교의 교사들은 모두가 일종의 약점을 지녔기에 이런 불상사들이 그토록 오랜 세월 침묵 속에 은폐되어 있었던 것입니다. 존경하는 재판장님, 이건 어쩌면 이 사건의 핵심입니다."

차고 무뚝뚝해 보이는 사십대 초반의 검사는 은테 안경 너머로 판사를 보며 말했다. 이번에는 그의 눈에서 뜨거운 열기 같은 것이 뿜어져나왔다. 강인호와 서유진 그리고 최목사의 얼굴에 비로소 안도의 빛이 어렸다. 그랬다. 침묵의 카르텔, 그것이 이 사건의 핵심이었다.

판사는 잠시 재판정을 둘러보더니 "인정합니다. 계속하세요." 하고 짧게 말했다. 박선생의 얼굴은 더 딱딱하게 굳어 있었다. 노련하고 느끼한 표정으로 구두를 갈아신으며 "강선생도 참 고집 세네. 내가 전에 충고하지 않았나요? 그거 알아서 뭐 하시려고요?" 묻던 그는 사라지고, 무슨 수를 써서라도 붙잡아야 할 자신의 밥줄과 인간적 모멸감 사이에서 겁먹은 한 가여운 월급쟁이가 증언대에서 자신의 월급봉투를 쥐고 있는 인간들에게 어떻게든 잘 보이려고 애쓰고 있었다.

"일반학과를 나왔지만…… 나중에 특수교육대학원을…… 다녔습니다."

"그러면 그 경력으로 여기 말고 다른 학교에 취직하기는 조금 애로가 있었겠네요. 그 당시에도 그렇고 지금도 여전히 말입니다."

"잘…… 모르겠습니다."

더듬거리는 박선생의 말을 자르며 검사가 물었다.

"수화를 할 줄 아십니까? 간단한 인사 말고 아이들과 이야기할 만큼이요."

순간 박선생의 얼굴이 참담하게 굳어졌다.

"이상입니다."

검사가 질문을 마쳤다. 수화로 심문을 듣고 있던 연두가 기쁜 얼굴로 강인호를 바라보았다. 그도 연두에게 마주 웃어주었다.

78

변호인 측이 신청한 다음 증인은 뜻밖에도 산부인과 의사였다. 놀라운 일이었다. 산부인과 의사라면 지난번 성폭력상담소장이 유리를 데리고 가 검진을 받게 한 사람이었고 아무래도 피고인 측에 불리할 것이었기 때문이다. 변호인은 판사석에 서류를 하나 전달했다.

"이게 뭡니까?"

"예, 피고인들로부터 지속적으로 성폭행을 당했다는 진유리 양에 대한 산부인과 의사의 소견서입니다."

변호인 측이 질문을 시작했다. 산부인과 의사는 뚱뚱한 몸 때문인지 손수건으로 연방 땀을 훔치고 있었다. 그녀의 금테 안경 아래로도 송송 땀이 맺혀 있었다.

"증인은 무진 성폭력상담소장이 데리고 온 진유리 양을 진찰한 적이 있지요?"

"네, 그렇습니다."

"진찰 결과 어떤 소견을 가졌습니까?"

"네, 소견서에 쓴 그대로입니다. 외음부 염증이 있었고 처녀막이 손상된 상태였습니다. 다섯시 방향으로 삼 센티미터 정도의 열상이 발견되었는데, 성행위와 관련이 없을 가능성이 있으며 최근 성관계 때문도 아니고 오래된 열상인 것으로 사료되니 관찰을 요한다고 했습니다."

"증인, 증인은 오랜 시간 산부인과 의사로 일해왔고 무진시 산부인과계의 대모 같은 분이라고 알고 있습니다. 소녀들의 처녀막은 단지 성관계에 의해서만 파괴됩니까?"

굳어 있던 그녀는 산부인과계의 대모라는 말에 땀을 닦다 말고 비로소 미소를 지었다. 그래서 그녀의 대답은 훨씬 더 자신감이 있어 보였다.

"그렇지는 않습니다. 경우의 수가 적기는 하지만 자전거를 타거나 심한 자위행위를 해도 처녀막은 손상됩니다."

방청석에서 짧은 탄식이 흘러나왔다. 강인호는 약간은 겁먹고 멍한 눈길로 산부인과 의사를 보고 있는 유리를 바라보았다.

할 수 있다면 저 말을 통역하는 걸 보고 있는 유리의 눈을 가리고 싶었다.

"증인, 증인은 무진시 산부인과계의 대모로서 성폭행당하고 온 환자도 여럿 보았을 것으로 압니다. 그들은 대개 어떤 상태입니까?"

이제 무진시 산부인과계의 대모는 위엄을 갖춘 자세로 어깨를 쭉 폈다.

"대개는 외음부의 열상이 심하고 정신적으로나 육체적으로 몹시 고통스러워합니다. 무엇보다 수치심 때문에 거의 이성을 잃을 지경이지요. 그리고 성폭행의 경우에는 외음부 외에도 다른 신체 부위에 멍이나 상처가 함께 있는 경우가 많아 식별하기가 쉽습니다."

"그렇다면 진유리 양은 몹시 고통스러워하거나 다른 부위에 멍 자국이나 상처를 가지고 왔습니까?"

산부인과 의사는 잠시 생각에 잠기는 듯하더니 입을 열었다.

"그렇지 않아서 저도 의아했습니다. 과자를 먹고 있더군요. 저도 의사이기 이전에 한 여자로서 성폭행을 당하고도 저럴 수 있나…… 그래서 기억이 납니다. 다른 멍 자국이나 신체의 상처는 전혀 없었습니다."

"이상입니다."

"어떻게 하면 좋아 무진여고!"

서유진이 고개를 숙이고 한 자리 건너 앉은 강인호에게 낮은 목소리로 말했다.

"무슨 소리야?"

"저 의사 무진여고 동창회 총무야. 교육청 최수희가 회장이고. 그걸 생각 못했어! 어떻게 하니?"

서유진이 낮게 말하며 입술을 깨물었다. 강인호는 길게 숨을 한번 내뱉고 딱하다는 표정으로 그녀를 바라보았다.

"무진여고 나오지 않은 의사가 이 무진에 몇명이나 되는데?"

그녀는 잠시 생각하더니 피식 웃었다.

"……없어. 있다면 무진고 출신이겠지. 문제는 동창회 간부인 걸 몰랐다는 거야. 그지같이."

"다음 박보현 피고 측 변호인 심문하세요."

"아닙니다. 제 질문은 앞의 변호인께서 거의 다 하셨습니다. 추가 질문 없습니다."

국선변호인이 일어나 똑같은 말로 간단히 대꾸했다. 박보현의 고개가 힘없이 푹 수그러졌다. 판사는 경멸스러운 표정을 감추지 않고 국선변호인을 잠시 바라보다가 말을 이었다.

"그럼 검찰 측 심문하세요."

검사는 서류를 뒤지더니 판사에게 또 한 서류를 전달했다. 서류를 받아드는 판사가 물었다.

"이건 또 뭡니까?"

"역시 진유리 양에 대한 소견서입니다. 제가 제출한 것이 처음 작성한 것이지요?"

검사가 묻자 산부인과 의사는 다시 땀을 닦기 시작했다. 판사가 직접 산부인과 의사에게 물었다.

"증인, 소견서를 두장 쓴 게 맞습니까?"

산부인과 의사는 어깨를 움찔했다.

"그러니까 그게……"

"예, 아니오로 대답하세요. 소견서를 두장이나 쓰셨네요. 내용은 좀 다르군요. 첫번째 것은 에, 그러니까, 처녀막이 파열되어 있고, 최근에는 성관계가 없었던 것으로 사료되며 외음부 진료를 요함. 변호인 측이 제출한 것이 두번째 것이고…… 흠, 검찰 측 심문하세요."

판사는 산부인과 의사를 빤히 바라보더니 검사에게 말했다. 산부인과 의사는 변호사를 애타게 바라보았다. 변호사는 그녀와 눈을 마주치지 않은 채 앞만 보고 있었다.

"먼저, 소견서를 다시 쓴 이유가 뭡니까?"

산부인과 의사가 다시 변호인 측을 바라보다가 잠시 눈을 내리깔고 생각에 잠기더니 입을 열었다.

"솔직히 몰랐어요. 이게 그렇게 큰 사건인 줄……"

말이 끝나기도 전에 검사가 몰아쳤다.

"의사의 소견은 사건의 크기에 따라 달라집니까?"

"그게……"

"처음 소견서에 최근에는 성관계가 없었던 것으로 사료됨,이라고 썼으면 그전의 성관계는 있었다는 걸 전제로 한 거지요?"

"………"

"존경하는 재판장님, 제 검사 생활 십오년에 어떤 것이 원인이라고 사료된다는 소견서는 수없이 보았지만 어떤 것이 원인은 아니라는 소견서는 솔직히 처음 목격합니다. 이상입니다."

"저도……"

판사는 검사처럼 몇년 만에,라고 말하려다가 입을 다물었다. 아마도 검사보다 연차가 낮은 모양이었다. 판사는 잠시 생각에 잠기더니 말을 이었다.

"처음 보긴 처음 봅니다. 증인, 그런데 정말 사건이 커서 말을 바꾼 겁니까?"

판사가 부드럽게 묻자 산부인과 의사는 그제야 울 듯한 표정으로 말을 바꾸었다.

"아닙니다. 판사님 절대 그렇지 않습니다. 제 소견서 하나로 한 사람과 그 가정이 평생 파괴될 수도 있다는 것의 막중한 의미를 생각한 것입니다. 의사이기 이전에 인간으로서 그런 고뇌가 있었습니다. 처녀막이 파열되었을 때 바로 왔다면 저도 좀 식별이 쉬웠을 텐데 진유리의 경우는 처녀막 파괴는 오래된 일 같았습니다. 처녀막이 파열된 지 오래인데, 지금도 어린 학생이 그때는 너무 어려서 성관계로 인한 파열의 가능성이 적다고 생각한 것입니다. 그렇지 않나요? 지금 열다섯살인데 어떻게 오년 전에 성관계를 할 수 있겠습니까? 그건 물리적으로도……"

"알겠습니다, 증인."

그때 황변호사가 다시 일어섰다.

"증인, 증인은 아까 성폭력을 당한 여자들은 통상 수치심 때문에 거의 이성을 잃을 지경인데 여기 와 있는 피해자는 심지어 과자를 먹고 있어 이상하게 생각했다고 했습니다. 피해자가 지적장애라는 것을 알고는 있었나요?"

산부인과 의사가 고개를 끄덕였다.

"예, 나중에 성폭력상담소장이 말해주더군요."

"한가지 더 대답해주십시오. 의사의 신분으로 말입니다. 그런 아이들이 통상 수치심이 있습니까?"

방청석에서 비명 소리와 함께 욕설이 튀어나왔다. 강인호는 자신도 모르게 유리의 얼굴을 자신의 가슴에 끌어당겼다. 수화를 보지 못하게 하려고 말이다. 유리는 인호의 품에 고개를 묻고 들지 않았다. 울고 있었던 것이다.

79

"정숙하세요, 정숙하세요!"

방청석의 갑작스러운 소란에 산부인과 의사는 겁먹은 얼굴이 되어 다시 땀을 닦고는 말했다.

"잘 모르겠습니다. 저는 그저 산부인과에 관련된 진단만을 하는 것이니까요."

"그럼 한가지만 더 묻겠습니다. 대답하시기 힘들더라도 진실을 위해 증언해주시기 바랍니다. 증인은 아까 아이가 어리다고 했는데 대체 이렇게 어린아이와 성인 남성의 성관계가 가능합니까? 설사 가능하다 해도 여성의 자발적 동의 없이 어떻게 그게…… 가능합니까?"

"재판장님, 이의 있습니다!"

검사의 문제제기에 판사가 고개를 끄덕였다.

"받아들입니다. 변호인은 다른 질문을 하세요."

황변호사는 기분이 몹시 언짢다는 듯 후배 판사를 노려보았다. 그러고는 "이상입니다." 하고 자리에 앉았다.

강인호는 바지 주머니에서 손수건을 꺼내 유리의 얼굴을 닦아주었다. 유리는 이제 수화 통역도 보지 않고 그냥 그에게 얼굴을 기대고 있었다. 검찰 측에서 다음 증인으로 유리와 연두를 호명할 텐데 싶어 그는 걱정이 되었다. 그는 유리의 어깨를 토닥토닥 두드리며 아이가 좀 진정되기만을 기다렸다.

"다음 증인 나오세요."

판사가 말하자 변호인이 일어섰다.

"존경하는 재판장님, 다음 증인은 바로 피해자 진유리와 김연두 양 그리고 전민수 군입니다. 그들의 수치심과 프라이버시 보호를 고려해 비공개 재판을 요구합니다."

난데없는 제안이었다. 그리고 그 제안을 변호인 측에서 한다는 것은 기습이었다.

판사는 일리가 있다는 듯 고개를 끄덕이며 검찰 측을 바라보았다. 검사 역시 그것을 막을 만한 명분을 찾지 못하는 것 같았다. 만일 그것을 막는다면 아까 방청석에 그토록 동요를 일으켰던 그 말, "수치심이 있습니까?"라는 변호인의 질문에 간접적으로 동조하는 셈이 되니까 말이다.

"동의합니다."

"방청석 모두 퇴정해주십시오."

정리가 외치고 있었다. 그 말이 수화로 통역된 다음에도 유리는 인호에게서 떨어지려 하지 않았다.

"안돼요, 목사님. 어떻게 좀 막아보세요. 아시잖아요, 유리…… 너무 겁먹었어요."

서유진이 최요한 목사에게 말했다. 강인호도 나섰다.

"이제 겨우 여섯살이라고 보시면 돼요. 아니, 열다섯살이라고 해도 이 아이들은 거의 수용소에 있다가 나온 것과 마찬가지예요. 세상에 대해 아무것도 알지 못해요. 그러니 애를 이 낯선 데, 아니 저 짐승들만 있는 곳에 놔두고 갈 순 없어요."

최목사는 곤혹스러운 표정을 짓더니 한숨을 내쉬었다.

"어떻게 하겠습니까? 다행히 유리는 거짓말을 못하니 믿어봅시다. 강선생님, 연두에게 유리를 잘 좀 데리고 있으라고 전해주세요. 민수에게도요."

강인호는 연두에게 최목사의 말을 전했다. 그러나 연두와 민수조차 겁에 질린 얼굴이었다. 이 아이들은 태어나서 한번도 이런 곳에 와본 일이 없었다. 강인호가 연두와 유리 그리고 민수를 모아놓고 수화로 이야기했다.

—무서워하지 마. 선생님이 아주 가는 게 아니야. 바로 이 문 밖에 있어. 저분들은 진실을 알고 싶어하고 그게 밝혀지면 이제 아무도 너희를 해치지 못할 거야, 알았지? 너희는 지금 진실의 대표선수가 된 거야, 국가대표선수들처럼. 알았지?

정리가 나가달라고 소리치고 있었다. 강인호는 유리의 양손을 연두와 민수에게 쥐여주고 천천히 법정을 걸어나왔다. 세 아이의 여섯개의 눈동자가 애타게 그를 바라보고 있었다.

최목사는 창가에 서서 고개를 숙이고 있었다. 기도하는 듯했다. 강인호도 그를 따라 기도하고 싶다는 생각을 했다. 그래서 그는 낮은 목소리로 기도하고 있는 최목사의 곁에 서 있다가 최목사가 아멘, 하고 말할 때 그도 입속으로, 진심을 다해, 그렇게 말했다. 아멘, 아멘……

80

유리는 증언대로 나갔다. 넓은 재판정 한구석에 연두와 민수가 오도마니 앉아 있었다. 다른 편에는 이강석과 이강복, 그리고 박보현이 앉아 있었다. 잔뜩 겁에 질린 채로 수화 통역사의 손만 바라보고 있는 아이들과, 황변호사와 무슨 이야긴가를 나누며 미소 짓는 피고인들이 있었다.

판사가 물었다.

"먼저 피고인들에게 묻겠습니다. 증인들에게 수치심을 주지 않으려고 모든 방청객을 내보낸 상태입니다. 이 아이를 보니 어떤 심정이 듭니까? 이 법정에 마주 서 있지만 당신들의 제자 아닙니까? 이강석 피고인부터 말해보세요."

이강석은 벗어진 이마를 매만지며 천천히 일어서서 말했다.

"이제 보니 저 아이의 얼굴이 생각나는 것도 같습니다. 제가 그런 몹쓸 짓을 했다고 말한 아이가 누군지 늘 궁금했습니다. 바로 저 아이였군요. 방학 때도 집에 가지 못한 아이라서 제가 과자 사 먹을 돈도 가끔 주고 그랬지요. 저런 가엾은 아이를 내세워 저희 형제에게 입에 담지 못할 누명을 씌우는 자들이 정말 밉습니다. 피도 눈물도 없는 것들……"

"피고인은 지금 저 아이를 잘 기억하지도 못한단 말입니까?"

판사가 어이없다는 듯 물었다.

"지금 보니까 몇번 본 기억은 있습니다만……"

판사는 턱을 괴고 곰곰 생각에 잠기는 듯했다. 증언대에 선 유리의 눈동자가 불안하게 흔들리기 시작했다. 연두가 멀리서 유리에게 조그만 손짓으로 말했다.

—유리야, 괜찮아, 저 사람들 말 믿지 마.

판사가 다시 말했다.

"이강복 피고인, 박보현 피고인, 차례로 한번 이야기해보세요."

이강복이 일어섰다.

"교장선생님께서 말씀하신 그대로입니다. 저도 이제 저 아이가 기억납니다. 부모도 지적장애인이고 불쌍한 아이지요. 제가 현관 같은 데서 만나면 머리도 쓰다듬고 귀여워해주었는데요."

판사가 그런 이강복을 바라보았다. 이강복은 정말로 애처로운 눈길로 유리를 보고 있었다. 유리는 이강복의 시선을 받자 고개를 숙이며 어쩔 줄 몰라 했다.

"그럼 박보현 피고인도 이제야 이 아이가 생각납니까?"

판사가 물었다. 통역이 끝나자 박보현은 이강석과 이강복의 눈치를 살피며 수화를 시작했다.

—아닙니다. 이 아이들은 제가 사랑하고 늘 아껴주던 아이들이었습니다.

박보현의 수화를 보자마자 민수가 벌떡 일어나 격렬한 수화를 시작했다. 민수의 얼굴은 분노로 붉었고 눈은 흰자위가 드러나도록 희번덕거렸다. 수화 통역사는 두 농인이 동시에 수화를 하자 잠시 통역을 멈추고 어리둥절한 표정이 되어버렸다. 유리의 얼굴은 더 창백해졌다.

"통역사, 저 남자아이를 좀 진정시켜주세요."

통역사가 민수에게 주의를 주고 나서 자리가 다시 정리되자 판사가 잠시 큰 한숨을 쉬었나.

"계속합시다. 검찰 측 심문하세요."

검사가 물었다.

"진유리 양, 저 중에 어떤 사람이 유리 양의 옷을 벗기고 그리고 아프게 했나요?"

검사는 조심스러운 말투로 신중하게 물었다. 유리가 손으로 교장 이강석과 그의 동생 행정실장 이강복 그리고 박보현을 차례로 가리켰다. 판사는 이 상황을 보고 있었다. 그러나 그는 세 사람이 일제히 유리를 무서운 기세로 노려보고 있는 것은 보지 못했다. 가뜩이나 창백한 유리의 얼굴이 점점 더 굳어갔다. 검사가 이강석을 지명하며 물었다.

"몇번이나 그렇게 했나요?"

이제 거의 겁에 질린 유리는 수화를 알아듣기 힘든지 자꾸 되물었고 겨우, 많이요,라고 대답했다. 이번에는 이강복을 지명하며 다시 같은 질문을 했다. 유리는 잠시 머뭇거리더니 대답했다.

―아주 많이요.

검사가 흠, 하는 표정을 짓더니 다시 물었다. 이번에는 박보현이었다. 유리가 대답했다.

―아주, 아주 많이요.

검사가 판사를 보고 말했다.

"이상입니다."

이번에는 황변호사가 나섰다. 유리는 이제 수화 통역사가 아니라 연두의 얼굴만 애타게 바라보고 있었다.

81

"말도 안돼요, 목사님. 어떻게 아이들을 가해자와 대면시켜놓고 우리를 내쫓을 수 있는 거죠? 검사는 대체 뭐 하는 사람이에요? 이제 알겠어요. 검사도 남자네요. 설사 저처럼 다 큰 성인이라 해도 자기를 성폭행한 사람과 대면하는 것은 지옥 같은 일인데…… 만일 검사가 여자였다면 이렇게는 하지 못하도록 막았을 거예요."

서유진은 무진지방법원 로비에서 최목사와 강인호를 앞에 놓고 분통을 터뜨리다가 말을 멈추었다. 어쩌면 이것이 여자와 남자의 문제만은 아님을 문득 깨달았던 것이다. 그녀는 최수희 장학관 생각을 했다. 최수희의 그 도도한 철면피에 비하면 차라리 저 남성 검사가 더 나을지도 몰랐다. 그때 정리가 로비로 오더니 큰 소리로 외쳤다.

"진유리 증인 보호자! 어디 계세요?"

세 사람은 동시에 뒤를 돌아보았다. 정리의 손짓에 따라 강인호가 법정으로 들어갔다.

"진유리 양이 약간 발작을 일으켰어요. 잠시 휴정인데, 어떻게 구조대를 부를까요?"

강인호가 먼저, 이어 서유진이 아이에게 뛰어갔다. 연두의 가슴에 얼굴을 묻은 유리는 실수로 창문 안으로 날아든 작은 새처럼 떨면서 강인호가 아무리 달래도 고개를 들지 않았다. 연두가 강인호를 바라보았다. 연두의 눈도 눈물에 젖어 있었다.

─변호사가 연두를 거짓말쟁이라고 몰아붙였어요. 누가 우리에게 이런 거짓말을 하라고 시켰느냐고 했어요. 선생님, 우리 그냥 기숙사로 가고 싶어요. 여기서 진실을 말하면 들어준다고 했잖아요? 그런데 아니잖아요. 우리가 아니라 저 선생님들이 거짓말을 하는데 아무도 막아주지 않잖아요. 여기도 자애학교랑 똑같잖아요.

강인호는 우선 아이들을 자리에 앉히고 연두에게서 떨어지지 않으려는 유리를 안았다. 유리는 잠시 반항했지만 곧 그의 품에 안겼다. 안긴 아이에게 수화를 할 순 없었지만 그는 유리의 등을 토닥거리며 혼잣말을 했다.

"괜찮아, 힘들었지? 잘했어. 이제, 이제 다시는 그렇게 놔두지 않을게. 유리야! 우리 유리……"

강인호는 그렇게 유리의 등을 두드리다가 연두의 편지를 떠올렸다.

'유리 말이 선생님이 자기 아빠였으면 참 좋겠다, 생각했대요.'

순간 강인호는 아주 생소한 지명이 적힌 유리의 주소지를 생각했다. 한번도 아이에게 와보지 않았다는 부모와, 방학이면 다른 아이들이 다 집으로 가버린 뒤 넓고 추운 기숙사에서 혼자 있었을 아이를 생각했다. 사람이 그리워서 창문을 내다보는 유리를 생각했다. 그에게 다가온 교사가 이렇게 그녀를 안아주었을 것도 생각했다. 그 첫 순간, 털북숭이의 짐승 같은 손이 아직 그 애의 속옷을 벗기기 전인, 그 짧은 순간, 유리는 또 생각했을지도 모른다. 이 사람이 우리 아빠였으면 좋겠다……

82

강인호는 순간 어떤 뜨거운 것이 끝없이 자신의 내부로부터 올라오는 것을 느꼈다. 분노이지만 그것만은 아니었고, 이번 재판에서 꼭 이겨야겠다는 결심이지만 꼭 그것만도 아니었으며, 이 아이들이 겪어야 하는 운명에 대한 연민이지만 역시 또 그것만도 아니었다. 이 아이들의 고통과 슬픔 뒤에 하나의 거대한 세계가 숨겨져 있다. 어둠의 세계, 공포의 세계, 위선과 가증과 폭력의 세계. 그는 자신이 이 아이들과 이미 하나가 되었으며 이들과 운명을 같이하는 일이 하찮은 일이 아니라는 것을 깨닫게 되었다. 먹이를 찾아 무진으로 쫓기듯 왔던 그는 이제 스스로의 내부로부터 어떤 빛이 비치고 있다는 것을 깨달았다. 그것은 따스하고 밝았다. 그리고 그 빛은 그의 존재를 존엄하게 비추어주는 것 같았다. 너는 먹이를 찾는 한낱 짐승이 아니다,라고 말해주는 것 같았다. 그는 유리를 안은 채 연두의 손을 잡아당겨 그애의 두 눈을 보며 말했다.

─연두야, 이제 네 차례야. 그래, 선생님이 솔직히 말할게. 이거 어려운 싸움이야. 진실은 말이야, 그걸 지키려고 누군가 몸을

던질 때 비로소 일어나 제 힘을 내는 거야. 우리가 그걸 하찮게 여기고 힘이 없다고 생각하면 그것은 정말 힘을 잃어. 연두야, 네가 용기를 주어야 해. 진실에게 그리고 유리에게…… 넌 할 수 있어.

연두는 아직도 눈물이 그렁그렁한 얼굴을 자신없는 듯 떨구었다.

83

검사를 만나 아이들이 격리된 채로 증언하도록 하지 않아야 한다고 말하러 갔던 최목사가 다가왔다.

"아이들, 우리가 지켜보는 데서 증언하기로 했어요. 유리는 이제 그만하구요. 잘되었어요."

최요한 목사가 기쁜 낯으로 말했다. 순간 연두의 표정이 밝아졌다. 연두의 시선이 머무는 곳으로 강인호가 돌아보자 곧 쓰러질 듯 얼굴이 누렇게 변한 남자가 연두 어머니와 함께 이쪽으로 다가오고 있었다.

"수술 날짜를 받았기 때문에 어제 올라갔어야 하는데 애 아빠가 연두를 보고 가야 한다고 고집을 피워서 이렇게 되었어요, 선생님."

연두 어머니가 말했다. 연두 아버지는 강인호와 최목사에게 목례를 가볍게 하고 연두를 안았다. 연두 아버지는 아무 말도 하지 못하고 눈을 감은 채 잠시 그렇게 떨고 있었다. 강인호는 새미를 떠올렸다. 새미가 연두와 같은 위치에 있다면, 자신이 죽음을, 암 선고를 받고 병에 걸리고 직업을 잃고 아내가 배춧빛 얼굴로 시들어간다면, 그렇다면 그도 마지막 숨을 다해서 이리로 올 것 같았다. 와서 딸의 손을 잡고 이렇게 무한한 사랑과 응원을 보여줄 것 같았다. 그러자 강인호는 순간 처음 만난 연두 아버지가 남같이 느껴지지 않았고 그가 겪고 있는 아픔을 느꼈고 세상 모든 아버지의 이름으로 그를 위로하고 싶었다.

84

　다시 속개된 재판에서 연두는 아버지와 어머니 그리고 최목사와 서유진의 기대를 저버리지 않았다. 교장이 자신을 화장실로 끌고 들어가 추행한 것과 유리를 성폭행한 걸 목격한 정황에 대해 묻는 검사에게 수화로 조리있게, 또박또박 대답했다. 그 증언이 있는 동안 자애학원을 졸업한 농아 두명이 소리를 질렀고 그리고 법정 밖으로 쫓겨났다. 자신도 모르게 터져나오려는 비명 소리를 막으려고 두 손으로 입을 가린 이들도 많았다.
　연두의 증언을 듣던 판사의 얼굴이 섬섬 더 심삭해지기 시삭했다. 검찰 측의 심문이 끝나고 황변호사가 일어섰다. 그는 연두의 얼굴을 노려보며 다가왔다. 연두의 시선이 자신도 모르게 아버지와 어머니에게로 가서 꽂혔다. 연두 아버지가 퀭한 얼굴로 미소를 지으며 주먹을 불끈 쥐어 보였다. 그러자 연두의 입매가 야무지게 다물어졌다. 그래서 황변호사가 다가왔을 때 연두는 그를 똑바로 바라보았다. 그때 연두의 두 눈은 별처럼 빛나는 듯했다. 황변호사의 현란한 말솜씨를 이미 겪은 방청석이 고요해졌다.

"김연두 양, 교장선생님이 연두 양을 화장실로 끌고 갔다고 했는데, 맞나요?"

—예, 맞습니다.

"증인은 평소에 교장선생님과 잘 알고 지낸 사이였나요?"

—아닙니다. 교장선생님은 가끔 학부모들이 오실 때나 저희 반에 들어오셨고 저는 멀리서 가끔 뵈었을 뿐입니다.

황변호사의 무표정한 얼굴에 약간의 화색이 감돌았다.

"그렇군요. 그러면 그분이 교장선생님이라는 것을 어떻게 알았죠?"

연두는 의아한 표정으로 고개를 갸웃했다. 잠시 후 연두가 대답했다.

—그분이 교장실에서 나오다가 저를 발견하셨고, 그리고 저를 교장실로 데리고 들어가셨으니까요.

"그렇군요. 그럼 연두 양, 그 사람이 지금 여기 있습니까?"

수화 통역사가 황변호사의 말을 통역하자 연두가 고개를 끄덕였다.

"그렇군요. 연두 양, 그 사람이 어디 있습니까? 저 둘 중에 누구입니까?"

연두가 두 피고인 이강석 이강복 형제를 바라보았다. 사람들의 시선 역시 그들에게 향했다. 그때 모두가 깨달은 것은 그들이 쌍둥이고 구치소의 피고인으로서 똑같은 수인 차림이었다는 것이다. 학교에서는 옷차림으로 어느정도 구분이 가능했으나 여기서는 불가능했다. 연두의 얼굴이, 방청객들의 얼굴이 함께 해쓱해졌다.

"재판장님, 이의 있습니다. 이미 기소된 저들의 신원을 증인에게 확인하라고 하는 것은 무의미합니다."

검사가 나서자 황변호사가 언성을 높였다.

"그렇지 않습니다. 이것은 아주 중요한 일입니다. 증인의 진술에 따르면 피고인이 교장이라고 하는 정황은 오직 그가 교장실에서 나왔고 다시 교장실로 증인을 데리고 들어갔다는 것밖에 없습니다. 여기 교장과 똑같은 얼굴의 이강복 피고인이 동일범죄를 저질렀을지도 모르는 일입니다. 이 둘 중 한 사람은 무고할 수도 있습니다."

방청석이 술렁거리기 시작했다. 누구도 생각할 수 없던 기습이었고, 한때 무진의 최고 수재가 아니면 생각지 못할 일이었을지도 모른다.

"받아들입니다. 변호인 계속하세요."

황변호사가 날카로운 눈빛을 내며 연두에게 한걸음 더 다가갔다. 너무 바싹 다가섰기에 수화 통역사도 하는 수 없이 연두에게 더 가까이 갔고, 그래서 두 사람이 연두를 둘러싼 형국이 되어 방청석에서 연두의 얼굴은 거의 보이지 않았다. 황변호사가 다그치듯 다시 물었다.

"자, 둘 중에 누가 그 사람입니까?"

침묵은 길었다. 중요한 증언이었다. 게다가 나중에 연두가 증언할 유리의 성폭행 장면도 그 가해자가 이 둘 중 누구인지 구별해야만 하는 것이다. 이강석 이강복 형제 중 한 사람만 이 모든 것을 뒤집어쓰기로 작정할 수도 있었다.

"저기, 판사님, 연두가 직접 그 피고인을 가까이서 보고 싶다고 합니다."

연두를 보고 있던 수화 통역사가 돌아서서 판사를 향해 말했다. 방청석이 술렁거렸다. 판사가 고개를 끄덕였다.

"허용합니다."

연두가 증인석을 내려와 천천히 피고인들 앞으로 다가갔다. 이강석 이강복 형제가 눈초리가 긴 눈으로 연두를 쏘아보았다. 연두는 조금 떨고 있었다. 걸어가던 연두가 다시 한번 제 아버지를 바라보았다. 그리고 빠르게 두 피고인을 향해 손을 움직였다. 한번, 두번 그리고 마지막에 그녀의 손짓은 격해졌고 얼굴은 증오와 분노로 가득 찼다. 강인호가 앉은 자리에서는 잘 보이지 않는 수어였다.

연두는 그렇게 격한 수화를 몇번 반복한 후 손가락을 뻗었다. 그리고 똑같이 머리가 벗어지고 똑같이 흰 얼굴에 눈매가 길고 찢어졌으며 똑같은 수인 차림의 사람 둘 중 하나를 가리켰다. 통역사가 약간 넋이 나간 듯 그 손짓을 통역했다.

"이 사람이랍니다."

판사가 서류와 피고인들을 번갈아 바라보다가 고개를 끄덕였다. 황변호사의 미간이 찡그려졌다.

"증인은 일단 증언대로 가세요. 맞습니다. 정확히 맞혔습니다. 이 사안이 중요한 만큼 증인에게 묻겠습니다. 이강석 피고인에게 무슨 신체적 특징이 있습니까? 증인이 확신하는 이유가 무엇이지요?"

연두가 수화를 시작했다. 통역사가 판사를 향해 돌아섰다.

—저는 솔직히 누가 교장선생님이고 누가 행정실장님인지 몰라요. 다만 저를 끌고 간 사람, 유리를 끌고 가 몹쓸 짓을 한 그 사람은 간단한 수화를 알고 있었어요. 제가 가서 그 수화를 하니까 한 사람의 얼굴이 붉으락푸르락해졌어요. 그 사람이 그 사람입니다.

방청석에서 작은 탄성이 일었다. 판사가 고개를 갸웃했다.

"어떤 수화지요, 증인?"

—그 사람은 저를 끌고 가거나 유리를 끌고 간 뒤에 저보고 지금 본 걸 다른 곳에 가서 말하면 가만두지 않을 거라는 수화를 했습니다. 그래서 제가 지금 그 두 사람에게, 바로 그 수화, 가만두지 않을 거라는 수화를 했습니다. 그러자 한 사람이 알아듣고 저를 노려보았지요. 그 사람입니다.

방청석에서 박수가 터져나왔다. 이번에는 판사도 제지하지 않았다. 그 얼굴에는 영특한 사람이 영특한 사람을 보면 기뻐하는 듯한 약간의 미소마저 어리고 있었다.

"변호인, 앞으로는 피고인 두 사람이 쌍둥이라는 이유로 시간을 끌지 않도록 하세요."

연두가 제 부모를 바라보자 연두 아버지가 두 주먹을 위로 불끈 쥐었다. 연두가 환하게 웃었다.

85

"생각보다 시간이 지체되는데요, 저기 유리 양의 상태가 좋지 않으니까 연두 양에게 그 증언을 듣도록 해주세요. 연두 양, 괜찮겠어요?"

판사가 부드럽게 물었다. 통역을 본 연두가 고개를 끄덕였고 판사가 검사에게 심문을 부탁했다. 검사가 일어섰다.

"증인, 증인은 지난달 저녁에 학교 근처에서 컵라면을 사가지고 돌아오자 기다리고 있어야 할 친구 유리 양이 없어진 것을 알고 찾던 중 교장실 앞으로 우연히 다가가다, 유리 양이 성폭행당하는 장면을 목격했다고 했는데, 사실입니까?"

검사의 질문이 끝나기도 전에 방청석에서 "거짓말!" "집어치워!" 하는 고함 소리가 들렸다. 판사의 얼굴이 다시 굳어졌다. 정리가 고함을 치는 사람들 쪽으로 다가갔다. 무진 영광제일교회에서 나온 신도들이었다.

—네.

"정황은 공소장에 적힌 그대로입니다. 미성년자 학생들에게 충격을 주지 않기 위해 공소장으로 대신합니다."

"좋습니다."

판사가 대답하자 황변호사가 일어섰다. 그는 잠시 연두를 노려보더니 한장의 종이를 들고 연두 앞으로 갔다. 통역이 그 옆에 섰다. 그러자 변호인이 자세를 가다듬고 말하기 시작했다.

"저는 이 사건이 참으로 해괴하고 이상한 일이라는 것에 늘 주목해왔습니다. 어떻게 이 학원 설립자의 가족이며 오랜 시간 장애인들을 위해 봉사한 이 명문가의 자제분들에게 이런 누명, 누명치고도 너무 저질적인 누명이 씌워질 수 있는지 말입니다. 그러나 이제 저는 연두 양에게 질문을 함으로써 이 선량한 노블레스들의 누명을 벗기고자 합니다. 이제 연두 양의 심문이 끝나면 그 검은 세력이 누군지 알게 되겠지요."

황변호사의 서론은 길었다. 판사가 무슨 말인가 하려다가 그만두는 것 같았다. 강인호와 서유진 그리고 최목사의 얼굴에 긴장이 어렸다.

"연두 양, 공소장에 따르면 증인은 그날 컵라면을 사서 돌아오는 길에 유리 양이 없어진 것을 알았다고 했습니다. 그래서 기숙사로 갔나 하고 생각했다고 했죠? 그런데 기숙사가 아니라 교장실로 간 이유가 뭡니까? 잘 통역하세요. 공소장에 따르면 연두 양은 기숙사로 가려다 말고 희미한 음악 소리가 나는 곳으로 발길을 돌렸다고 했지요?"

연두가 고개를 끄덕였다. 무표정한 황변호사의 얼굴에 처음으로 어떤 표정이 어렸다. 그는 언성을 약간 더 높였다.

"존경하는 재판장님, 바로 이 부분입니다. 희미한 음악 소리! 연두 양은 청각장애인입니다. 그런데 희미한 음악 소리를 듣다니요?"

그때 검사가 일어섰다.

"재판장님, 변호인은 지금 사건의 큰 구도와 별 상관 없는 일로 증인을 모욕하고 있습니다."

그러자 판사가 대답했다.

"기각합니다. 통상 성에 관련된 사건들은 당사자와 피의자만이 있기 때문에 정황이 아주 중요합니다. 변호인, 일리있으니 계속하세요."

방청석 뒤쪽에서 "할렐루야!" 소리가 들려왔다.

"그런 진술이 있었어?"

서유진이 낮은 소리로 강인호에게 물었다. 그도 잘 생각나지 않았다. 그때 아이들이 진술한 사건의 충격이 너무 커서 자세한 정황이 생각나지 않았던 것이다. 그러고 보니 그런 진술이 있었던 것 같았다. 나중에 서유진과 더불어 공소장을 한번 읽을 때 뭔가 걸리던 부분이었다. 그러나 대수롭지 않게 넘어가버렸던 것이다.

"뭐하러 그런 말을 써서 일을 힘들게 만들었지? 그 말 없으면 뭐가 어떻다고?"

서유진이 입술을 깨물었다.

86

통역사가 연두에게 통역을 하는 동안 변호인이 다시 말했다.

"청각장애아가 음악 소리를 따라갔다고 합니다. 존경하는 재판장님, 그들은 이 훌륭한 교육가문의 교육자들에게 차마 입에도 담지 못할 이 쓰레기 같은 성적 범죄를 저질렀다는 누명을 씌웠습니다. 정말이지 대한민국 법의 이름으로 이들을 보호하지 못한다면! 이들을 음해하는 세력을 밝혀내지 못한다면! 우리나라는 너무 부끄러운 나라일 것입니다."

황변호사는 격앙된 듯했다. 진실의 사도가 되어 정의의 언덕으로 누명의 손수레를 끌고 오르는 듯 자부심이 가득한 목소리였다.

"변호인, 증인심문만 하세요."

판사가 그런 변호인을 제지했다. 그때 통역사가 입을 열었다.

"음악 소리를 들었습니다. 조성모의 노래였습니다."

황변호사의 얼굴에도 검사와 판사의 얼굴에도 그리고 방청석에도 커다란 파도가 치고 간 듯 일순 고요해졌다.

"뭐라구요?"

변호인이 다시 묻자 통역사가 다시 연두에게 물었고 이윽고 연두가 대답했다.

─희미한 음악 소리를 들었습니다. 조성모의 노래였습니다.

방청석이 술렁거렸다.

"정숙하세요!"

판사가 골치가 아프다는 듯 미간을 찌푸리며 소리쳤다. 그러고는 직접 물었다.

"증인, 잘 생각하고 대답하세요. 증인은 청각장애인입니다. 그런데도 노래를 들을 수 있단 말입니까?"

연두의 눈이 침착하게 반짝였다. 그리고 천천히 고개를 끄덕였다. 황변호사가 데리고 온 젊은 변호사와 무언가 의논하더니 판사 앞으로 나섰다.

"존경하는 재판장님, 그럼 저희는 무진 시민들과 기자 여러분이 보는 앞에서 연두 양과 하나의 실험을 하려고 합니다. 연두 양에게 조성모의 노래를 틀어주고 정말 들을 수 있는지 알아보는 일 말입니다. 저희는 오늘 이 증인에게 이것을 묻기 위해 간단한 장비를 준비했습니다. 잠시만 기다려주시면 바로 시작하겠습니다. 그러고 나면 이 입에 담기 부끄러운 온 무진에 오물을 덮어씌운 듯한 소동이 누구의 짓인지 판명 나겠지요."

잠시 망설이던 판사가 대답했다.

"좋습니다. 증인, 거기서 대기하세요."

87

변호인은 판사에게 가서 무어라 복잡한 주문을 하고 있었다. 방청석에 중형 씨디플레이어가 들어오고 연두는 증언대에서 판사를 향해, 방청석과 등지게 자세를 취했다. 방청석에서는 연두의 뒷모습만 보였다. 그 앞에 통역이 다시 연두와 마주 보고 섰다.

"연두 양, 정말 음악이 들리는지 지금부터 실험하겠습니다. 음악이 들리면 손을 들어주세요. 들리지 않으면 그 자리에 그냥 서 있으면 됩니다."

"강선생, 어떻게 된 거야? 쟤들 들을 수 있어? 그러면 무슨 청각장애인이야?"

강인호는 고개를 저었다. 왜 연두가 저렇게 당당하게 그렇다고 말하는지 이해할 수 없었다. 최목사는 고개를 숙인 채 눈을 감았다.

연두의 얼굴이 보이지 않았기에 강인호는 마음이 떨리기 시작했다. 설사 연두가 그것을 구별해낼 수 있다 해도, 열다섯살 소녀가 이 엄중한 재판정에서 이 무거운 증언을 자신의 장애를 걸고 한다는 것은 결코 쉬운 일이 아니었다. 게다가 지금 연두의 눈에는 판사 외에는 아무도 보이지 않고, 연두의 귀에는 아무 소리도 들리지 않을 것이었다. 그것은 열다섯살 소녀가 감당할 만한 고립의 무게로는 너무 버거웠다. 강인호는 만일 할 수만 있다면 앞으로 나아가 연두의 손을 잡고 그 곁에 함께 있어주고 싶다는 충동을 느꼈다. 대신 그는 자신의 옆자리에서 떨고 있는 유리의 손을 잡았다.

"시작하겠습니다. 조성모의 노래가 들리면 손을 들어주세요."

황변호사가 말하자 통역이 수화를 했다.

드디어 황변호사의 손이 재생 버튼을 눌렀다. 법정에 애절한 목소리의 고음이 울렸다. 이 모든 범죄를 홀로 증언해야 하는 연두의 작은 어깨가 떨리는 것이 강인호에게는 느껴졌다. 잠시 후, 연두의 손이 천천히 올라갔다. 여기저기서 탄성이 나왔다. 황변호사가 잠시 후, 정지 버튼을 눌렀다. 법정 안에 정적이 가득 찼다. 그러자 연두의 손이 내려갔다. 낮은 탄성과 작은 박수 소리가 울렸다. 황변호사의 얼굴에 어두운 그림자가 드리워졌다. 이강석과 이강복 형제는 울상이었다. 연두의 뒷모습을 노려보며 황변호사가 다시 재생 버튼을 눌렀다. 판사는 이 모든 정황을 하나라도 놓치지 않겠다는 듯 뚫어져라 연두를 바라보았다. 조성모의 고음이 다시 한번 법정을 울렸다. 연두의 손이 천천히 올라갔다. 황변호사가 얼른 정지 버튼을 눌렀다. 연두의 고개가 갸웃하더니 손이 천천히 내려갔다.

"한번만 더 하겠습니다. 통역, 한번만 더 하겠다고 통역해주세요."

황변호사가 법정의 침묵을 깨뜨리며 신경질적으로 말했다. 통역이 다시 그것을 수화로 옮겼다. 그런데 황변호사는 그렇게 말을 해놓고도 그대로 멈추어 있었다. 트릭이라면 트릭이었다.

"저건 반칙이야!"

누군가 낮게 소리쳤다. 서유진은 입술을 앙다물고 연두를 바라보고 있었다. 강인호는 유리의 손을 쥔 손을 빼서 바지에 문질렀다. 땀이 배어나와서였다. 연두의 손은 아직 움직이지 않고 있었다. 연두의 작은 어깨가 터질 듯 긴장하고 있는 것 같았다. 황변호사의 얼굴에 약간의 낭패감이 어렸다. 방청석은 숨죽인 듯 고요했다. 그래도 황변호사는 움직이지 않았다. 연두의 두 손도 움직이지 않았다. 고함 소리보다 더한 침묵이 큰북 소리보다 무겁게 법정을 쿵쿵 두드리는 것만 같았다. 정적을 깬 것은 판사였다.

"인정합니다. 검찰 측은 연두 양의 이런 청각적 현상에 대한 전문가의 소견서를 재판부에 제출하세요."

88

"연두 양, 수고 많았어요. 이제 다시 증인석으로 가세요."

판사가 말했지만 연두는 움직이지 않았다.

"승인, 이제 끝났어요. 승인석으로."

통역사가 판사의 말을 통역하다 말고 연두에게 달려갔다. 연두는 통역사의 팔에 젖은 빨래처럼 스러졌다. 연두 어머니와 아버지의 입에서 신음이 흘러나왔다.

"왜 이렇게까지 잔인하게 밝혀야 하는 거야? 당연한 범죄를 가지고 희생자들을 더 힘들게 하면서까지?"

서유진이 누구에게랄 것도 없이 말했다.

최목사가 검사에게 손짓을 해 보였다. 검사가 일어섰다.

"재판장님, 어린 증인들이 무리하는 것 같습니다. 선처를 부탁드립니다."

판사가 통역사의 팔에 안긴 채 휘청거리는 푸른 얼굴의 연두를 물끄러미 바라보다가 대답했다.

"오늘은 여기까지 하겠습니다. 다음 재판은 금요일입니다. 검찰과 변호인 양측은 증인이 더 있으면 다시 신청하세요."

연두의 부모가 증언대로 달려나갔다. 연두는 증언대에서 내려와 아버지의 품에 안겼다. 서유진과 최목사 그리고 강인호가 연두에게 다가갔다. 연두는 아버지의 품에 안긴 채 조금 울고 있었다.

— 잘했어, 연두야. 너보다 더 잘할 수는 없어. 힘들었구나.

강인호가 말하자 연두가 비실 웃었다. 최목사가 나섰다.

"그런데 아버님, 연두가 음악을……"

연두 아버지가 딸을 안은 채 대답했다.

"이상한 일 아닙니다. 저희도 이 아이가 언제부터인가 가끔 어떤 음악에 반응하기에 의사에게 데려간 적이 있었지요. 혹시나 다시 들을 수 있는 게 아닌가 해서 말이지요. 그런데 그게, 청각장애인이라 해도 각 사람마다 주파수별로 반응이 다를 수 있다고 하더군요. 말하자면 저음만 들을 수 있는 사람이 있고 고음만 들을 수 있는 사람이 있고, 주파수별로 청력장애가 다 불균형하게 나타난다고요. 그런데 마침 그때 틀어놓은 음악이 우리 연두가 들을 수 있는 주파수의 음악이었던 모양입니다. 저 사람들, 청각장애인학교를 설립했다고 자랑하고 그토록 오랜 시간 봉사했다고 자랑하면서 아이들이 개인별로 이런 다른 청력장애를 가지고 있다는 사실조차 모르는 나쁜 사람들이네요. 아이들에게 얼마나 관심이 없었다는 이야기입니까?"

연두 아버지가 나직하게 말을 이었다.

"저는 지금 오히려 감사한 기분입니다. 그 음악이 연두가 들을 수 있는 음악이었다니, 하늘도 저들에게 벌을 주려고 작정한 것 같습니다."

89

그 주 토요일 아침 강인호가 밀린 빨래를 하고 있는데 초인종 소리가 들렸다. 문을 열어보니 서유진이 서 있었다.

"미안, 전화로 하면 네가 거절할까봐 직접 왔어. 생각해보니까 내가 강선생 여기 온 뒤로 갈대밭에도 한번 안 데려가고 매운탕도 한번 안 사줬어. 오늘은 진짜로 나랑 데이트하자고. 단 옛날이야기는 꺼내지 않을게."

그녀는 장난꾸러기처럼 웃었다. 강인호가 걷어올린 바지하며 젖은 손을 보여주며 인상을 찡그리는 순간 서유진이 심각한 어투로 다시 말했다.

"지금 자애학원에서 연락이 왔는데 윤자애하고 임시 행정실장이 유리하고 민수네 집에 갔다 왔대. 우리도 가봐야 할 것 같아. 막아야 해."

"무슨 소리야?"

"말한 대로야."

서유진은 고개를 끄덕였다.

"그러니까 나가자고. 혼자 갈까도 생각했는데 나 혼자보다 강선생이 담임이니까 훨씬 명분이 있을 거 같아서."

서유진은 말을 마치고 현관문을 열고 계단을 풀풀 내려갔다. 강인호가 조금 망설이다가 대충 옷을 갈아입고 재킷을 걸치고 내려가자 그녀가 시동을 걸었다.

"민수네 집은 지금 우리 간사들이 먼저 전화 통화를 시도하고 있어. 하필이면 오늘 파랑주의보가 내려서 배가 못 뜬대. 그 인간들은 거기에는 벌써 다녀온 모양이야. 이럴 때 보면 하늘이 있긴 있는지 모르겠어. 하늘은 말이야, 그러니까 착한 심청이가 죽어야 바다를 잔잔하게 하는 걸로 원래 유명한 모양이야. 생각해봐, 그럼 거긴 심청이 죽인 나쁜 놈들만 타고 있는데 바다가 잔잔해지는 거잖아, 그지같이! 건 그렇고 유리네 집은 여기서 자동차로 한시간 반이야."

"정말 보자 보자 하니 나쁜 놈들이네. 어떻게 그 아이들 부모

에게 돈을 가지고 합의서 써달라는 말을 하러 갈 수 있지? 전에
서선배가 그랬나? 정말 미친…… 광란의 도가니 같아. 이건 말
이 안돼."

"몰라? 이 아이들, 십삼세 미만의 아이에 대한 성폭행은 피해
당사자나 보호자가 고소를 취하하고 합의하면 기소 자체가 무
효가 돼. 가난하고 지적장애도 있는 부모들을 설득해야 한다니
까."

서유진이 차를 출발시켰다.

"아이들 성폭행에 무슨 합의가 있어?"

담배를 물던 강인호가 신경질적으로 내뱉었다.

"내 말이!"

"유리는 지적장애를 가지고 있어서 합의가 어떨지 모르겠는
데 민수는 합의를 해주면 혐의 자체가 없어져. 지금 저쪽의 움직
임으로 봐서는 유리조차도 저항할 능력이 있는― 청각장애는
저항할 수 없는 신체장애가 아니라나? 참 기가 막혀― 아이로
간주할 가능성이 있어. 그러면 절대로 합의해주지 않을 연두 부
모님만 남게 되고 저들의 죄는 연두의 성추행 하나, 그나마 교장
만 남고 행정실장과 박보현은 석방이야."

강인호는 다시 숨이 막혀오는 것 같아 창문을 내렸다. 시원한
바람 대신 안개의 습한 알갱이들이 창 안으로 자욱이 밀려들었다.

"나쁜 소식 하나 더. 연두 아버지가 어젯밤 갑자기 쓰러지셨
대."

강인호는 창문을 마저 다 내렸다. 무언가가 멀리서 아주 가까이로 바싹바싹 목을 조여오는 듯했다.

"우선 뭘 좀 요기를 하고 가자. 약속대로 매운탕 사줄게. 내가 잘 아는 집이 있는데 좀 걸어야 해. 괜찮겠어?"

서유진이 물었다.

"어제 공판 끝나고 또 술 많이 했어?"

서유진은 빙긋 웃었다. 두 사람은 방파제 입구에 주차하고 차에서 내렸다. 해가 떠오르고 그 따뜻한 빛이 안개를 조금씩 녹이는 듯했다. 백태가 허옇게 낀 듯한 태양의 눈동자가 영롱해지며 노릇해지고 있었고 안개의 잔해들이 여귀의 백발처럼 이리저리 길게 나부끼고 있었다.

"연두 어머니가 급해서 일단 여기 병원에 입원시킨 모양인데 급속도로 상태가 나빠지시나봐. 어젯밤 의사가 아주 나쁜 상황도 각오하라고 했대."

갈대들은 안개에 젖은 머리를 털어내며 따스한 햇살에 뽀송뽀송 말라가기 시작했다. 갈대 군락지는 멀리 방조제까지 뻗어 있었다. 젖빛의 바다 같았다. 두 사람은 그 사이로 난 길을 걸었다.

"내가 우리 아버지 얘기 한 적 있니? 나 아주 어릴 때, 박정희 정권 말긴가, 유신 때라고 들었어. 난 서울 근교의 작은 교회 사택에 살았어. 아카시아가 교회 주변에 지천으로 피어 있었지. 그런데 아마 아카시아 냄새가 자욱하던 어느 봄이었을 거야. 작은 교회 목사인 우리 아버지가 어느날 집에 돌아오지 않았어. 수배

자 학생들을 숨겨주고 평소 설교 시간에 시국을 비판하는 발언을 했다는 이유로 잡혀가신 거지. 돌아온 아버지는…… 어린 내 눈에도 걸레 조각처럼 갈기갈기 찢겨 있었어. 그렇게 석달을 앓다가 돌아가셨다. 우리는 그때부터 하루도 빠짐없이 가난과 싸웠어. 하지만 가끔 우리를 찾아오는 사람들은 모두 아버지를 기억했어. 참 착하고 좋은 분, 훌륭한 목사셨다고. 사춘기 무렵부터 아버지의 이야기를 들을 때마다 나는 생각했어. 왜 세상에서는 착한 사람이 맞고 고문당하고 벌받고 그리고 비참하게 죽어가나? 그럼 이 세상은 벌써 지옥이 아닐까? 대체 누가 이 질문에 대답해줄 것인가? 누군가 그러더라. 엄마였던가, 선생님이었던가, 아님 아버지와 친분이 있는 다른 목사님이셨던가…… 아니면 그 사람들이 모두 그랬던가, 열심히 공부하고 그래서 어른이 되면 모든 것을 알게 될 거라고. 그리고 나도 그 말을 믿었지. 그런데 얼마 전, 자애학원 사건을 접하면서 나는 깨닫게 된 거야. 어른이 되면 그 대답을 알게 되는 게 아니라, 어른이 되면 그 질문을 잊고 사는 것이라고 말이야. 이제 나는 정말 그 질문에 대답하고 싶어. 그렇지 않다면 내 아버지의 삶도 연두와 연두 아버지도 너도 나도, 우리의 삶은 정말 꾸드러빠진 떡 조각처럼 무의미해질 거야. 가난한 것도 두렵지 않고 고통도 그리 무섭지 않아. 내게 가해진 모든 평판들 소문들도 자기네들끼리 실컷 지껄이라지. 하지만 의미가 사라지는 것, 뭐랄까, 우리의 삶이 그냥 먹고 싸는 것, 돈을 모으고 옷을 사고 하는 그 너머의 무엇도 가지고 있다는 것을 말이야, 나는 확인하고 싶어. 그렇지 않다면 살아가는 걸 견딜 수 없을 거 같아, 강선생."

바다 쪽에서 다시 바람이 불어왔고 안개가 휘이휘이 걷히기 시작했다. 두 사람은 말없이 헐한 식당에 들어가 매운탕을 먹었다.

90

유리의 주소지 근처까지 갔을 때는 짧아진 가을 해가 많이 기울어 있었다. 차 유리창에 달아놓은 내비게이션은 비포장도로를 지나느라 차가 덜컹거리는 바람에 자꾸 떨어져내리곤 했다. 겨우 집을 찾았을 때 두 사람은 망연해졌다. 오른쪽으로 오도쯤 기울어 스러져가는 슬레이트 지붕은 비닐로 덮여 있었고 그 비닐은 돌과 조잡스러운 물건들로 고정해놓은 상태여서 조금만 바람이 불면 들썩거렸다. 조금 더 센 바람이 불면 그 비닐도 날아갈 듯 위태했다. 비쩍 마른 누런 개가 다리 사이로 마른 젖꼭지를 흔들며 마당을 가로질러 나왔다. 별로 사람을 본 일이 없는지 개는 그냥 두 사람 주위를 맴돌며 냄새를 맡더니 하품을 길게 하고 제자리에 가서 누웠다. 집은 텅 비어 있었다.

"계십니까?"

강인호가 허리를 굽히고 들어가야 하는 방문을 열었다. 기분 나쁜 냄새가 훅, 하고 끼쳐왔다. 누군가 오래도록 앓는 냄새 같았다. 실제로 이불을 쓴 채로 누군가 어둠속에 누워 있는 형체가 보였다. 그때 허리가 완전히 굽은 노파가 양푼에 애호박을 들고 마당으로 들어섰다. 노파는 강인호와 서유진이 자신들을 소개하자 잠시 어색한 표정을 지었는데, 그때 그는 사실 무언가 일이 잘못되고 있음을 직감했다. 선물로 사가지고 간 돼지고기와 과자를 내어놓고 두 사람은 유리네 집 툇마루에 걸터앉았다. 서유진이 입을 열었다.

"지난번에 저희 간사가 찾아와 고소장을 받아간 거 기억하실 거예요. 유리가 그런 일을 당해서 가슴이 많이 아프셨지요."

노파는 서유진의 말을 듣다 말고 치맛단을 들춰 담배를 찾아 물었다. 강인호가 얼른 담뱃불을 붙여주었다. 번데기처럼 주름진 손으로 담배를 물고 노파는 그것을 오래 뿜어냈다.

"담임선생으로서 정말 드릴 말이 없습니다. 하지만 유리는 좀 나아지고 있구요…… 어쨌든 이제야 찾아뵙게 되어서 정말 죄송합니다."

강인호의 말을 듣던 유리 할머니가 멍하니 허공을 바라보다가 입을 열었다.

"하나밖에 없는 아들이 저 모양인데, 며느리까지 또 귀머거리를 낳아놓고 도망을 쳐버렸어요. 그래도 아들이 몸이 성할 때는 읍내에서 같이 밥집을 해서 이리저리 먹고는 살았는데, 그도 저도 못하게 덜컥 병이 나서 누워버리자 이 산골로 들어왔지요. 살아온 날 어느 하루도 편한 날이 없었지만, 지난번 어떤 젊은이가 찾아와서 유리가 그리되었다고 고소장에 싸인을 해달라고 하던, 바로 그날만큼 살아 있다는 사실이 귀신처럼 무섭고 지긋지긋한 적은 없었다오."

담배를 빠는 노파의 입술이 그제야 떨리기 시작했다. 담뱃진 색깔의 눈두덩은 아래로 처져서 가뜩이나 작은 눈을 거의 다 덮고 있었는데 그곳으로 생선 비늘 같은 눈물이 어렸다.

"그 천하의 나쁜 놈들……"

노파는 치맛단으로 눈물을 닦았다.

"말씀드리기 좀 그렇지만 혹시 그 가해자 측에서 찾아오지 않았나요? 그 사람들 지금 재판을 받고 있는데 혹여 합의서라는 것에 싸인을 해주시면 사건은 없는 것이 되어버립니다. 잘 아시겠지만 그러면 유리는 자신을 그렇게 취급한 몹쓸 사람들과 또 함께 살 수밖에 없는 거구요."

노파는 뜻밖에도 약간 웃음을 지었다. 그리고 잠시 서유진을 바라보았다.

"그 사람들 찾아와서 하는 말이, 원한다면 우리 유리 대학 공부까지 시켜주고 또 유리 아버지 약값으로 큰돈을 내놓겠다고 합디다."

짐작한 바였다. 뜻밖에도 노파는 또 웃었다.

"그래 얼마나 주실 거유, 하고 내가 물었지. 그러니까 그거야 할머니가 원하시는 대로 드려야죠. 유리네 식구 몇년은 걱정 없이 살 수 있게 해드릴게요, 합디다. 글쎄 그 천하의 나쁜 놈들이 말이유."

순간 강인호의 등으로 서늘한 기운이 스쳐 지나갔다. 노파의
얼굴은, 그러니까 그 나쁜 놈들이 말했다는 액수를 이야기하는
노파의 얼굴은 결코 분노에 찬 것만은 아니었다. 그 얼굴은 평생
그녀가 한번도 가닿을 수 없는 별에 대한 이야기를 하는 것처럼
아련하기까지 했다.

"그럼요, 그 사람들 정말 못된 사람들이에요. 할머니 얼마나
더 속이 상하셨어요."

서유진이 맞장구를 쳤다. 강인호는 외딴집 앞에 펼쳐진 옥수
수밭으로 눈을 돌렸다. 이미 말라가는 키 큰 옥수숫대들이 유령
처럼 서 있었다. 혼이 다 빠져버린 패잔병들 같았다. 노파는 다
시 치맛단을 들어 코를 팽 하고 풀었다.

"세상에 태어나 손이 갈퀴가 되도록 일해도 밥 한숟갈 편히
떠보고 살기 힘들었어요. 아니, 오히려 빚만 늘어갔지. 망할 놈
의 병은 꼭 가난한 종자들에게만 와, 병원 놈들은 돈만 후려내고
고치지도 못합디다. 우리 유리…… 선생님들, 저는 배우지 못하
고 아는 것도 없지만 그 어린게 얼마나 아팠을지, 얼마나 서럽고
얼마나 무서웠을지 생각하면 내가 지금이라도 쫓아가서 그놈들
부자지를 잡아서 다 씻어버려도 속이 시원치가 않을 기에요. 그
래봤자 이 늙은이를 죽이기밖에 더 하겠느냐고요. 저도 압니다.
아무리 가난하고 못 배우고 아들로도 모자라서 손주까지 병신
을 낳았대도, 저도 그건 압니다."

강인호는 노파의 말을 들으며 슬레이트 지붕을 덮어놓은 비닐이 바람에 펄럭이는 소리를 들었다. 비닐이 날아가지 않게 눌러놓은 돌들과 조잡스러운 물건들이 덜컥거리는 소리도 들었다. 저주받은 가난의 깃발들처럼 그것은 희미하게 펄럭이는 소리를 내고 있었다. 민수네 집으로 가는 바다에는 파랑주의보가 내렸다고 했다. 이럴 때 보면 하늘이 있는 건지 알 수 없다고 서유진은 말했다. 어린 시절 어머니는 말했다. 하늘이 무섭지도 않은지, 하고. 그런데 이제 강인호는 생각했다. 그 무서운 하늘이 없을까봐 무섭다고.

"어떻게 내 손녀를 팔아 아비의 약값을 대겠습니까? 인간이라면 그럴 수 없지요. 그래서도 안되고요. 그렇지만 선생님, 그 사람들 말합디다. 이왕 엎어진 물, 이 기회에 애아버지 서울 병원에나 한번 보내보고 유리 대학 공부까지 시키는 것도 좋지 않겠느냐고. 선생님들, 그 자리에서 분명히 안된다고 했는데도 그 사람들 다녀간 뒤로 그 소리가…… 자꾸 들리더라 이 말입니다, 네? 선생님들, 우리 아들하고 손주는 못 듣는 그 소리가! 이 귀에 말입니다. 자꾸 들리더라구요, 네?"

돌아오는 길은 빨리 저물었다. 어둠은 독수리가 병아리를 덮치듯 산골을 덮쳤고 서유진의 작은 차는 그 길을 오래 비틀거리다가 큰길로 겨우 나설 수 있었다. 두 사람은 돌아올 때까지 아무 말도 하지 않았다.

91

다시 공판 날이 왔다.

그날 검찰 측의 증인은 전민수와 강인호였다. 오전 수업이 끝나고 그가 교무실로 내려가자 휴대폰이 반짝였다. 서유진이었다.

"오후 재판에 민수 데려올 필요 없어."

강인호는 눈앞으로 다시 한번 검은 장막이 훅, 하고 내려쳐지는 것을 느꼈다.

"가난하다고 그래도 되는 거니? 가난하다고 한 아이는 죽고 한 아이는 저토록 망가졌는데 가난하면, 그래! 제 아이한테 그런 짓 한 놈들한테 돈 받고 합의서를 써주는 거니? 가난하면 부모도 아니고 가난하면 다야? 강선생, 생각해봐. 그런 부모 밑에서 자랐으니 아이들 여태까지 그렇게 당하고도 그런가보다, 살았을 거야. 분해서, 분해서 죽을 거 같아……"

서유진은 울먹이고 있었다. 이상한 일이었다. 지금 민수는 박보현과의 건만 걸려 있는 상황이었다. 그런데 왜 학교 측에서 나섰을까. 역시 돈이 없어서 늘 공판 전에 복도에서 졸고 있는 국선변호인을 감수해야 하는 박보현이 돈을 마련해 민수 집으로 보냈다? 왜 하필 민수만……

"서선배, 진정해봐. 일단 말이야, 이상한데, 왜 민수를…… 그건 이강석 형제하고 아무 상관도 없잖아."

"우리도 그걸 의심하고 있어. 아마도 민수 동생 죽은 거에 구린 데가 있는 거 같아. 아니라면 서둘러 이강석 형제가 나설 리가 없잖아. 강선생, 그나저나 어떻게 하지? 유리 할머니마저 합의서 써주면 끝이야. 이럴 수가 있어?"

전화를 끊고 강인호는 잠시 창밖을 바라보았다. 가난. 그는 아직 그런 구체적인 가난을 겪어본 일이 없었다. 초등학교 교사이던 아버지는 성실하셨고 어머니는 검소하셨다. 가지고 싶은 건 무엇이든 다 가져본 일도 없지만 배를 곯아보지도 특별히 멸시를 당한 적도 없었다. 가난이 남루한 이유는 그것이 언제든 인간의 존엄을 몇장의 돈과 몇조각의 빵 덩어리로 치환할 수 있기 때문일까.

눈을 들어보니 민수가 오고 있었다. 그 아이는 자신이 증언대에 서는 줄 알고 강인호에게 내려온 것이다. 민수는 다가오다 말고 옆자리의 박선생을 보자 머뭇거렸다. 순간, 그는 옆자리의 박선생을 비롯한 사람들이 그동안 이 노루 같은 아이들에게 가했을 무자비한 폭력에 새삼 진저리를 쳤다. 그리고 그 진저리를 동반한 분노가 스스로를 곱씹는 치욕에서 그를 구해주었다. 그는 일단 민수를 데리고 식당 쪽으로 걸어갔다. 이 아이에게 말해야 했다. 네 부모가 합의서를 써주었단다. 어떤 민형사상의 책임도 묻지 않겠습니다,라고.

함께 나란히 걸어가는데 민수가 문득 강인호를 올려다보았다. 눈이 마주친다고 생각한 순간, 민수가 활짝 웃었다. 청각장애아들만이 가질 수 있는 고요하고 부드러운 미소였다. 그에게 보내는 신뢰의 미소였고 의탁의 미소였다. 순간 그는 눈시울이 걷잡을 수 없이 뜨거워졌다. 돌연한 감정이었다. 그는 이를 악물었다. 그러나 목구멍에서부터 뜨거운 것이 더 꾸역거리며 치받쳐오르고 있었다. 문득, 이런 아이들을 결코 배신할 수 없다는 생각이 들었다. 그리고 그는 한번 더 진저리를 쳤다. 배신하고 떠날 수 없다는 생각은 배신하고 떠날 수도 있다는 생각이 전제되어 있기 때문이었다. 강인호는 민수의 앙상한 어깨에 팔을 올렸다. 그리고 그 어깨를 한번 더 굳게 잡은 후, 수화로 말했다.

─미안하다, 민수야…… 부모님께서 박보현 선생을 용서하셨어.

믿을 수 없다는 듯 민수의 얼굴이 굳어졌다. 민수는 무슨 뜻인지 모르겠다는 듯이 눈을 깜빡였다.

─저희 부모님은 글을 읽지 못하세요. 그러니 그럴 리가……

강인호는 민수와 마주 섰다. 물론 민수의 부모는 청각장애와 지적장애를 지니고 있었다. 옆집에 사는 작은아버지가 그들을 돌봐준다고 들었다. 글을 읽지 못해도 합의는 할 수 있다는 것을 어떻게 설명해야 할까. 문자를 몰라도 돈과 그리고 도장이 있으면 모든 것이 끝나는 그 이상한 문서를 말이다.

─그 사람들이 찾아가서 빌었다고 하더라. 싹싹 빌었대, 용서해달라고. 민수 부모님 착하시잖아. 남들 미워하지 못하시는 분들이잖아.

강인호는 어렵게 말했다. 민수가 천천히 고개를 저었다.

──그 사람들 감옥에 있잖아요. 그리고 나와 내 동생에게 빌어야지요. 잘못했다고 해야지요. 아니잖아요. 이건 용서가 아니잖아요? 동생이 죽었는데 어떻게 용서를 해요!

민수의 두 눈이 날카로운 빛으로 이글거리기 시작했다. 강인호는 고개를 떨구었다. 용서, 그래 이런 건 용서가 아니었다. 결코 용서가 아니었다. 용서는 나약한 자들의 것은 아니니까. 용서란 마음이 부자인 사람이 하는 거니까. 용서란 죄악이나 부정이나 폭력이나 모욕에 눈감는 일은 결코 아니니까. 단죄를 해야 그것을 용서할 대상이 생겨나는 것이니까. 그러나 교사로서 그는 민수에게 그렇게 말할 수 없었다. 민수가 거칠게 수화를 시작했다.

──있을 수 없어요. 우리 영수를 죽인 게 그놈인데, 이번에 나가면 누가 묻든 말든 그 말을 하려고 했는데…… 목욕탕에서! 화장실에서! 보이기만 하면 때리고 나와 내 동생의 바지를 벗겼는데…… 우우!

민수는 괴성을 지르며 팔의 셔츠를 올리고 아직도 멍 자국이 남아 있는 자신의 팔뚝을 보여주었다. 강인호가 민수의 두 손을 꽉 붙들었다. 민수는 곧 바닷가로 달려가 절벽에 몸이라도 던질 듯 버둥거렸다. 야윈 두 뺨으로 눈물이 쉴 새 없이 흘러내렸다.

"우우우우!"

강인호는 버둥거리는 민수를 꽉 안았다. 미안하다, 그는 조그맣게 우물거리며 말했다. 미안하다, 민수야. 그건 절대로 네 부

모님 탓이 아니란다. 그건 절대 부모님 탓이 아니란다. 그의 귓
가로 유리 할머니의 음성이 웅웅거렸다.

"선생님, 그 사람들 말입디다. 이왕 엎어진 물, 이 기회에 애아
버지 서울 병원에나 한번 보내보고 유리 대학 공부까지 시키는
것도 좋지 않겠느냐고. 선생님들, 그 자리에서 분명히 안된다고
했는데도 그 사람들 다녀간 뒤로 그 소리가…… 자꾸 들리더라
이 말입니다, 네? 선생님들, 우리 아들하고 손주는 못 듣는 그 소
리가! 이 귀에 말입니다. 자꾸 들리더라구요, 네?"

민수는 그의 품에서 오래도록 흐느꼈다.

92

공판이 시작되었다. 벌써 10월이 중순을 넘어갔는데도 이상
기온으로 날씨는 몹시 더웠고 에어컨이 설치되어 있었지만 재
판정은 열기로 가득했다. 강인호가 증언대로 나가면서 보니까
얼핏 윤자애의 모습이 보였다. 윤자애는 그를 쏘아보며 앉아 있
었다. 대체 저 여자의 끝도 없는 적의의 근원이 무엇일까, 하는
생각을 하다가 강인호는 증인선서를 했다. 그가 목격한 사실을
확인하는 검찰의 심문이 끝나고 이어 황변호사가 일어섰다. 황
변호사는 여전히 무표정한 얼굴이었으나 자신감에 찬 걸음으로
그에게 다가왔다. 얇은 입술의 꼬리에 야릇한 미소를 지으며 황
변호사가 그 앞에 섰다.

"증인은 1997년 3월부터 전교조 교사였죠?"

강인호에게 이것은 기습이었다.

93

강인호는 머뭇거렸다. 전교조라니, 뜬금없는 소리였다. 그리고 그것이 이 사건과 어떤 관계가 있는지 전혀 짐작할 수 없었다.

"증인은 전교조가 비합법이던 1997년 3월부터 전교조에 가입해 활동했지요?"

황변호사가 그를 쏘아보며 물었다. 강인호는 순간 자신이 그의 칼날 앞에 배를 드러내고 누운 횟감용 생선처럼 느껴졌다. 섬뜩했다. 그는 머릿속이 하얗게 변하는 것을 느꼈다. 식은땀이 겨드랑이로 뚝뚝 떨어져내렸다.

"그런 기억 없습니다."

정신을 차리고 침착해야 한다고 다짐하면서 강인호가 대답했다. 그러자 황변호사가 들고 있던 서류 하나를 흔들었다.

"여기 당신이 1997년 전교조에 가입해서 교직을 그만두던 1999년 12월까지 활동을 한……"

그때 검사가 일어섰다.

"재판장님, 이의 있습니다. 변호인은 지금 이 사건과 아무 상관 없는 증인의 과거를 문제 삼고 있습니다."

황변호사가 싸늘한 눈빛으로 강인호를 한번 더 쏘아보다가 판사에게로 몸을 돌렸다.

"그렇지 않습니다. 증인은 자애학원에서 이 피고인들을 범죄자로 몬 주동자이며 가장 많은 것을 목격한 내부 인물입니다. 이 사람의 정직성은 목격자가 없는 이런 사건의 특성상 아주 중요하다고 생각합니다. 그런데 지금 증인은 여기 서류에 명백히 올라 있는 자신의 이름조차 부인하고 있습니다. 여기 당시 전교조 명부를 제출합니다."

변호사에게 명부를 넘겨받은 판사가 잠시 망설이다가 강인호에게 직접 물었다.

"인정합니다. 증인, 전교조가 당시 비합법이었다고 하나, 내 기억에 이제 와서 그것이 그리 문제될 것이 없는데 왜 굳이 부인하는지 이해할 수가 없군요. 여기 명부에 강인호 씨 이름이 있네요. 1997년 3월 가입 맞구요."

강인호의 안색이 창백해졌다. 방청석에서 술렁임이 일었다. 그는 기억을 되짚어보았다. 아무리 생각해도 전교조에 가입하거나 활동한 일이 없었다. 무엇보다 그는 그런 데에는 별 관심도 없었다. 그는 1997년 한해를 교사로 아이들을 가르치다가 그해 겨울, 학기가 다 끝나기 전에 바로 입대했다.

"죄송합니다. 기억이 안 납니다. 저는 그리고 부임한 지 얼마 되지 않아 곧 군대에 갔기 때문에······"

판사가 의심스러운 눈으로 그를 빤히 바라보았다. 황변호사의 얼굴에 약간의 미소가 어렸다.

"다음입니다. 증인은 또 그 무렵 서울 성동구 소재 미화여고에서 가르쳤던 제자 장명희 양을 성폭행하고 죽음에 이르게 한 적이 있지요?"

아까는 난데없이 따귀를 연거푸 맞는 듯했다면 이제는 해머로 뒤통수를 때리는 것 같았다. 판사가 점입가경이라는 듯 강인호를 바라보았다. 검사가 다시 일어서려는 순간 판사가 말했다.

"증인의 과거를 뒤지려는 것은 아니지만 사건의 성격상 도덕적으로 중요한 일이니까 변호인은 계속하세요."

방청석은 고요했다. 갑자기 이곳은 이강석 이강복 형제 그리고 박보현의 법정이 아니라 강인호의 과거 진상조사위원회로 변한 듯했다.

"성폭행하지 않았고, 자살한 것은 제대 후에 알았습니다."

"증인, 성폭행하지 않았다고 했는데, 좋습니다. 그러나 증인이 장 양과 관계를 가질 당시 그녀는 미성년자였습니다. 가르친적이 있는 제자였구요. 그게 자발적 성관계입니까? 그게 증인의 도덕입니까?"

법정은 고요했다. 강인호는 방청석보다 일 미터는 높은 증언대에 서서 그 고요를 느꼈다. 연두의 편지 속 한 구절처럼 물속인 듯 고요했다. 물속 깊이 잠긴 것처럼 고요……했다.

"미성년자인 줄 몰랐습니다. 이미 여고를 졸업했고, 또 서로나이 차이도 별로 나지 않았고, 사회 통념상 여고를 졸업하면 보통……"

강인호의 관자놀이에도 땀방울이 흐르고 있었다. 희미한 미소를 지으며 그를 바라보던 황변호사가 판사를 향해 돌아섰다.

"여기 장명희 양의 부모가 저희에게 제출한 장 양의 유서를 증거물로 제출합니다. 장명희 양의 부모는 자애학원 사건 관련 방송을 보다가 피고인들을 고발한 사람이 자신의 딸을 죽인 그 강인호라는 것을 알아내고 벌써 십여년 전에 자살한 딸의 유서를 저희에게 보내왔습니다. 그때도 그를 처벌하려고 했으나 딸의 죽음이 자살 사건이었고 워낙 증거가 없어서 처벌하지 못했다고 합니다. 존경하는 재판장님, 전교조에 삼년간이나 가입해놓고도 그런 적이 없다고 잡아떼는 이 사람이, 더구나 참교육을 한답시고 비합법 단체 활동을 하던 사람이, 여고 교사로 재직할 당시 자신의 제자를 성폭행해서 자살에 이르게 한 이 사람이! 과연 여기 선친부터 시작해서 이대에 걸쳐 온 집안이 혼신의 힘을 다해 장애인들을 위해 봉사해온 이 피고인들을 고발할 자격이 있을까요? 그리고 전교조에 가입해 활동했다는 명백한 사실조차 아니라고 하는 이 사람의 증언만 믿고 우리는 이 피고인들의 가정과 오십년 전통의 자애학원에 오욕을 덧칠해야 할까요? 이상입니다."

상인호는 묽박인 듯 그 자리에 서 있었다. 멍한 머릿속에서 조금씩 시간의 커튼이 나부끼고 얼핏얼핏 기억들이 드러나기 시작했다. 그제야 전교조 활동의 실체가 희미하게 다가왔다. 대학을 졸업했을 때 병무청의 행정 착오로 그는 거의 일년을 대기 상태로 지내야 했다. 입대 날짜가 많이 남아 있다는 것을 알고 과 선배가 자신이 재직하는 사립학교에 잠시 몸담아달라는 부탁을 했다. 당시 그로서는 엄청난 행운이었다. 어느날 그 선배가 전교조에 가입하라는 권유를 했다. 아까 판사의 말대로 당시 아직 전교조는 비합법이었지만 곧 합법화될 것은 명백했고, 그에게는 그 권유에 열렬히 동의할 이념도 없었지만 그것을 거절할 아무 반감도 없었다. 그래서 서류에 싸인을 해주었다.

그는 그때 스물네살, 아이들의 교육이 문제가 아니라 스스로의 마지막 사춘기도 다 벗어나지 못한 애송이 젊은이였다. 월급을 타면 친구들을 불러 양주를 마셨고 나이트클럽에서 만난 정체모를 여자와 원나잇스탠드를 하기도 했다. 간밤의 과음으로 술 냄새를 풍기면서 수업에 들어가면 다 큰 여고생 아이들이 코를 쥐며, "아휴, 선생님 술 냄새 나요!" 하며 젊은 총각 선생에게 적의를 가장한 관심과 애정을 보였다. 그녀들의 까르르 웃던 소리들…… 그 시절 그는 적금도 붓지 않았고 자기 소유의 자동차도 사지 않았다. 말하자면 비싼 아르바이트생 같은 기분이었다. 그리고 일년 뒤 군대를 갔다. 나중에 안 일이었지만, 혹시 제대 후 복직할 가능성을 염두에 두고 학교에서는 휴직 처리를 해주었다. 그것 역시 그에게는 행운이었다.

하지만 그는 제대 후 선배의 의류 수출 회사 일을 도왔고, 그 경험을 바탕으로 친구와 함께 작은 의류업을 시작했다. 그래서 완전히 교직을 그만둘 때까지 교사명부에 그의 이름이 삼년 정도 올라가 있던 것이 맞고 그 시간 동안 전교조 명부에도 동시에 올라 있었던 것이다. 한마디로 말해서 그것은 그와 아무 상관 없이 서류상의 활자로 존재했던 것이다.

"아! 이제 생각났습니다. 전교조는 그러니까……"

그가 소리쳤다. 판사가 힐끗 그를 바라보더니 앞에 놓인 서류를 이리저리 뒤적이며 사무적인 어투로 싸늘하게 말했다.

"증인, 그만 내려가주세요. 자, 다음 변호인 측 증인 나오세요."

윤자애가 자리에서 일어나 다가왔다. 강인호는 여전히 그 자리에 서 있었다. 윤자애의 비웃는 듯한 시선이 먼저 그의 두 눈에 작은 바늘처럼 꽂혔다. 그리고 이강석과 이강복, 박보현의 시선이 그의 광대뼈와 양 볼과 머리카락 사이사이와 목덜미와 손등에 꽂히기 시작했다. 그리고 방청석에서 수많은 바늘이 화살처럼 날아와 그의 온몸에 꽂혔다. 그는 피부에 심한 통증을 느꼈다. 방청석에 있는 자신의 자리가 어딘지도 알 수 없었다. 강인호는 비틀거리며 뒷문을 향해 걸었다. 문까지 도달하는 그 거리가 너무도 길었다. 땅바닥은 푹푹 꺼지는 듯했고 공기는 울렁거렸다. 진땀은 이제 와이셔츠를 다 적시고 얇은 양복 윗도리로, 내상(內傷)에서 배어나오는 피처럼 번지고 있었다.

94

법원 광장으로 내려섰을 때 그는 아까부터 계속해서 호주머니에서 전화기가 진동하고 있다는 것을 그제야 깨달았다. 아내였다.

"당신……"

아내는 말을 꺼내놓고 잠시 침묵했다. 무언가 좋지 않은 소식이라는 것을 직감한 강인호는 잠시 멈추어 서서 말했다.

"급한 일 아니면 내가 십분 뒤에 전화를……"

"급한 건 아닌데 중요한 일이야."

아내는 말을 끊었다. 좀처럼 없는 일이었다.

"당신……"

강인호는 전화기 저편에서 아내가 떨고 있다는 것을 느꼈다.

"당신, 장명희라는 여제자와……"

아내는 울음 때문에 말을 더 잇지 못하고 있었다.

"그 제자 성폭행으로 자살하게 만든 사람이었어?"

강인호는 눈앞이 뿌옇게 흐려졌다. 대체 어떻게 방금 법정에서 있었던 심문 내용을 아내가 알게 되었는지 그는 이해할 수 없었다.

"여보, 그게 무슨……"

전화기 너머에서 아내가 히스테릭하게 지르는 비명이 그의 말을 끊었다.

"지금 무진 영광제일교회 게시판에 글 올라왔다고 친구가 전화했어. 대체 당신 어디까지 더 망가질 거야?"

"여보, 내가 지금……"

"그래! 지금! 서유진은 또 누구야? 당신 집에서 수시로 새벽에 나오는 걸 봤다는 목격자가 있다는데. 같은 아파트에 산다면서? 그래서 무진 내려가자마자 집에 코빼기 한번 안 보인 거야? 어떻게 이럴 수가! 당신 정말 용서 못해. 나중에 새미는 어떻게 되는 거지? 어떡해! 이 일을 어떻게 하느냐고! 내가 그 일에서 손 떼라고 그렇게 애원했는데 결국, 당신 결국 이렇게!"

아내는 울음을 터뜨렸다. 그가 식도를 따라 목구멍으로 열이 확 치민다고 생각한 동시에 등골로 서늘한 기운이 내려갔다. 체온이 한 몸에서 갈피를 잃고 있었고 두 다리에서 힘이 쭉 빠져나갔다. 무진으로 가야 한다고 생각한 순간 떠올랐던 명희의 얼굴이, 그 귀기가 다시금 등 뒤에 어리는 것 같았다.

"이제 나랑 새미 부끄러워서 어떻게 낯을 들고 다녀!"

"여보, 새미 엄마야, 그게 아니라, 그게……"

아내는 잠시 흐느끼다가 차가운 목소리로 다시 말했다.

"나한테 변명 같은 거 하지 마. 관심없어. 문제는 이런 일이 인터넷에 한번 올려지면 그게 사실인지 아닌지는 아무 소용이 없다는 거야. 정말 황당한 이야기라면 고소하면 되겠지. 어쨌든 결론을 말해봐, 장명희, 그리고 서유진, 둘 다. 만일 아니라면 고소라도 해야 할 거 아니야?"

강인호는 천천히 자신의 차에 올라탔다. 그리고 차 문을 소리 내어 닫았다. 이상하게도 차 안의 고요가 그를 오히려 차분하게 만들어주었다.

"여보, 진정하고 내 말 들어. 장명희, 그래 나랑 그러니까 잠깐 사귄…… 제자 맞아. 자살한 것도 맞아. 하지만 나는 그걸…… 그리고 서유진은 같은 아파트는 맞지만 그건……"

아내의 비명 소리가 들렸고 이어 전화는 끊겨버렸다. 강인호는 넥타이를 풀며 창문을 조금 내렸다. 무진지방법원 건물에 쓰인 낯선 글자가 보였다. 그것은 '자유 평등 정의'였다.

95

윤자애는 매서운 눈초리로 증언대에 서 있었다. 황변호사가 윤자애를 부른 이유는 잘 알 수 없었지만 어쨌든 그녀는 자애학원 교직원 중에서 가장 적극적으로 교장을 옹호하는 쪽에 선 사람이었다. 그녀는 자애학원 설립자 이준범의 수양딸로서 자애라고 이름 지어졌고 확인할 수는 없지만 수양 오빠인 교장 이강석의 애인이라는 소문도 있었다. 연두에게 린치를 가한 윤자애의 상식 이하의 분노에는 어쩌면 그런 의미의 해괴한 질투심이 깃들어 있는지도 몰랐다.

"증인은 자애원 그러니까 기숙사의 생활지도교사로 근무하고 있지요?"

황변호사가 물었다.

"예, 그렇습니다."

윤자애는 또박거리는 말투로 대답했다.

"경력이 얼마나 됩니까?"

"팔년째입니다."

"그럼 결코 적은 시간이라고 할 수 없군요. 게다가 유감스러운 일이긴 하나 증인은 자애학원 및 자애원의 여러 교직원 중 농인이 아니면서 가장 수화를 능숙하게 하는 사람으로 알려져 있는데 사실입니까?"

"그렇습니다. 저는 자애학원의 설립자 배산 이준범 선생께서 어릴 때부터 수양딸 삼아 키워주셨기 때문에 자애학원 내에서 어린 시절을 보냈고 누구보다 청각장애인들과 오랜 시간을 보냈습니다."

"그러면 증인은 청각장애인들의 속성과 다른 장애인들에 비해 색다른 특징, 그리고 여기 피고인들에게 당했다고 주장하는 학생들을 오랫동안 지켜보아 잘 알고 있겠군요."

검사가 일어섰다.

"재판장님, 지금 변호인은 사건과 전혀 별개인 사실을 증인에게 심문하고 있습니다."

그러자 역시 황변호사가 나섰다.

"그렇지 않습니다. 여기 이 피고들을 고발한 아이들은 모두가 청각장애인으로서 이 시설에서 어린 시절을 보낸 아이들입니다. 우리가 거리에서 마주치는 그런 아이들이 아닙니다. 그들은 오랜 시간 격리되어 어쩌면 우리와 아주 다른 가치관을 가지고 있을지도 모릅니다. 그것이 이 사건에 있어 중요한 열쇠가 될 수도 있습니다. 왜냐하면 이 피고인들에게 죄가 있다고 말한 그들이 모두 이 시설의 아이들이기 때문입니다."

"일리있습니다. 변호인 심문 계속하세요."

"최목사님, 요새 저 판사가 좀 이상한 거 같지 않으세요? 변호인에게 지나치게 관대한 거 같아요."

서유진이 방청석에서 최목사에게 속삭였다. 최목사는 깊은 생각에 잠긴 모습이었다.

"전관예우…… 괜찮을까요?"

서유진이 다시 물었다. 최목사는 잠시 망설이다가 조용히 한숨을 내쉬었다. 강인호의 난데없는 과거를 들춰내는 것도 놀라운 일이었는데 요즘 들어 부쩍 피고인들에게 편애가 심해진 판사…… 두 사람 모두 불길함을 느꼈기에 그걸 서로 소리 내어 말하지 못했다. 윤자애의 말이 시작되었다.

"제가 보기에 청각장애인들은 장애인들 중에서 가장 다루기 힘든 사람들입니다. 우리가 흔히 말하듯 남의 말 못 듣는 사람들이지요. 그러니 자기 생각만이 옳다고 여길 뿐 아니라 어떤 사실을 잘못 알아차렸다 싶어도 전혀 수정할 생각을 하지 않습니다."

수화 통역사가 방청석을 향해 있다가 곤혹스러운 표정을 지었다. 아니나 다를까, 수화가 시작되자마자 여기저기서 야유가 들렸다. 정리가 일어섰고 판사가 방청석을 노려보았다.

"더군다나 결국 언어를 같이 쓰는 자신들의 민족, 즉 농인들 끼리 폐쇄적인 세계를 형성하고 있으므로 위계질서가 대단하지 요. 게다가 요즘 아이들은 몸만 성숙해버려서 서슴없이 육체적 관계를 갖고 있습니다. 제가 기숙사에서 가장 심하게 신경을 쓰 는 부분이 바로 그것인데 자기네들끼리 하는 것도 모자라 때로 남자아이들은 여선생인 제게 노골적인 표현으로 요구를 하기도 하고 여자아이들은 남선생을 노골적으로 유혹합니다. 말하자면 속옷 차림으로⋯⋯ 여기 교장선생님과 행정실장님은 물론 아무 에게나⋯⋯"

그때 방청석에서 야유 소리가 커졌고 드디어 구두 하나가 윤 자애를 향해 날아들었다. 자애학원의 졸업생 대표였다. 정리가 달려갔고 판사가 그를 노려보다가 말했다.

"법정소란죄로 입건합니다. 감치하세요."

신발을 던진 농인이 끌려나가면서 지르는 이상한 비명 소리 가 법정을 더욱 괴괴한 침묵 속으로 빠뜨렸다. 여자 농인 몇은 눈물을 닦고 있었다. 어차피 듣지도 말하지도 못하는 그들이었 다. 그러니 누군가가 자신들을 뭐훼하는 짓을 그렇게 속수무책 으로 바라보고만 있어야 했던 것이다. 서유진 곁에 있던 최목사 가 피곤한 듯 양손으로 눈을 비볐다.

96

서유진은 오래도록 그런 생각을 했다. 세상에서 가장 무서운 게 뭐지? 하고 누군가 물으면 그녀는 대답할 수 있을 것 같았다. 그건 거짓말이었다. 거짓말. 누군가 거짓말을 하면 세상이라는 호수에 검은 잉크가 떨어져내린 것처럼 그 주변이 물들어버린다. 그것이 다시 본래의 맑음을 찾을 때까지 그 거짓말의 만배쯤의 순결한 에너지가 필요한 것이다.

가진 자가 가진 것을 빼앗길까 두려워하는 에너지는, 가지지 못한 자가 그것을 빼앗고 싶어하는 에너지의 두배라고 한다. 가진 자는 가진 것의 쾌락과 가지지 못한 것의 공포를 둘 다 알고 있기 때문이다. 가진 자들이 가진 것을 빼앗기지 않으려는 거짓말의 합창은 그러니까 엄청난 양의 에너지를 포함하고 있어서 맑은 하늘에 천둥과 번개를 부를 정도의 힘을 충분히 가진 것이었다.

이 일련의 사태는 서유진에게 세상을 다르게 보는 법을 가르쳐주었다. 자신의 흠집을 가리기 위해 남에게 상처를 주는 부류의 인간들. 가진 것이 많을수록 그들이 남에게 가하는 폭력은 무차별적이고 잔인했다. 원칙, 도덕, 양심의 소리 같은 것은 이 무진에서는 이미 오래전에 쓰레기통에서 분리수거되어 변칙, 이득, 그렇고 그런 세상의 이치 등으로 재활용되고 있는 것 같았다.

그녀가 생각에 잠긴 동안 윤자애의 증언은 계속되었다.

"청각장애인들의 지능은 다른 장애인들에 비해 현저하게 떨어집니다. 우선 사고의 원천인 언어감각이 그들에게는 없습니다. 그들은 말하자면 중복장애인입니다. 시각장애인이 시각 하나에만 장애를 가지고 있다면 이들은 청각과 언어, 이렇게 두가지 장애를 가지고 있습니다."

수화 통역사의 얼굴은 이제 아이들이 성폭행 사실을 처음 말했을 때보다 더 일그러져 있었다. 수화를 보고 있던 농인들의 입에서 다시 고함 소리가 터져나왔다. 판사가 소리쳤다.

"정숙하세요. 소란을 피우는 사람은 누구든 바로 법정구속합니다."

그날 다섯명이 구속되었다.

97

그날밤 날이 어두워지기 시작할 무렵부터 바다 쪽에서 해무가 밀려왔다. 안개는 모든 사람과 사람 사이의 틈으로 파고들어 가까운 거리에 있어도 서로를 차단했다. 축축하고 음습한 기운이 거리를 덮었고 집집마다 창을 닫았다. 가게들은 서둘러 간판등을 켰지만 안개의 알갱이늘이 빛을 흐브러뜨렸고 사람들은 귀가를 서둘렀다. 안개가 더 짙어지기 전에 집으로 돌아가려는 운전자들은 예민해져서 클랙슨을 울려댔다. 무진 인권운동센터 사무실에 모여 앉은 사람들의 어깨 위로 형광등 빛이 깜박거렸다. 사무실 저쪽에서는 강인호를 비난하는 전화가 계속 울려대고 있었다. 여간사와 남간사가 전화를 받아 해명을 시도했지만 어차피 전화를 건 쪽에서는 해명을 듣는 것이 목적이 아닌 듯했다. 강인호의 얼굴은 녹슨 동빛처럼 검었다. 영광제일교회 게시판에 오른 글은 충격적이라는 말과 함께 무진의 여러 싸이트에 퍼날라지고 있었다. 누군가 조직적으로 이런 일을 벌이고 있다는 심증은 있었지만 어떻게 막을 방법이 없었다. 자애학원의 아이들이 이 글을 보는 것은 시간문제였다. 온 세상의 간판에 그의 과거 사진들이 내걸리고 온 세상의 방송이 뉴스 첫머리로 이 사실을 보도하고 있으며 세상 모든 컴퓨터에 그의 과거를 찍은 동영상이 돌아가는 듯한 환각이 들었다. 대체 왜 이런 일들이 벌어지고 있는지 그는 이해할 수 없었다. 이제 그가 할 수 있는 유일한 행동은 저 안개 덮인 바다로 걸어들어가 영원한 심연으로 가라앉는 일뿐인 듯했다.

서유진이 먼저 입을 열었다.

"대체 누가 우리를 감시하고 있었던 거지? 그래, 그날 강선생이 엉망으로 취해서 길거리에서 픽치기당하고 내가 새벽에 집까지 데려다주고 나온 날, 그래, 그게 바로 사건이 우리 센터에 접수되고 얼마 안된 때였어. 그럼 그때부터 은폐 시도가 시작되었다는 말인가?"

서유진이 강인호의 눈치를 힐끗 보면서 약간 호들갑스럽게 말했다. 자신과 관련된 건으로 일단 화제를 집중시켜야 그가 끔찍한 기억에서 조금이라도 벗어날 수 있으리라 생각한 듯했다. 아까부터 팔짱을 끼고 있던 최목사가 무겁게 입을 열었다.

"꼭 그렇지 않고 그냥 찔러보았을 수도 있어요. 아직 서간사가 젊고 강선생도 그렇고, 게다가 두 사람은 대학동문이기도 하니까. 그 사람들 남자하고 여자는 일단 그렇고 그런 것으로 보는 인간들이잖아요. 그 건은 허위사실 유포로 일단 신고를 해두는 것도 나쁘지 않을 것 같아요. 문제는…… 예전에……"

최목사는 자살한 장명희의 이야기를 꺼내려다 말고 거북하다는 듯이 입을 다물었다. 빳빳한 얼굴로 앉아 있던 강인호가 입을 열었다.

"전, 일단…… 학교를 그만두고 이곳을 떠나겠습니다. 그게 아이들과 여러분에게 누를 끼치지 않는 최선의 방법 같습니다."

최목사와 서유진의 눈이 동시에 마주쳤다. 잠시의 침묵이 흐른 뒤 최목사가 입을 열었다.

"강선생, 그런 마음 드는 거 당연합니다. 하지만 아까 이야기를 들어보니 과장된 누명이었잖아요. 두 사람은 일단 연인관계였고, 그때 불과 두 사람의 나이 차이가 다섯살밖에 나지 않았는데…… 마음이 그런 건 알지만 절대 여기서 도망쳐서는 안됩니다. 아이들에게도 사실을, 어떻게 말해야 할지 모르지만 설명하고, 그리고 맞서야 합니다."

"예, 저희도 일단 모든 인터넷에 반박하는 글을 올리겠어요. 너무 걱정 마세요."

남자 간사가 최목사를 거들었다. 강인호가 발끈 고개를 들었다.

"반박한다구요, 뭐라고 반박을 하지요? 그때 내가 스물다섯 살이었고 나름대로 방황하고 있었다고…… 나는 교직을 그만둔 상태였고 그 아이는 졸업을 한 상황이니까 얼마든지 연애가 가능했다고…… 그래서 미성년자인 줄 모르고 같이 잤다고…… 그리고 이 강인호는 그후 두어 여자와 더 연애를 하고 잠도 잤고 그리고 헤어졌는데 그 사람들은 아직 자살도 안하고 잘 살고 있다고? 그리고 강인호는 그 여자들이 아니라 지금의 아내와 결혼해서 새미라는 아이를 두고 살고 있다고? 서유진은 그저 대학 선후배로서 현재 그와는 그저 친구로 지내고 있으니 걱정 마시라, 이렇게 말입니까? 십여년간 장애인학교에서 교장 이하 교직원들이 가여운 아이들을 대상으로 지속적으로 행해온 성폭행을 고발하려면 자신의 모든 여자관계와 이력을 까발리고, 그리고 헤어진 여자들이 그후에도 강인호를 아름답게 기억하며 절대 죽거나 자살하지 않고 잘 살아야 하는데 그렇지 못해서 죄송합니다. 이렇게 말입니까?"

강인호의 눈은 붉게 충혈되어 있었다. 최목사가 그에게 무슨 말인가 하려다가 입을 다물었다.

"죄송합니다. 이렇게 된 이상 제가 어떻게 더 싸움을 해나갈 수 있겠습니까? 그동안 감사했습니다. 이제 저는 이 싸움에서 더는…… 죄송합니다."

그는 말을 다 잇지 못하고 사무실을 빠져나왔다. 거리에는 그 사이 밀도 높은 안개가 모든 길을 장막처럼 가리고 있었다. 강인호는 무진 인권운동센터 건물 입구에서 잠시 서 있었다. 자욱한 안개를 바라보고 있노라니 천천히 숨이 막혀오는 듯했다. 그는 숨을 쉴 수가 없는 듯한 환각에 사로잡혀 가슴을 움켜잡았다. 생이 여기서 마지막 장의 막을 내리기라도 하는 듯, 그의 영혼은 완벽하고 캄캄한 절망 속으로 빠져들었다.

98

잠시 후 누군가가 서유진에게 슬며시 쪽지를 전해주었다. 돌아보니 인권운동센터 여자 간사였다.

"하늘이 아프대요. 급히 무진대 부속병원 응급실로!"

강인호의 아픔을 생각하느라 또 앞으로의 일을 걱정하느라 골똘해 있던 그녀는 순간이었지만 쪽지의 내용을 잘 파악할 수가 없었다. 그래 하늘이가 있었다…… 아프다. 하늘이가 아프다!

그녀는 최목사에게 쪽지를 보여주고 자리에서 일어섰다. 요 몇달 동안 아프지 않고 잘 지내던 하늘이가 무진대 병원까지 갔다면 좋은 징조가 아니었다. 선천성 심장기형으로 태어난 아이는 현대의학으로는 어떻게 손을 쓸 수가 없었다. 이제까지의 그 아이의 하루하루가 사실은 기적이었다. 그녀는 인권운동센터 사무실을 나서며 전화기를 켰다. 그녀가 오늘 하루 법정과 사무실을 오가면서 꺼놓았던 전화기였다. 수없이 그녀를 부른 호출의 잔해들이 그제야 딩동거리며 들어서기 시작했다. 친정어머니의 목소리였다.

"괜찮다. 지금 응급실에서 검사 들어갔다. 열이 심하게 오르고 경기를 하기에…… 천천히 와라, 됐다. 그래도 에미가 있어야 중요한 결정을 한다고 선생님이 그러시더라."

공포와 당혹을 넘어 이제 모든 것을 체념한 듯 지친 늙은 어머니의 음성을 들으며 서유진은 주차장으로 달렸다. 일을 할 때는 아무리 어려워도 그렇지 않은데 아이가 아플 때는 이상하게 눈물이 자주 나왔다. 입술이 파랗게 질려 있을 하늘이의 얼굴이 눈앞에 아른거리자 그녀의 얼굴은 금세 일그러졌고 진물처럼 다시 눈물이 흘렀다.

서유진은 자신의 자동차 앞에 서서 안색이 하얗게 변했다. 안개에 젖은 차 유리창을 손바닥으로 쓱쓱 닦으며 들여다보니 열쇠가 안에 꽂혀 있었다. 그녀는 다시 거리를 향해 뛰어갔다. 급할 때면 늘 그렇듯이 택시는 오지 않았다. 더구나 안개 때문에 차들은 거북이 운행을 하고 있었고 경험상 무진에서 이런 날 택시를 잡는 일은 요원했다. 만일 그녀가 병원에 늦게 도착하는 바람에 하늘이에게 무슨 나쁜 일이라도 생긴다면…… 안개 때문에 거리는 인적이 끊겼고 그래서 그녀는 그렇게 길거리에서 맨손으로 눈물을 닦으며 서 있었다.

'도와주세요, 제발 도와주세요.'

교회에 나가지 않은 지 몇십년째였지만 그녀는 하늘이 생각만 하면 누구에겐가 그렇게 필사적으로 매달리고 싶었다.

그때 안개를 뚫고 뿌연 빛이 다가오더니 그녀 앞에 섰다. 은색의 낡은 SUV 자동차였다.

"태워드려?"

장경사가 창문을 내리며 물었다. 놀란 그녀를 바라보며 장경사가 턱짓을 한번 더 했다. 그가 왜 여기? 하는 생각이 들었으나 그녀는 서둘러 그의 차에 올라탔다.

99

"보기에는 차분한 양반이 왜 그렇게 덜렁거려요? 저번에 우리 경찰서에 왔을 때도 열쇠 두고 내렸죠? 가뜩이나 부피도 작고 중량도 작은 사람이 그렇게 덜렁거리기까지 하면서 이 무진의 실세들과 싸울 수나 있어요?"

장경사의 말에 서유진은 대답 없이 안전벨트를 매면서 "무진대 병원이요, 부탁해요."라고 말했다.

"새 정부 들어 경찰이 다시 미행 업무도 보나보죠?"

그녀가 비꼬며 다시 말했다. 장경사는 피식하고 웃었다.

"너무 그러지 마십쇼, 민중의 지팡이로서 사비를 들여 모처럼 봉사하는 기회인데요."

장경사는 베테랑 운전기사처럼 빠르고 능숙하게 차를 몰았다. 신호에 걸리면 회전을 하는 척하다가 다시 직진했다. 한번은 거의 빨간불이 들어온 것을 무시하고 직진하다가 좌회전하는 차와 부딪칠 뻔하기도 했다. 이 짙은 안개 속을 그렇게 빠른 속도로 달리는 차는 아마 무진 시내에서 이 차 하나뿐일 듯했다.

"무서워 마세요. 나 이십년 무사고예요. 이 무진에서 그 정도면 알아줘야죠. 사람들이 나보고 어떻게 그럴 수 있느냐고 묻기에 내가 대답했죠. 안개도 오래 겪다보면 앞이 보입니다. 이 세상은 늘 투명하고 맑아야 한다고 생각하는 인간들에게 안개는 장벽이겠지만, 원래 세상이 안개 꼈다고 생각하면 다른 날들이 횡재인 거죠. 그리고 가만히 보면 안개 안 낀 날이 더 많잖아요?"

서유진이 긴장한 듯 창문 위의 보조 손잡이를 꼭 잡고 있는 걸 곁눈으로 슬쩍 보며 장경사가 말했다. 그는 아슬아슬 신호를 위반하며 앞으로 나아갔다.

"이렇게 차를 몰아도 법규 위반하는 놈들은 잘 잡아내죠. 지킬 거 다 지켜가면서 지키지 않는 놈들 잡기는 불가능한 일이고……"

장경사는 내내 침묵하고 있는 그녀가 좀 불편한 듯 이번에는 겸연쩍게 덧붙였다.

"급해 보여서 그래요. 애가 아픈 것 같아서……"

뜻밖에도 순한 말투였다. 서유진은 그제야 장경사를 바라보며 물었다.

"……그걸 어떻게 알았죠?"

"무진 바닥에서 방귀깨나 뀌는 사람들에 대해선 이 장하문이 가 모르는 게 없죠."

"전 무진에서 그렇게 중요한 사람이 아닌데요."

서유진은 앞쪽에 시선을 둔 채 간단하게 대꾸했다. 장경사가 이리저리 핸들을 꺾으면서 그녀를 보았다.

"전부터 말해주고 싶은 게 있었어요. 적당히 하고 손을 떼라 구요. 지금 서간사가 무슨 일을 벌이는지 알아요? 당신이 지금 누구에게 싸움을 걸었는지 말예요. 듣자니까 아버님이 유신 치 하에서 그리 유명하던 서갑동 목사님이시라던데…… 나도 고등 학교 때 그분 존경한 적이 있어요. 너무 오래되어 기억도 나지 않지만 말이에요. 『밀알』인가 하는 잡지에서 그분이 다윗과 골 리앗의 싸움에 대해 쓰셨던 거 아직도 기억해요. 맞는지 잘 모르 겠지만, 계란으로 바위를 치면 결국 바위가 깨진다……던가? 뭐 그런 거. 어쨌든 그래서 다윗과 골리앗의 싸움에 대해 너무 이 상한 믿음을 가진 거 아니에요? 다윗과 골리앗의 싸움이 유명한 이유는 그게 천지창조 이래 한번 일어난 일이라서 그런 거라고 는 생각 안해요?"

서유진은 팔짱을 낀 채로 그의 말을 듣고 있었다. 갑자기 이 차를 얻어탄 것이 후회가 되었다. 안개, 사방은 자욱한 안개였다.

"이보세요, 나는 거짓말하는 사람들과 싸우고 있어요. 아이들 이 다쳤고, 그 아이들을 다치게 한 사람을 고발했고, 그게 다예요."

장경사가 그녀의 발끈하는 대꾸에 피식 웃었다.

"그렇다면 당신은 무진 시민 모두와 싸워야 할 거요. 사방에서 거짓말을 하며 서로서로를 눈감아주고 있어요. 시의원과 건설업자의 처남이, 운전면허시험장 직원과 병원장 사모님이, 룸살롱 마담과 경찰서장이, 밤무대 무명 가수와 외로운 사모님이, 유부녀와 목사가, 교수와 교재 출판업자가, 시교육청과 입시학원 원장이 서로를 봐준다며 눈을 감고 거짓말을 해대죠. 그들이 원하는 것은 정직도 정의도 아무것도 아니에요. 어쩌면 그들은 더 많은 재물은 가끔 포기할 수 있어요. 그들이 진정 원하는 것은 아무것도 바뀌지 않는 거예요. 한번만 눈감아주면 다들 행복한데, 한두명만 양보하면 ── 그들은 이걸 양보라고 부르죠 ── 세상이 다 조용한데, 그런데 당신은 지금 그들을 흔들고 있어요. 그들이 가장 싫어하는 변화를 하자고 덤빈단 말이지요."

"지금 제게 원하시는 게 뭐죠? 자꾸 이러시면 내리겠어요."

그녀가 쏘아보자 장경사가 말했다.

"제 말을 좀 들어봐요. 서간사는 법정에서 정의 같은 게 건져질 거라고 생각해요? 전관예우가 뭔지 알아요? 황변호사, 서울 강남에 사무실 한채와 집기 일체를 약속받고 왔어요. 그거 얼마나 거금인 줄 아시잖아요. 그 사람 무진의 수재였고, 바보가 아닌 담에야 저 인간들이 성폭행한 거, 농아들 유린한 거 모를 것 같아요? 천만에! 황변호사도 고민했을 거고, 그 나름의 사회정의를 위해 농아들 몇을 희생시키는 게 이 고장의 발전을 위해, 말하자면 대의를 위해 옳다고 판단했을 겁니다. 판사? 그 사람들 서로서로 대학동기, 선후배, 고시동기, 처삼촌, 고등학교 동창의 사돈, 사위의 은사예요. 이번 사건 맡은 검사? 무진에서 임기 육개월 남았어요. 이번 사건 물고 늘어지다가 행여 누군가의 심기라도 건드리면 이번에는 서울로 가서 부인과 아이들과 합칠 계획을 망치겠죠. 그 사람들 세상에 태어나 지금까지 점수, 점수, 점수, 경쟁, 경쟁, 경쟁 속에서 남을 떨어뜨리고 여기까지 왔어요. 일점 때문에 친구는 낭인이 되고 자신은 판검사가 되었단 말이죠. 그런데 그들이 정신능력이 떨어지는 장애아들 몇명 때문에 처삼촌과 대학동창 사돈과 사위의 은사와 장인의 후배와 얼굴을 붉혀가며 그 정의라는 거, 진실이라는 거 되찾아줄 것 같아요? 그 사람들에게 진정 학원 이사장과 장애아의 인권이 같을 줄 알아요?"

서유진은 어이가 없다는 듯이 장경사를 바라보았다. 장경사는 자기도 모르게 너무 많은 말을 했다는 것을 깨닫고 입을 다물었다. 그러고는 아마도 마음속으로 자책하는 듯 살짝 입술을 깨물었다.

"지금 저한테 그걸 충고……하시는 거예요?"

서유진이 묻자 장경사는 기어를 바꾸어 넣었다.

"그렇게 됐네요. 주제넘었다면 미안합니다. 이런 말 하면 뭐 하지만 오래전에 죽은 내 막내 여동생하고 같은 나이고, 서갑동

목사님 자제라는 걸 얼마 전에……"

뜻밖의 말이었다. 그녀는 잠깐이었지만, 이게 무슨 뜻일까 혼란스러웠다.

"당신이 하는 짓이 너무…… 뭐랄까요, 왜 쉬운 길 놔두고 그렇게 어렵게 사는지 답답하고 바보 같았어요. 그런 바보 같은 생각이나 바보짓은 말하자면, 예를 들어 처음 경찰이 되고 한 일년 반쯤만 하다 마는 거잖아요. 스물몇살이 되면 없어져야 하는 거잖아요. 결혼하고 애 생기고 여기저기 부모님 아프시기 시작하면 고만해야 하는 거잖아요. 근데 이혼하고 애 아프고 부모님도 성치 않은 당신이 그걸 하고 있으니까…… 어이가 없어요. 더구나 남자도 아니고 여자가!"

서유진은 대꾸하지 않았다. 장경사는 말을 이었다.

"난 솔직히 여자를 좋아하지만 그것도 이쁜 여자를 보면 사족을 못 쓰지만, 여자가 자기 좋아하는 남자 때문에 범죄에 가담하는 거 말고 다른 거 하는 건 별로 못 봤어요. 당신은 이쁘지도 않은데 무슨 배짱으로 저러고 사나 뭐 이런 생각도 해봤죠. 난 여자를 존경하는 일 같은 건 초등학교 일학년 때 우리 집이 가난하다고, 엄마가 학교에 촌지 안 가져온다고 아이들 앞에서 날 늘 망신 주고 때렸던 그 여선생을 시작으로 이제까지 한번도 없었어요. 그래서 궁금했어요. 잘 모르지만 정치할 생각은 없으신 거 같고…… 그렇다면 혹시 그런 순진한 방법으로 세상을 바꾸겠다고 그러는 건가……"

"저기요."

서유진은 빨간 신호등 앞에서 브레이크를 밟은 장경사를 보면서 말을 잘랐다. 그러고는 잠깐 눈을 내리깔았다가 안개 낀 거리를 바라보며 천천히 그러나 분명하게 말했다.

"세상 같은 거 바꾸고 싶은 마음, 아버지 돌아가시면서 다 접었어요. 난 그들이 나를 바꾸지 못하게 하려고 싸우는 거예요."

100

육지 깊숙이 들어선 바다 물결은 갈대밭 사이로 난 수로에서 뱃전에 부딪히며 찰싹거렸다. 바다가 있다는 징표는 그것뿐이었다. 달빛 아래 드러난 갈대밭은 광활했다. 그 갈대밭의 끝에는 이 지구상의 모든 사물 중에서 가장 거대한 사물, 바다가 있다고 누군가가 말한 것도 같다. 강인호는 제방에 앉아 있었다. 그의 곁에는 방금 다 마셔버린 빈 소주병이 두개 동그마니 놓여 있다. 벌써 저녁 바람은 차가워져서 갈대밭을 휘휘 저으며 다가온 바람이 그의 뒷덜미를 스칠 때 소름이 돋아났고 멍한 그의 감각들을 일깨우기 시작했다. 그는 부스럭거리며 담배를 꺼냈다. 마지막 담배였다. 이곳에 앉아 벌써 한갑을 다 피워버린 것이다.

가끔 그런 일이 있다. 해일이 바다 밑바닥을 뒤집어놓듯이, 존재 자체를 뒤집어내는 그런 일. 잊은 줄만 알았던 과거가 혼령처럼 불려나와 아무리 술을 마시고 취해 엎어져 있어도, 마음속에서 누군가가 집요한 질문을 던진다. 지나온 자리마다 붉은 상처가 선연하고 돌보지 않은 상처들은 이제 악취를 풍기고 있다.

어떻게 내일 학교에 가서 선생들과 아이들을 볼지 그는 알 수 없었다. 바람은 찬데 맨발로 뜨거운 아스팔트 위를 걷는 듯 발바닥부터 화끈거렸다. 옛 제자를 성폭행하고 죽게 만든 선생이라는 손가락질이 긴 낮과 긴 밤 내내 눈앞에서 아른거렸다. 영특한 연두와 그 부모, 그리고 민수의 얼굴을 어떻게 볼지 생각만 해도 끔찍했다. 적대적인 감정을 숨기지 않는 박선생의 눈초리는 이미 그 상상만으로도 그의 몸을 잘게 난도질하는 것만 같았다. 그냥 이 어둠과 칙칙함과 습기 속에 아주 작게 몸을 감추고 하염없이 웅크리고 싶었다.

이제 아파트로 돌아가 짐을 싸서 차에 싣고 훌훌 이곳을 떠날 일만 남은 듯했다. 그러나 떠나버리자, 마음먹는다 해도 갈 곳이 없었다. 집으로 돌아간다 해도 무진의 사건을 가지고 아내와 논쟁을 벌여야 할 것이었다. 어차피 거기 가서도 해명을 해야 한다면 여기 남아서 하는 편이 차라리 나을 것이었다. 그러나 변명은 구차했고 사실은 명확했다. 앞으로 나아갈 수도 뒤로 돌아갈 수도 없었다. 이 어둠에 젖어 있다가 저 바다로 가서 영원히 잠들어버리면 편안할지도 모른다는 속삭임이 아까부터 그의 귓가를 간질이고 있었다.

그날이 천천히 떠올랐다. 늦은 봄날, 아니 초여름날이었던가, 아무튼 갑자기 기온이 올라가 몹시 더운 날 그의 부대에 다시 갑호 비상령이 내려졌다. 당연히 외출 외박 전화 모두가 금지되었다. 재수생인 명희가 이 주말 부대 앞으로 와서 그를 기다리고 있을 것을 알았지만 그는 당시 자신을 괴롭히던 상사와의 불화 때문에 거의 날마다 살인자가 되지 않기 위해 자신을 억제하는 데 온 힘을 쓰고 있었다. 뙤약볕을 행군하며 저 새끼를 죽여, 말아, 죽여, 말아…… 그렇게 자신과 싸우던 그 여름날, 얼마 후에 도착한 명희의 편지는 암울했다. 부모님이 대학에 떨어진 그녀에게 날마다 노골적인 경멸을 보내고 있다고. 명문대에 다니는 오빠와 언니 또한 그녀를 그렇게 바라본다고. 그리고 지난번 부모님과 부딪쳤을 때 그녀는 폭탄선언을 했다고 했다. 대학을 포기하고 시집을 가버리겠다고 말이다. 어이없어하는 부모님한테 강인호 선생님이라는 이름을 댔다고 했다. 그러니 다음 휴가 때 제발 자신의 부모님을 만나달라고 말이다. 그녀의 부모님만큼 그 자신도 어이가 없었다. 스물다섯살의 대한민국 육군 보병인 그는 미래를 전혀 예상할 수 없었고, 더구나 그 미래 속에 명희까지 넣어 생각하는 것은 너무 힘겨운 일이었다. 그래서 그다음 주 명희가 찾아왔을 때 병을 핑계로 면회를 거설했다. 명희는 그 다음 주에도 왔다. 그는 역시 나가지 않았다. 편지는 잦아졌다. 슬프고 힘들다는 재수생의 편지였다. 그는 답장하지 않았다. 나중에는 아예 편지를 건성으로 읽고는 잘게 찢어 화장실 쓰레기

통에 버리기도 했다. 그러던 어느날 그는 아마도 마지막이 될 편지를 받았다. 또 대학을 떨어졌다는 이야기였는데 말투는 의외로 담담했다. 그래서 그 담담함을 핑계로 그는 이제 그녀를 잊어도 괜찮겠다고 생각했고 죄책감을 덜었다. 가끔은 그녀가 행복해지기를 빌기도 했다. 그랬다. 그런데 그가 제대한 뒤, 학교에 같이 근무하던 선생이 소식을 전해주었다. 그녀가 그 겨울의 초입에 스스로 목숨을 끊었다고 말이다.

밤바람이 그의 목덜미를 후려치고 지나갔다. 빈 담뱃갑을 쥔 채로 그는 어둠을 바라보았다. 그러자 어둠속에서 하나의 형상이 떠올라왔다. 이제 생각하니 그녀는 지금 자신의 제자들만큼 앳된 얼굴을 하고 있었다. 아마 그 무렵 그의 얼굴도 그렇게 앳되었을지 모르지만 말이다. 단발머리의 그녀 얼굴이 천천히 그에게로 다가와 풍선만 한 크기로 그 어둠속에 떠 있었다. 그는 그 영상을 바라보았다. 오래도록 바라보았다. 그리고 그녀의 이름을 발음하기 위해 두 입술을 맞부딪치는 순간 온몸이 쥐어짜이는 듯한 고통이 그를 엄습했다. 그날 이후 오래도록 그의 늑골 아래 깊숙이 하나의 죄책감이 커다란 종양처럼 자라고 있었다는 것을 그는 그제야 깨달았다. 오래도록 그의 내장의 틈에서 자라온, 곰팡이 빛깔의 종양, 그 종양의 이름은 장명희였다. 그는 단전 아래로부터 올라와 그의 늑골을 세게 치고 이제 목구멍으로 빠져나오려는 불덩이 같은 그 이름을 고통스레 발음했다.

"미, 미안하다. 미안하다, 정말 미안하다 명희야……"

101

서유진은 강인호의 아파트 입구 계단에 앉아 있었다. 베이지색 바바리코트 위로 늘어진 흰 스카프가 항복의 깃발처럼 바람에 팔랑거렸다. 그녀는 그가 걸어오는 것을 보고 자리에서 일어났다.

"……괜찮니?"

그는 음, 하고 짧게 대답하며 자신의 아파트 입구로 그냥 들어가려는 듯 몸을 돌렸다.

"강선생, 인호야, 이야기 좀 하자."

"나 지금 피곤해. 나중에……"

그는 아파트 계단에 올라섰다. 그러자 그녀가 뒤를 따라오는 것이 느껴졌다. 그는 돌아보지 않은 채로 그 자리에 멈추어 서서 말했다.

"이제 사진까지 찍혀서 인터넷에 오르려고 그래?"

그녀는 대꾸하지 않았다. 갑자기 그는 누구에겐지 모를 분노가 치밀었다.

"그래서 마누라한테 이혼까지 당하게 하려고 그래?"

생각보다 크게 튀어나온 소리는 회칠이 군데군데 벗겨진 서민 아파트 벽에 부딪혀 크게 울렸다.

서유진은 아무 말이 없었다. 그는 그제야 뒤를 돌아보았다. 그녀는 두어 계단 아래서 그를 올려다보고 있었다. 어이가 없다는 표정이었고 나무라는 듯도 했으며 동시에 슬픈 표정이기도 했다. 그는 소리를 지른 것이 미안해져서 하는 수 없다는 듯 몸을 돌려 다시 아파트 광장으로 내려섰다. 광장 역시 안개의 입김에서 벗어나지 못해 사방은 축축하고 서늘했다. 두 사람은 아파트 안 벤치에 앉았다. 안개의 위력에 빛을 차단당한 뿌연 가로등이 겨우, 나도 빛인데, 하는 얼굴로 희미하게 서 있었다.

　"우리 아버지 초등학교 선생이었어. 지금 생각해보니까 박정희 군사정권 밑에서 나랑 우리 누나 대학까지 보내려면 아버지가 얼마나 많이 불의를 눈감아야 했고 얼마나 많이 자존심을 휴지통에 구겨 버려야 했을까, 그런 생각 들더라. 그런데 이 강인호는 교직에 뜻도 없고 그저 떨어지는 먹이나 주워볼까 이 무진에 왔다가 난데없고 팔자에 없이 투사가 되려고 하는 거야. 서선배, 나 우리 아버지가 그렇게 나름대로 비겁했기에 별 탈 없이 대학 마쳤고 별 탈 없이 살아왔어. 서선배, 그 청렴하고 올바르시기로 유명하던 서목사님 돌아가시고 가난 때문에 힘겨웠다고 했지? 난 모르겠어. 나 하나라면 싸울 수도 있겠지, 그러나 우리 새미…… 내 알량한 정의 지키자고 우리 새미 불쌍하고 불행하게 만들 용기가 내겐 없어. 그 아이는 오늘 인터넷에 오른 이야기를 어디선가 들을 거고, 난 그 아이의 아빠로서 서선배 아버지처럼 그렇게……"

"아까 너 가고 하늘이가 아프다고 갑자기 연락이 와서 무진대병원 응급실 갔었어."

서유진이 말을 돌렸다. 담담한 말투였다. 새 담배를 물던 그의 짜증스러운 표정이 순간 굳었다.

"그애 한번 병원 가면 기본이 석달 입원인데 다행히 그냥 감기래. 주사 맞고 약 먹고 열이 내렸어. 우리 어머니가 자라 보고 놀란 가슴 솥뚜껑 보고 놀란 거지 뭐. 하늘이 링거 맞는데 의사한테 부탁해서 어머니도 링거를 놔드렸어. 방금 전에 어머니도 하늘이도 잠드는 거 보고 너랑 같이 저녁이라도 사 먹으려고 나왔는데 네 집 불 꺼져 있길래 여기서 기다린 거야."

"그나마 다행이네. 정말 미안해. 난 지금 도저히 저녁은……"

그의 대꾸에 그녀는 피식, 하고 웃었다.

"그러게. 나도 그렇긴 해."

그녀는 잠시 허공을 바라보았다.

"……인호야, 유리 할머니도 합의서를 내셨대."

강인호는 자신도 모르게 들고 있던 담배를 떨어뜨릴 뻔했다. 서유진은 아무 말 없이 그저 밤안개의 흰 머리카락들이 귀신의 그것처럼 허공에 이리저리 흩어져 풀어지는 것을 바라보고 있었다. 그의 눈앞으로 유리의 시골집이 지나갔다. 비닐로 덮인 지붕, 방 안에서 누군가 오래 앓고 있던 냄새, 유리 할머니의 갈퀴 같은 손……

"그런데 유리 할머니를 원망할 수가 없었어."

강인호는 손바닥으로 얼굴을 쓸어내렸다.

"검사가 그러더라. 다행인지 불행인지 유리가 지적장애아라서 그 합의서로는 기소 자체가 무효화되는 것은 아니라고, 그러나 판결에 영향을 줄 것은 각오하라고 하더라구."

서유진이 천천히 덧붙였다.

"검사한테 어떻게 아이들이 이렇게 오랜 시간 동안, 이렇게 지독하게 당했는데 그깟 합의서 하나 때문에 범죄자들을 봐줘야 하느냐고 따지려다가…… 말았어. 검사는 잘못이 없어. 그렇지, 검사가 합의서를 쓰라고 한 것도 아니고, 합의서 있으면 처벌하지 않는다는 법을 그 사람이 만든 것도 아니지. 그는 자신의 직분에 충실할 뿐이니까."

그녀는 스스로 생각해도 어이가 없다는 듯이 조금 웃었다.

"웃기지 않니? 이 모든 것이 어떻게 된 일일까? 대체 누가 이 사태를, 이 어이없음을 책임져야 할까? 장경사는 아주 조금 수사를 늦추었을 뿐이야. 수사를 하지 않은 것도 아니고 늦게 그리고 약간 소극적으로 했을 뿐이지. 황변호사는 평생 단 한번 있는 전관예우의 기회를, 그의 수많은 동기와 선배들이 그러하듯 그렇게 딱 한번 사용하고 있을 뿐이고. 그 사람 훌륭한 판사였다고 하더라. 청렴했기에 그만큼 모아놓은 돈이 없었고 앞으로 변호사 활동 하려면 서울 강남의 법원 앞 빌딩에 사무실을 열어야 했고, 그 비용은 청렴한 판사 출신이 감당하기에는 너무 크고. 그로서는 부귀도 마다하고 이십년을 국가에 봉사해왔으니 이제

이 정도의 보너스는 받을 자격이 있다는 생각을 했겠지. 아니, 물질적인 이유 말고도 그에게는 오십여년간 무진의 복지를 책임진 이강석 형제를 보호하고 싶은 동기가 있었을지도 몰라. 그게 자신의 고향, 무진을 위해 할 수 있는 훌륭한 일이라고 나름대로 판단했을지도 말이야. 장애아들 몇 때문에 이 오랜 자애학원의 봉사활동을 무위로 돌리고 그 무진의 상류층과 무진의 명예를 더럽힐 수 없다고 말이야. 산부인과 의사 또한 그래. 약간의 여유가 있었을 뿐인지도 몰라. 정신이 또렷하지 않은 소녀의 처녀막이 파열된 상처를 가지고 자신의 동창의 남편이자 무진골프장에서 자주 마주치는 사람을, 한 다리만 건너면 그 집 숟가락이 몇개인지 다 아는 그들의 아내와 아이들을 오욕의 구덩이 속으로 밀어넣을 수는 없다고 생각했을 거야. 제 눈으로 강간의 현장을 확인한 바도 없고 피를 철철 흘리는 아이를 데리고 급박하게 병원을 방문한 것도 아니잖아. 박선생과 윤자애는 실제로 교장과 행정실장을 좋아하고 있고 그들이 고매한 인격을 지녔는데 누명을 썼다고 판단하고 있을지도 몰라. 그래, 그렇다고 쳐봤지. 그러니까 웃기데. 검사는 부모가 합의서를 써주면 자동으로 기소 자체가 취소되는 이런 법률을 만든 사람이 아니고, 판사는 그런 검사가 고발하지 않는 사건을 어떻게 다룰 수도 없어. 그런데 강선생은 잘못을 했어. 제자를 성폭행했고—아니 소위 실체적 진실이 어떻든 말이야—그애가 자살하게 만들었고 그리고 나와 밤늦게 자주 같은 집에 있었어. 둘이 무슨 불륜을 저지를 충분한 개연성이 있어. 이건 엄청난 잘못이야. 그리하여 강인호가 실은 나쁜 놈이라는 게 밝혀진 것, 이게 이번 사건을 통해 밝혀진 유일한 진실이야."

마지막 말을 하면서 서유진은 잠시 웃었다. 그는 웃지 않았다.

"그런데 말이야, 점점 더 나도 이해할 수 없는 건, 이데올로기도 아니고 철학의 문제도 아니고 그냥 지저분한 성폭력 문제에 왜 이렇게 많은 똑똑한 사람들이 달려들어 목숨을 걸고 있느냐는 거야."

강인호가 대답했다.

"나도 그걸 잘못 판단했어. 아주 당연하고 상식적인 일이라고 생각했어. 아주 간단한…… 그것이 이런 어처구니없는 싸움이 될 줄은 몰랐어."

서유진이 희미하게 미소를 지었다.

"그래서 말인데…… 나는 이 싸움을 해야겠어. 그들과 맞서기 위해서가 아니라 연두 유리 그리고 민수 때문이야. 바다하고 하늘이 그리고 새미 때문이야. 아까 무진대 병원에 갔을 때 본 이제 막 세상에 나와 고요히 잠들어 있던 그 갓난아기들 때문에 말이야. 강선생, 우리 아버지…… 흠, 오늘 왜 이렇게 우리 아버지가 여기저기서 팔리지? 분명히 말하는데 나, 우리 아버지 때문에 불쌍하고 불행한 적 없었어. 가난으로 말하자면, 타락한 세상에 어떻게든 잘 보이고 싶어하는 사람도 해고당하고 사업 망하고 빚보증 서서 망해. 아니면 처음부터 쭉 가난하기도 하고. 아버지가 정권에 아부하면서 목회를 하셨대도 우리가 가난하지 않았을 거라는 보장은 없어. 아버지를 일찍 여의는 것으로 말하자면 동서고금 너무나 많은 아이들의 운명이야. 아버지들이 고문으로도 죽지만 병으로도 죽고 사고로도 죽고 자살도 하니까. 우리 아버지의 삶과 죽음은 인류의 반 이상이 겪는 그 어쩔 수 없는 가난과 편모라는 핸디캡 속에서 오히려 내가 왜 귀하고 자랑스러운 사람인지, 그 이유가 되어주셨어. 아버지 때문에 나는 그냥 남루하고 그냥 불쌍한 편모슬하가 아니었다구. 내가 불쌍하고 불행한 적이 있다면 그건, 나도 가끔은 뻔히 아니라는 걸 알면서 그것과 타협하고 싶어질 때야."

강인호의 등줄기로 연한 소름이 지나갔다. 그녀가 스스로 얼마나 많이 이런 질문을 하고 얼마나 많이 혼자서 갈등했는지, 그리하여 이런 결론에 이를 때까지 얼마나 긴 제방을 혼자 걸었는지 그는 느낄 수 있었다.

"강선생, 힘들겠지만 가보자! 끝까지 가보자구! 법정이 안되면 거리도 있고 언론도 있어! 그렇다고 저 아이들을 다시 개들에게 던져줄 수는 없잖아. 장경사가 그러더라. 판사 검사 변호사에게 과연 이사장 가족의 인권과 귀머거리 애들의 인권이 같을 거라고 생각하느냐고? 절대 이길 수 없다고. 그래? 좋아. 판사 검사에게 변호사에게는 아니라도 우리에게는 이사장의 인권과 귀머거리 아이의 인권은 같아. 단 일 밀리, 단 일 그램의 차별도 안돼. 난 그걸 위해 싸울 거야."

서유진이 말을 마치며 손을 내밀었다. 응? 하며 묻는 듯한 표정이었다. 강인호는 그런 그녀를 물끄러미 바라보다가 마지못해 손을 내밀었다. 그리고 두 사람은 굳은 악수를 했다. 악수를 하면서도 자신없는 얼굴인 그를 보며 그녀가 방긋 웃었다.

"나 말이야, 네가 전에 학교 다닐 때 내가 늘 옳아서 부담스러웠다는 말 생각하면서 가끔 배 잡고 웃었다."

그제야 두 사람은 마주 보며 다시 웃었다.

102

당연한 일이겠지만 밤새 꿈은 어지러웠다. 거의 잠을 이루지 못했는데도 토막토막 희미한 악몽들이 그의 머리를 밟고 지나갔다. 세면대에서 면도를 하다 말고 거울을 보니 밤사이 뺨은 더 홀쭉해지고 피부는 거칠어서 몇년은 더 늙어 보였다. 다시, 더 이대로 여기를 도망치고 싶다는 생각이 들었다. 학교에 도착해 교사를 향해 걸어들어갈 때 동료 교사들과 아이들이 던질 시선들이 독화살처럼 이미 그의 세포들을 조금씩 마비시키는 것 같았다.

그때 전화벨이 울렸다. 뜻밖에도 연두 어머니였다. 유리가 몹시 아파 무진대 병원으로 가봐야 할 것 같다는 말이었다. 자신은 차가 없어서 강인호 선생이 공무로 유리를 병원에 데리고 가도 좋다는 허락을 교무부장에게 이미 받았다는 것이었다. 연두 어머니는 여전히 같은 억양이었다. 그녀는 어제 공판 소식을 들었을까. 그랬을 것이다. 그러나 그녀는 거기에 대해서는 어떤 의례적인 인사도 꺼내지 않았다. 다만 "선생님이 계시니 그래도 마음이 든든합니다." 하고 온유한 목소리로 말했을 뿐이다. 강인호는 순간 그것이 아마도 서유진과 최목사 그리고 학내에서 서명에 동참한 선생들이 그에게 베푸는 배려라는 것을 알았다.

연두 어머니를 태운 강인호의 차가 자애원 앞에 다다랐을 때 유리가 절뚝이며 걸어나왔다. 다리를 다친 줄 알았는데 원인은 외음부였다. 지난 공판의 증언 이후에 유리는 그 충격으로 계속 아팠고 몸의 상태가 저하되면서 가장 약한 부위의 상처가 덧나서 가려워지기 시작한 것이다. 참지 못한 유리가 그것을 긁어서 상처는 아이 주먹만 한 농을 달고 심하게 덧나 있었다. 자애학원 양호실에서 며칠째 싸구려 연고만 발라놓은 것도 상처를 키운 원인 중의 하나였다. 무진대 병원 응급실에서 옷을 벗기고 본 유리의 외음부는 퉁퉁 부어오르고 화농이 짙어 외관으로 보기에도 끔찍했다. 크지는 않지만 수술을 요하는 상처였다. 일단 입원시켜야 했다.

간단한 수술이 끝나고 나서 유리는 병실로 옮겨졌다. 아프다며 울더니 신통제를 맞고 나자 그제야 하품을 해댔다. 며칠을 자지 못한 유리의 눈은 퀭했다. 동생 영수도 박보현에게 폭력을 당하고 나면 아파서 잘 걷지 못했다고 하던 민수의 말이 떠올랐다.

─많이 아팠지? 이제 괜찮을 거야.

강인호가 이불을 덮어주자 유리가 아직도 눈물이 고인 눈으로 부끄러운 듯 샐쭉 웃었다. 그러고 보니 그 갸름한 눈매가 할머니를 닮은 것도 같았다. 그는 얼른 시선을 피했다. 서유진도 그런 말을 했었다. 유리가 지적장애인인 것이 차라리 다행인지 모른다고 말이다. 합의가 무언지 알지 못하는 유리는 먼 곳을 보고 있는 그의 옷소매를 톡톡 쳤다. 그가 바라보자 유리가 말했다.

—선생님, 아프지 마세요.

그가 영문을 몰라 하자 유리가 다시 말했다.

—연두랑 아이들이랑 어제 밤새 선생님 걱정했어요. 선생님이 많이 아프실지도 모른다면서 우리가 이럴 때일수록 말도 잘 듣고 공부도 더 열심히 해야 한다구요. 선생님, 아프지 마세요. 그리고 오늘 선생님을 뵈면 꼭 이 말을 전하라고 했어요.

유리는 그렇게 말하고 나서 수어가 아니라 일반인들이 하는 것처럼 머리 위로 커다란 하트를 그려 보였다. 그는 자기도 모르게 다가가 유리를 안았다. 며칠 공판에 시달리고 상처에 잠 못 이룬 유리는 나비처럼 가벼웠다. 유리의 몸뚱이가 제 몸에 닿을 때 그의 마음 한구석이 저릿해왔다. 그때 그는, 자신도 이 아이들을 많이 사랑하게 되었다는 것을 알았다.

103

알면서도 매번 스스로 속는 것이 인생일까. 언제나 공포는 상상할 때 더 크다는 것을 말이다. 강인호가 그다음 날 출근했을 때 생각보다 주변에서는 별 반응이 없었다. 옆자리의 박선생과 윤자애는 여전히 그에게 적대적인 시선을 보냈지만 그건 이번 일이 있기 전부터 그랬으니까.

"강선생, 고생 많았어. 다른 건 걱정 말아. 우리 아이들이 어젯밤 내내 댓글을 달아 악플러들을 물리쳤어."

함께 서명했던 선생들이 그에게 다가와 격려를 보냈다. 그리고 메일을 열자 마치 작은 우편함에 담긴 편지들처럼 밤새 아이들이 쓴 메일들이 와르르 떠올랐다.

104

무진지방법원 앞은 다시 사람들로 북적였다. 여러대의 방송 카메라와 기자들, 시민단체들과 영광제일교회 신도들로 광장은 장터처럼 북적거렸다. 날씨는 더할 나위 없이 화창했다. 한국의 가을이라고 누군가 말하면, 아, 하고 떠올릴 짙푸른 하늘과 약간 쌀쌀한 바람, 바다 쪽에서 밀려드는 산소를 한껏 머금은 신선한 공기. 고속도로 양쪽으로 펼쳐진 들판에서 벼가 누렇게 익어가고 살대는 갈대들끼리 땅속 깊이에서 뿌리들을 서로 얽으며 육지로 들어오려는 바다를 멀리서 차단하고 있었다.

판사는 이 사건이 언론의 주목을 받고 있다는 사실을 충분히 의식한 듯 평소보다 더 근엄해 보이려 애쓰고 있었고 그래서 더 경직되어 보였다. 판사가 판결문을 꺼내들자 법정은 고요해졌다.

"피고인들은 청각장애인 교육기관의 교사로서 어린 학생들을 성폭행한 점을 미루어볼 때 죄질이 매우 나쁘다. 더구나 장애아동들을 올바르게 지도하고 보호해야 할 사회적 지위에 있음에도 불구하고 피해자들을 성욕의 대상으로 삼아 강제로 추행 혹은 성폭행한 것은 엄벌에 처해야 할 것이다. 그러나 이들이 학생들에게 상처를 준 점은 인정하지만 그동안 지역사회에 기여한 바가 크고, 또 전과가 없는 점, 또한 이들 중 성폭행을 당한 학생의 보호자들이 그동안 피고인들이 자신의 아이들을 잘 돌봐준 것을 감안하여 처벌을 원치 않는다는 탄원서를 낸 것을 참작하고, 또 피고인들 중 자애학원 설립자의 아들들이 아버지의 노환이 위중하니 임종을 지킬 수 있게 해달라는 인간으로서의 도리를 탄원하였으므로 이를 감안해 다음과 같이 선고한다. 다만 박보현 피고인은 생활지도교사로서 아이들을 여러번 폭행한 점, 지속적으로 성폭행한 점을 인정한다. 그러므로 본 법정은 다음과 같이 선고한다. 피고인 이강석 징역 이년 육개월에 집행유예 삼년, 피고인 이강복 징역 팔개월에 집행유예 이년, 피고인 박보현 징역 육개월!"

판사의 선고가 끝나고 수화 통역사가 마지막 숫자와 함께 집행유예라는 것을 알리자 여기저기서 괴성이 뿜어져나왔다.

"전과가 없다니! 십여년간 수십명을 성폭행했는데 집행유예라니!"

경찰이 제지했지만 소란은 쉽게 가라앉지 않았다. 고함과 할 렐루야 소리가 뒤엉켜 법정은 거의 통제 불능 상태였다. 이강석 이강복 형제는 황변호사를 붙들고 활짝 웃으며 악수를 하고 있 었다. 혼자서 실형을 살기 위해 다시 구치소로 가야 하는 박보현 이 넋 나간 듯 허공을 바라보는 것을 강인호는 보았다. 그의 쥐 같은 눈에 엷은 물기가 어려 있었다. 죄를 지어 벌을 받는 사람 은 그 하나뿐이었다. 국선변호인은 아직 잠이 다 깨지 않은 듯한 얼굴로 그런 그의 곁에서 무표정하게 가방을 챙기고 있었다. 연 두 어머니의 울음소리를 들으며 강인호는 법정을 나왔다. 무진 영광제일교회 신도들이 찬송가를 부르고 있었다. 하늘은 날을 벼려놓은 것처럼 푸르렀다.

105

강인호가 해고, 정확히 말하면 기간제 교사 계약해지 통고를 받은 것은 바로 다음 날 출근 전이었다. 이유는 학교법인의 명예 실추 행위 및 개인적 품행 불량이었다. 강인호와 함께 학생들 편 에 섰던 교사 네넹도 해고되었고, 나머지 소극적 동조 교사들은 감봉 처분되었다. 그날 이후 자애학원의 교문은 굳게 닫혔고 학 부모들의 시위가 교장과 행정실장의 출근길마다 벌어졌다. 교 문에는 청원경찰이 배치되었다. 해고당한 선생들은 날마다 교문 앞에 서 있었다. 학생들은 창틀에 매달려 그런 자신들의 선생을 멀리서 바라보았다.

며칠 후, 그날 자애학교의 점심 메뉴는 미역국과 달걀말이었다. 그런데 주방보조가 급식창고로 갔을 때 아침에 사온 달걀 열판이 모두 사라진 것을 발견했다. 그가 이 사실을 주방장에게 보고하는 순간, 교장실이 있는 일층 복도가 쿵쾅거리는 발소리로 가득 찼다. 이교시를 마친 쉬는 시간, 학생들 삼십여명이 교장실 문을 박차고 들어갔다. 마침 교장실에는 윤자애도 앉아 있었다.

"뭐야 니들!"

윤자애가 소리쳤다.

―더러운 인간을 우리의 교장으로 받아들일 수 없다.

―교문 밖에 있는 선생님들을 들여보내라.

―우리를 거짓말쟁이로 몬 교장과 행정실장은 사과하라.

이강석은 싸늘한 눈빛으로 전화기를 들고 수위를 호출했다.

"야, 난데, 니들 뭐 하냐? 여기 애새끼들이 내 방으로 몰려왔잖아! 선생들을 부르든지 교문에 서 있는 경찰 오라구 해! 내가 이런 것들까지 상대해야 해? 나 없는 동안 군기가 이렇게 빠졌어?"

그러자 남학생 하나가 소파를 거칠게 밀어붙여 문 쪽에 바리케이드를 쳤다. 그때까지는 여유가 있던 교장의 얼굴이 일순 해쓱해졌다.

"자애야, 애, 애들 어서 나가라고 해!"

교장의 말투에는 어느덧 겁이 배어 있었다. 윤자애가 그들에게 수화로 교장의 말을 전했다. 아이들은 그대로 교장을 노려보며 서 있었다. 그새 직원들과 경찰이 왔는지 밖에서 문 두드리는 소리가 났다. 아이들은 교장과 윤자애에게 한걸음씩 한걸음씩 가까이 다가갔다. 아이들의 눈에는 증오와 분노가 이글거렸다.

─어린 유리를 유린한 데가 바로 이 탁자입니까?

한 남학생이 수화로 윤자애에게 물었다. 이강석이 윤자애를 바라보자, 윤자애가 머뭇거리다가 통역했다.

─우리에게 본 대로 이야기하면 가만두지 않겠다고 했지요?

그날, 연두가 교장이 유리를 성폭행하던 날, 창밖에서 함께 그 광경을 목격한 남학생 중 하나였다.

─그만해!

윤자애가 그들에게 말했다. 순간 남학생 하나가 윤자애 쪽으로 몸을 돌렸다.

─당신이 우리 여자 친구들을 시켜서 연두를 세탁실로 데려오게 했지? 그리고 거기서 연두에게 고문을 했고?

─농인들이 원래 문란하다고?

남학생의 수화는 격렬했다. 그는 윤자애 쪽으로 몸을 기울였다. 윤자애는 잠시 머뭇거리다가 날쌔게 뛰어가 소파를 밀치고 교장실의 손잡이를 돌리려고 했다. 그것이 팽팽한 침묵의 선을 끊었다. 도망치려는 윤자애의 몸짓에 자극받은 남학생들은 그것을 공격의 신호탄으로 삼아 들고 있던 달걀과 밀가루를 윤자애에게 던졌다. 교장 이강석을 응징하려고 모였으나 그 순간 책상 밑으로 피신한 교장을 잠시 잊어버린 아이들은 엉뚱하게도 윤자애를 달걀 범벅으로 만들어버리고 말았다.

<h1 style="text-align:center">106</h1>

삼십명의 아이들이 폭행죄로 고소되었다. 그날 달걀 범벅이 된 윤자애의 사진이 무진일보에 실린 뒤, 아이들과 자애학원 대책위 측에 동조적이던 여론은 급속도로 냉각되기 시작했다.

'자애학원 사태 어디까지…… 이번엔 사태와 무관한 젊은 여교사 학생들에게 폭행당해' '시민들, 어떻게 선생을! 한탄'

긴 머리가 풀어헤쳐지고 달걀과 밀가루를 뒤집어쓴 여선생의 사진은 선정적이고 충격적이었다. 그날 결국 경찰이 강제로 문고리를 부수고 문을 열었을 때 비명을 지르며 샤워실로 뛰어갔던 윤자애는 샤워를 한 후 무진경찰서로 가서 태연히 조서를 썼으나 어찌된 일인지 그다음 날 무진대 병원에 입원했고 전치 사주의 진단을 받았다. 보수언론들은 '연약한 처녀의 몸으로 자신보다 몸집이 큰 남학생들에게 폭력을 당한 그녀는 여기저기 타박상을 입고 눈이 찢어졌으며 대인공포증에 시달리고 있어 상당한 후유증이 예상된다.'고 보도했다. 신문들은 이어 '학생들은 사건이 벌어진 후 반성문을 제출했지만 학교 측은 이들의 배후가 밝혀질 때까지 끝까지 조사할 것이며 흐트러진 자애학원의 기강을 바로세우려는 교육적인 견지에서라도 선처를 부탁할 생각은 전혀 없다는 뜻을 밝혔다.'고 보도했다.

자애학원 사태는 이제 걷잡을 수 없는 국면으로 치달았다. 학부모들이 아이들을 기숙사에서 데려간 뒤 등교를 거부하게 한 것이다. 여유가 있는 부모들은 딸이나 아들을 다른 도시로 전학시켰다. 해고당한 선생 네명과 학부모 학생들은 무진시교육청 앞에 천막을 치고 농성을 시작했다.

'공립 장애인학교 설립하라'
'부당하게 해고된 교사를 복직시켜라'
'성폭행 교사 복직된 학교에 돌아갈 수 없다'

교육청은 여전히 이들과의 대화를 거부하고 있었다. 그래도 학생들은 아침이면 천막으로 모여들었다. 집이 먼 아이들은 임시로 최요한 목사가 마련한 교회 한쪽에서 숙식을 해결하고 있었다.

천막 교실에 칠판이 걸리고 수업이 시작되었다. 첫 시간은 성교육, 두번째 시간은 민주주의…… 바람은 차가워져갔지만 천막 안은 아기자기한 열기로 가득 차 있었다. 아이들은 자애원에

있을 때보다 많이 웃었고 라면 한그릇도 서로 나누어 먹었다. 강
인호는 아이들에게 엘뤼아르와 프레베르 혹은 백석의 시를 가
르쳤다.

107

밤부터 기온이 크게 내려가고 산간지방에 올 들어 첫얼음이
얼겠다는 일기예보가 발표되던 날 오후, 아내가 강인호를 찾아
왔다. 그날 이후 두어달 동안, 인감증명을 떼어야 하는데 도장을
어디에 두었느냐고 묻는다든가, 올겨울 아버님 칠순잔치는 여
행 보내드리는 것으로 대신하기로 했다든가 하는 아주 건조한
용건 외에는 그와 어떤 접속도 피하던 아내였다.

강인호는 긴 여행의 피곤에 지쳐 잠든 새미를 업고 아파트 계
단을 올라갔다. 새미는 그새 무거워져 있었다. 머뭇거리던 아내
가 그의 뒤를 천천히 따라왔다.

아파트로 들어와 마주 앉았을 때 아내가 낮은 목소리로 말
했다.

"오랜만이야, 당신…… 집에는 자주 안 들어온 모양이네. 집
이 서늘해."

아내의 말은 사실이었다. 천막에서 숙식을 모두 해결하지는
않지만 누군가는 밤에도 천막에 남아 있어야 했다. 그리고 그것
은 대개 혼자 사는 강인호의 차지가 되곤 했다.

"미안해, 당신에겐……"

그는 담배에 불을 붙이려다가 잠든 새미를 보고는 그것을 도로 안주머니에 꽂으며 말했다.

"정말이야?"

아내가 다시 물었다. 그는 아내의 질문의 의미를 생각하며 잠시 후 입을 열었다.

"당신에게는 그렇지. 새미에게도…… 괜한 소문 때문에 당신 힘들었잖아."

아내는 잠시 입을 다물었다. 두 사람은 오래전 이혼한 부부처럼 할 말이 없었다.

"먼 친척 오빠가 있어. 육촌쯤 되나. 아무튼 우리 엄마 친척이라서 어릴 때부터 친하게 지냈지. 그 오빠 군대 마치고 바로 미국으로 갔는데 거기서 크게 성공했나봐. 이번에 십년 만에 한국에 왔다기에 만났어. 중국에 가방공장을 내는데 한국법인 명의가 필요한가봐."

아내는 그를 다시 바라보았다. 그러고는 오래 생각한 사람 특유의 조용하고 힘 있는 목소리로 말했다.

"말하자면 한국 사람 경영자가 필요한 거야. 중국에 대해서도 경험이 있는…… 오빠가 당신 만나봤으면 해. 사흘 후 미국으로 가기 전에 결정을 해야 한대. 시간이 없어서 내가 내려왔어."

강인호는 대답 없이 눈을 내리깔았다.

108

아내와 나란히 누웠을 때 휴대폰의 진동이 울렸다. 그는 누운 채로 전화기를 들었다. 서유진의 이름이 반짝거리고 있었다. 그는 아내가 그 이름을 보았고 긴장하고 있음을 느꼈다. 그는 수신 거부 버튼을 눌렀다. 아내 쪽으로 돌아누우려는데 다시 진동이 울렸다. 또 서유진이었다. 그는 약간 짜증이 났으나 혹시나 싶어 망설이는데 아내의 손길이 그의 전화기 위를 덮었다. 아내의 눈은 애절했다. 무언가를 시험하는 눈빛이었고 만일 이 청이 받아들여지지 않으면 둘의 사이가 더욱 어려워질 것을 경고하는 듯했다. 그는 전화기를 내려놓았다. 그리고 다시 한번 진동이 울자 전원을 꺼버렸다. 긴장하던 아내의 어깨가 그제야 풀어지는 것이 느껴졌다.

그는 옆으로 돌아누워 아내의 가슴에 가만히 손을 얹었다. 뜻밖에도 아내는 그의 손길을 거부하지 않았다. 익숙한 아내의 몸은 따뜻했다. 그는 아내의 몸으로 올라가면서 젊은 자신의 몸뚱이가 얼마나 오랫동안 아내를 그리워했는지 깨달았고 아내 역시 그런 것 같았다. 두 사람은 별말 없이 땀을 닦으며 이불 속에서 손을 맞잡았다.

"내일 서울 가자. 당신 해고되었다는 소식 듣고 기다렸단 말이야. 어쩌면 그렇게 안 돌아올 수가 있어?"

한번의 정사로 이내 예전의 자리로 돌아온 듯한 아내가 졸린 목소리로 덧붙였다. 그는 대답하지 않았다. 서유진과 연두와 유리, 민수의 얼굴이 어둠속에서 불빛처럼 선명하게 떠올랐다. 그리고 먼 등대 불빛처럼 깜빡거렸다.

"응? 약속해. 우리 새미를 걸고 약속해. 여보, 인호씨."

아내는 콧소리를 내며 벗은 팔로 그의 목을 감았다. 아내의 팔에 적당히 붙은 보드라운 살이 그의 까칠한 얼굴 위로 지나갈 때 베이비파우더의 노곤한 향기 같은 것이 났다.

"그래, 우선 자고 내일, 응? 내일 다시 이야기하자."

"싫어, 지금 약속해. 나 그럼 안 잘 테야."

아내는 연애 시절 그랬던 것처럼 어리광을 부리고 있었다. 모든 것이 무진을 떠나오기 전으로 돌아간 듯했다. 아내가 그의 목에 두른 팔을 풀더니 불현듯 웃었다.

"난 당신이 운동권이 될 줄은 꿈에도 몰랐어. 당신 그런 사람들 싫어했잖아. 자식들한테 무책임한 거라고."

"……피곤할 텐데 먼저 자. 나 담배 피우고 올게."

그는 아내의 이마에 가볍게 입을 맞춘 다음, 전화기를 들고 베란다로 나갔다.

"이제 담배도 끊어. 내가 금연침 잘 놓는 한의원 알아놨어."

베란다 문을 닫자 높은 톤의 아내 목소리가 사라졌다. 그는 담배를 물었다. 그러고는 자신도 모르게 서유진의 아파트를 올려다보았다. 그녀의 집은 어두웠다. 그녀는 어디 있을까? 그는 길게 담배연기를 내뿜으며 휴대폰을 켰다. 휴대폰은 진저리를 치며 진동들을 쏟아냈다. 서유진과 최요한 목사와 동료 교사들의 이름이 전화기가 진저리를 칠 때마다 떠올랐고 문자메시지도 들어오고 있었다.

내일 새벽 천막을 기습 철거 한다고 합니다. 모두 모여주세요. 우리의 천막을 지킵시다. 도와주세요.

그는 서유진에게 전화를 걸었다. 늘 걱정하듯 말하죠. 헛된 꿈은 독이라고. 세상은 끝이 정해진 책처럼 이미 돌이킬 수 없는 현실이라고. 그래요 난, 난 꿈이 있어요 그 꿈을 믿어요…… 전화기에서 흘러나오는 음악을 듣고 있자니 그 밤이 떠올랐다. 창녀와 광녀와 젊은 소매치기……

"응 강선생, 오랜만에 집사람하고 있는데 방해해서 미안해. 근데 내일 무진 민주화운동 이십팔주년 기념식 한다고 새벽에 천막을 철거한다나봐. 것두 경찰이 아니라 철거 전문 용역업체가 온대. 알지? 그 인간들 얼마나 잔인한지. 집으로 갔던 사람들 다시 다 오고 있어. 선생님들이 말렸는데도 아이들까지 나와서 여길 지키겠대. 그런데 지금 남자들이 너무 부족해. 강선생 좀 와줘야겠어. 솔직히 나도 이런 일은 처음이라……"

서유진의 목소리는 천막이 바람에 펄럭이는 소리와 함께 들려왔다. 그녀는 이를 딱딱 부딪치며 떨고 있었다. 강인호는 베란다 안쪽에서 자고 있는 새미와 아내의 얼굴을 바라보았다. 따뜻한 저쪽과 추운 이쪽, 밝은 저쪽과 어두운 이쪽이 선연하게 나뉘어 있었다.

"지금 바로는 안되고, 새벽 전에 갈게. 근데 왜 그렇게 떨어. 무서워하지 마. 선배는…… 용감하잖아."

"그래? 그랬어? 이상하다, 난 늘 무서웠는걸."

서유진이 밝은 목소리로 덧붙였다.

"근데 솔직히 오늘밤 너무 춥다. 어쨌든 와, 꼭 와!"

"갈게. 조금 늦어도 꼭 갈게. 기다려."

그러자 그녀가 조금 웃었다.

"맞다. 조금 늦어도 한번도 안 빠지고 오는 거 그게 강인호지!"

109

사랑하는 당신,

연애 시절에 내가 중국 출장 갔을 때 빼놓고 편지는 처음 써보는 것 같아. 어떻게 이야기를 시작해야 할까. 이 무진을, 안개를, 그리고 이 무진의 안개 속에서 발견한 어떤 희망 혹은 또다른 나를.

이곳에 내려올 때 나는 거대한 대도시의 자본이 소화시키시 못하고 토해내버린 한마리의 패배한 짐승 같았어. 잔뜩 주눅이 든 눈으로 먹이를 찾아 두리번거리고 있었지. 그런데 내가 가르쳐야 할 아이들에게 그런 일이 일어났을 때, 나는 내안에서 무언가가 깨어나는 것을 느꼈어. 그건 뭐랄까, 정의(正

義) 혹은 신성(神性) 혹은 좀더 존귀한 것에 대한 갈망…… 세상에 태어나 처음으로 돈도 아니고 쾌락도 아니며 심지어 고통스럽기까지 한 어떤 것을 향해 노력하는 나 자신을 발견한 거야. 그 과정에서 뜻밖에도 나는 내가 인간이라는 것, 그것도 아주 존엄한 인간이라는 것을 온몸으로 깨닫는 어떤 기쁨을 맛보았어. 그리고 그것은 내가 평생 느껴보지 못한 감정이었지만 낯설고 고귀하기만 한 게 아니라 그냥 인간인 내 속에 원래 그런 것들이 있었다는 것을, 이웃을 위해, 더불어 함께하기 위해 싸울 때 내가 스스로를 가장 사랑하게 된다는 것을 안 거야. 그리하여 한 존엄한 인간으로서, 자신을 방어할 수 없는 다른 존엄한 생명들을 짓밟는 자들과 싸우고 싶어졌던 거야. 이것은 내 인생에서 결코 하찮은 일이 아니었어. 그러니까 나는 다른 누구를 위해서보다 나 자신을 위해 꼭 이 일을 마치고 싶어. 아이들이 다시는 그런 일을 당하지 않는 조건에서 공부하고 있는 것을 본다면 이 고생도 아름다운 추억으로 남을 거 같아.

새미 엄마, 내가 가려는 이 길이 우리 가족에게도 결국은 옳은 길임을 진작 말해주지 못한 것이 안타까워. 내가 새미를 위해 이 일을 하려고 한다면 당신은 믿을까. 중국 공장 일은 고마워. 육촌 오빠에게는 미안하다는 말 꼭 전해줘.

그러나 지금 내가 여기를 떠나면 나는 아직도 그저 제자를 성폭행한 인간이고, 월급 몇푼 벌려고 무진까지 흘러왔다가

기껏 부당해고나 당하고 다른 먹이를 찾아 어슬렁거리는 또 하나의 패배한 짐승이 될 뿐이야. 자본이 소화시키지 못하고 자본에 패배한 것도 모자라 이제는 야만에마저 패배당한 그런 인간이 될지도 모르지. 당신이 이해할지 모르지만 이대로 돌아간다면 설사 수십억의 돈을 번다 해도 나는 영영 불행할 것 같아.

사랑하는 당신, 오늘밤 아이들이 수업을 받는 천막을 철거하러 온대. 아이들이 거기 있어. 짓밟히고 상처받았으나 이제 겨우 회복되고 있는 아이들이. 그 아이들도 내게는 결국 모두 새미와 같아. 그리고 동료들이 있지. 아닌 것을 아니라고 말하다가 고난받는 내 동료들이. 그들은 내게 결국 모두 당신과 같아.

당신이 깨어나면 나는 아마도 여기 없을 거야. 새미를 데리고 서울로 가서 조금만 기다려줘. 그리 길진 않을 거야. 약속할게. 더 당당하고 멋있는 아빠와 남편으로 돌아가겠다고.

새미 엄마, 내 비록 깃발을 휘날리는 그런 영웅은 아니나, 어리고 힘없는 아이들이 개들에게 짓밟히는 걸 그냥 바라볼 정도로 형편없는 인간은 아니야. 무진은 내게 그걸 가르쳐주었어. 나는 당신이 나의 마지막 자존심을 지켜줄 것을 믿어. 그러니 당신도 날 믿어주길.

사랑하는 당신의 남편이.

그는 편지를 접어 잠든 아내의 머리맡에 놓았다. 그리고 창밖으로 들어오는 희미한 가로등 빛에 의지해서 새미의 얼굴을 들여다보았다. 어릴 때는 그를 닮은 것 같더니 이제는 확연히 어미의 모습이 드러나기 시작했다.

"……당신 안 자?"

아내는 깊이 잠들지 못하는 모양이었다.

"응, 어서 자. 조금 할 일이 있어서."

"안아줘, 이상한 꿈을 꾸었어."

아내는 무진에 오기 전처럼 말했다. 그는 아내가 딴 생각이 들어서 이불을 들추고 아내 곁에 누웠다. 아내가 그의 품으로 파고들며 목덜미를 껴안았다. 그는 아내의 등을 토닥토닥 두드리며 머리맡의 편지를 올려다보았다. 편지는 어둠속에서 그를 빤히 보고 있었다. 창문을 덜컹이며 바람이 지나가고 있었다. 아까 서유진의 전화 너머로 들리던 천막 펄럭이는 소리가 편지 속에서 들려오는 듯했다. 바람은 더 거세지고 있었다. 새벽이 가까워오면서 날이 점점 더 추워지는 모양이었다. 꼭 그래야만 하나, 하고 누군가가 물었다. 꼭 그래야만 한다,고 그는 대답했다. 그래도, 정말, 꼭?이라고 누군가가 다시 물었다. 그래도, 정말, 꼭, 그래야만 한다고 대답할 수 없었다. 그는 눈을 감았다.

110

새벽은 차갑고 푸른 망또를 두른 듯 아주 천천히 창밖으로 다가와 있었다.

"어쩌면 그렇게들 잠도 안 자고 전화를 해? 누구야? 무진에서는 원래 그래?"

휴대폰의 진동 소리에 내내 잠을 설쳤는지 화장실을 다녀오던 아내가 신경질적으로 말했다. 그는 그제야 전화기를 들었다. 서유진 서유진 서유진 서유진 서유진……이라는 부재중 전화 기록이 끝없이 이어지고 있었다. 하지만 새벽 다섯시 십오분 이후 더는 수신의 흔적이 없었다. 다섯시 십오분 이후에 무슨 일이 일어났는지 그는 상상할 수 없었다. 창밖의 하늘은 몹시 흐리고 바람은 여전히 거세게 불고 있었다. 아직 다 물들지 않은 낙엽들까지 속절없이 떨어져 허공을 맴돌았고 바람은 조금이라도 헐 거운 것들의 발목을 가차없이 후려치고 있었다. 멀리서 간판 떨어져내리는 소리가 우당탕탕 들려왔다. 그는 아직 아내의 머리맡에 놓인 편지를 집어들고 베란다로 나갔다. 바람은 차고 거세었으며 습기마저 머금고 있어서 몹시 추웠다. 그는 담배를 물고 다시 한번 편지를 읽었다. 그러고는 편지를 찢었다. 거센 바람은 가벼운 종잇조각들을 싣고 허공으로 솟구쳐올랐다.

111

천막은 찢어지고 칠판은 박살났다. 아이들은 처음 보는 철거 용역반의 몽둥이질 아래 쓰러졌고 다섯명이 연행되었다. 최수희 장학관은 출근길에 천막이 있던 터에 대형 쓰레기차가 서 있는 것을 보고 고개를 저었다.

"어쨌든 난 더럽고 거칠고 막돼먹은 건 질색이라니까."

112

무진 민주화운동 28주년 기념식은 시청 앞 광장에서 열시에 열릴 예정이었다. 장경사는 농인들과 학부모들 그리고 시민단체의 회원들이 열시에 시청 앞 광장으로 다시 집결하기로 했다는 보고를 받고 긴장하고 있었다. 텔레비전을 비롯한 언론매체들이 집결하고 국무총리까지 내려오는 큰 행사에서 낭패를 본다면 다음 승진에서 불이익을 볼 것은 당연했고 새로 온 서장에게 찍힐지도 몰랐다. 가뜩이나 요번에 부임한 서장은 입만 열면 부패의 연결고리를 척결하겠다,고 강조하고 있었다. 부임 후 육개월이 지나면 그런 말도 사라지게 마련이지만, 그 기간 동안에는 각별히 조심해야 했다.

113

막상 다시 짐을 싸려니 그것도 살림이라고 잡동사니들이 불어나 있었다. 자동차 트렁크에 이불과 노트북을 싣고 집 안을 둘러보는데 책상과 밥상을 겸해 쓰던 식탁 아래에 분홍 리본이 떨어져 있었다. 분홍 리본을 맨 연두의 편지 속에서 소녀들이 까르르 웃는 소리가 들리는 것 같았다. 녹두알만 한 금빛 방울도 그대로였다. 우리 강인호 선생님께,라고 시작하는 편지였다. 그는 휴지통 앞으로 갔다가 그것을 안주머니에 도로 넣었다. 그리고 잠시 멈춰 서 있었다.

114

"내가 운전할까? 당신 안색이 아주 나빠."

아내가 물었다.

그는 말없이 조수석에 올라탔다. 아내가 새미를 뒷자리에 앉히고 시동을 걸었다.

"어제 잠을 영 못 자는 것 같더니…… 내비게이션 따라가면 되니까 석성 말고 좀 자. 당신 피곤해 보여. 인사를 못해서 좀 미안하긴 하지만 또 오면 되지 뭐."

그는 응, 하고 대꾸하며 눈을 감았다.

115

"다음은 국무총리께서 대통령의 기념축사를 대독하시겠습니
다. 대통령께서는 오늘 이 자리에 참석하려고 하셨으나 어제 미
국 순방길에 오르신 관계로 참석하시지 못했습니다. 그러나 우
리 무진시가 지난 이십팔년간 이 땅의 인권신장과 민주주의에
끼친 공로는 이루 말할 수 없다고 천명하신 바 있습니다. 여러
분, 국무총리를 뜨거운 박수로 맞아주시기 바랍니다."

국무총리가 박수 속에서 단상에 오르는 동안 단상 옆에 놓인
화환 하나가 거센 바람에 넘어져버렸다. 붉은 꽃잎들이 점점이
떨어져내리다 바람에 날아올랐다. 곧이어 그 옆의 화환도 쓰러
졌다. 장내가 어수선하다고 느끼는 순간 사람들은 멀리서 들려
오는 북소리를 들었다. 북소리는 점점 더 가까워졌다. 국무총리
는 추위 때문에 소름이 오소소 돋은 얼굴로 단상에 서서 내빈들
을 둘러보았다.

"우리나라 민주주의의 메카이며 인권신장의 발상지, 무진에
오게 된 것을 영광스럽게 생각하는 바입니다."

116

시위대는 북을 치며 전진하고 있었다. 대부분이 농인으로 이
루어진 시위대였으므로 어차피 누군가 외친대도 구호를 따라

할 사람도 많지 않았다. 어쩌면 기괴하고 조용한 시위였다.

'우리는 학교로 돌아가고 싶다!'

'성폭력 교장에게 아이들을 맡길 수 없다!'

멀찍이 거리가 잘 보이는 언덕 위에서 장경사가 무전기를 들고 인도에 선 경찰들을 지휘하고 있었다.

"행사장 쪽으로 오지 못하게 막아. 저쪽 사거리에서 교육청 쪽으로 몰아가. 몇 다쳐도 어쩔 수 없어, 몰아내! 여기 텔레비전 카메라 잡히는 데 오면 끝장이야."

장경사는 무전기에 대고 신경질적으로 소리쳤다. 바람이 더 거세지고 있었다. 북소리는 계속 울렸다. 장경사는 눈을 들어 서유진을 찾았다. 너무 작아서 이런 거리에서는 잘 보이지도 않지만 예상대로 맨 앞줄 끄트머리에서 이리로 걸어오고 있었다. 그녀는 누구를 찾는지 자꾸 주변을 두리번거렸다. 가끔 뒤도 돌아보는 것 같았다. 설마 또다른 시위대가 오는 것은 아니겠지, 하며 혀를 차는데 장경사의 머리와 뺨으로 날카롭고 차가운 빗방울이 떨어지기 시작했다. 비라니, 하늘도 시위를 막아주시는군. 장경사는 잠깐 미소를 지었다. 서유진은 약간 휘청거리고 있었다. 멀리서도 입을 꽉 다문 야무진 이목구비가 보이는 듯했다. 장경사는 서유진이 다치지는 않았으면 좋겠다고 생각하면서 무전기를 입에 가져다대고 말했다.

"물대포 발사 준비. 셋, 둘, 하나, 쏴!"

117

무진시를 벗어나는 고개 입구쯤에서 내리기 시작한 비는 정상에 오르자 앞이 보이지 않을 정도로 쏟아졌다. 차가 고개 정상에 올랐을 무렵 돌아보니 구불구불한 고개 아래로 무진은 구름의 바다에 잠겨 있었다. 처음 이곳으로 오던 날, 그는 뿌연 안개의 바다를 보았었다. 그러나 오늘은 검은 구름의 바다였다.

"엄청난 비네!"

아내가 말했다. 와이퍼가 빠른 속도로 돌아가고 있었다. 그는 빗물이 흐르는 창틀에 팔꿈치를 기대었다. 그리고 그 팔꿈치에 힘없이 고개를 얹었다. 빗발 속으로 뿌연 이정표가 서 있었다. 감색 바탕의 이정표에는 안개보다 더 하얀 글씨로 '당신은 지금 무진을 떠나고 있습니다. 안녕히 가십시오.'라고 쓰여 있었다. 강인호는 두 손으로 얼굴을 가렸고 한참 동안 떼지 않았다.

118

인호,

잘 지냈어? 네가 떠나간 지도 벌써 육개월이 넘어가는구나. 아파트로 찾아가보니까 앞집 아주머니가 네가 그날 아침 급하게 떠났다고 말해주시더라구. 그후로도 여러번 전화를 했는데 연결이 안되더니 어느날인가는 결번이라는 안내가 나오더라. 혹시 몰라 이메일을 쓰는 거야. 잘 지내지?

어제 연두 아버지 장례식이 있었어. 연두 아버지는 연두와 연두 어머니의 손을 잡고 평화롭게 돌아가셨어. 연두와 연두 어머니 곁에 좋은 사람들이 많아서 걱정 없다고 오히려 우리를 달래주고 가셨어. 정말 좋은 분이었는데. 무진의 바다가 보이는 묘지에 오랜만에 참 많은 사람들이 모였어. 장례식이 끝나고 밥을 먹으면서 연두가 불현듯 네 얘길 꺼냈어. 유리는 아직도 네 이야기가 나오면 울어. 뭐 연두와 유리뿐 아니라 실은 우리 모두 그 자리에 없는 유일한 사람, 그러니까 강선생, 네 생각을 하고 있었거든. 우리는 네가 왜 그 아침 아무 말도 없이 무진을 떠났는지 이해할 수 없지만 네가 참 많이 힘들었으리라는 건 알아. 협박을 받아 그랬든 혹은 피치 못할 일이 있어 그렇게 떠나야 했든 너는 우리보다 훨씬 더 힘들었을 거라고 말이야. 네 성격에, 오겠다고 해놓고 약속을 어겨야 했으니 얼마나 힘들었겠니.

우리 이야기를 좀 할게. 네가 궁금해할 거 같아서 말이야. 나는 그날 도로교통법과 집시법 위반으로 구속되었어. 이번에는 보수꼴통이 아닌 좋은 판사를 만났지. 죄를 범했으나 그 뜻이 개인의 이익을 위한 게 아니라며 벌금 백오십만원으로 봐주더라구. 받아야 할 벌로 보면 국가에 돈 한푼 안 낸 이강석 형제보다 내가 더 중한 벌을 받은 건가? 아무튼 우리 무진의 판사님들이 다 그렇게 너그러운 줄 알았는데 우리 아이들의 항소는 기각되었어. 합의서가 관건이었지. 그리고 윤자애가 아이들 삼십명을 고소한 사건은 아직도 지지부진 진행 중이야. 절대로 용서 못한대. 절대로 말이야. 그러니 이 싸움은 사실 아직 끝나지 않은지도 몰라.

아이들은 이제 그 학교에 다니지 않아. 이젠 박보현 선생까지 복직을 했거든. 학부모들과 최목사님 모두 고민 끝에 연두의 집을 빌려서 연두 어머니께 여자아이들 보육을 부탁드렸어. 아이들은 근처의 학교로 전학시켰고. 다행히 그 지긋지긋한 최수희가 다른 곳으로 발령받아 가고 나서 새로 온 장학관이 일반 중학교에 특수학급을 허가해주었어. 연두네 집에 여자아이들 여섯명의 기숙사를 꾸몄고 우리는 그것을 홀더라고 부르기로 했어.

홀더. 영어가 아니야. '홀로 더불어'라는 우리말이야. 그러니까 홀로 서고 더불어 산다, 뭐 이런 뜻이야. 그게 평소 최요한 목사님이 아이들에게 바라시는 딱 두가지 소망이래. 연두 아버지의 병으로 생계가 막막하던 연두 어머니는 딸도 키우고 불쌍한 아이들 밥도 먹이고 돈도 번다며 좋아하신단다. 그리고 남자아이들은, 그 통역사 기억나니? 그 사람이 맡았고. 독지가들이 집을 하나 얻어주었어. 거긴 그러니까 남자 홀더지. 집 때문에 걱정이 많았는데 이번 사건으로 무진의 좋은 사람들이 모두 이 아이들의 후원자가 되어주셨어. 생각보다 세상에는 좋은 사람들이 많은 거 같아. 거기에 민수랑 남자아이들 일곱명이 살아.

유리는 많이 건강해졌어. 심리치료도 받고 있고. 건강해진 것은 비단 유리뿐이 아니야. 민수는…… 놀라지 마. 육개월 동안 키가 십오 센티미터나 컸어. 다 이게 맛있는 저녁밥의 힘이지. 그리고 아이들의 마음은 놀랍도록 컸어. 그 아이들은 이제 자신을 소중히 여기고 폭력을 거부할 줄 알게 된 거야. 한번은 같이 밥을 먹다가 내가 아이들에게 물었지. 이 일이 있기 전과 이 일이 있은 후, 가장 변한 게 뭐니? 그랬더니 민수가 대답하더라구.

— 우리도 똑같이 소중한 사람이라는 걸 알게 된 거요.

그때 나는 하마터면 울 뻔했어. 그러니 아이들이 이렇게 대견하게 커가는 것을 보면 우리가 꼭 진 것일까, 하는 생각도 드는걸.

오늘 편지를 쓰고 있는 이 저녁 무진에 다시 안개가 내린다. 저 지긋지긋한 안개, 또다시 모든 빛들이 희미해지고 사람들은 서둘러 문을 닫고 커튼을 내리겠지. 사람과 사람 사이를 막으며 들어서는 저 뿌연 안개 속에서 또 무슨 일이 벌어지려는 걸까. 안개를 통과하는 유일한 것, 소리…… 귀 있어도 듣지 못하는 사람들을 위해 기도하라고 최목사님은 언제나 아이들에게 말씀하신단다. 우리의 귀도 네 소식을 그리워하고 있어. 혹시라도 우리에게 미안하다는 생각을 하는 것은 아니겠지? 우리는 짧은 기간이었지만 네가 보여준 헌신과 사랑을 기억하고 있어. 네가 우리를 잊었다 해도 우리는 네가 늘 그리울 거야. 건강하게 잘 지내길, 그리고 진심으로 행복하길 빈다.

119

강인호는 창가로 다가갔다. 빌딩 사이의 공원은 점심시간을 이용해 나온 직장인들로 가득했다. 햇살은 강렬하고 나뭇잎들은 있는 힘을 다해 그 햇살을 빨아들이고 분수는 통통한 물줄기를 발랄하게 뻗고 있었다. 이 도시의 강렬한 욕망처럼 햇살이 화창한 5월이었다. 벌써 그늘을 찾아 사람들이 무리지어 앉아 있었다. 홀로는 쓸쓸하고 더불어 있어도 외로운 사람들, 군중. 그래서 끝끝내 홀로이지도 더불어 함께이지도 못할 사람들.

더워진 날씨 탓에 사람들은 대부분 윗옷을 벗은 와이셔츠 바람이어서 초록빛 잔디 위는 와이셔츠의 흰빛으로 가득했다. 혹시라도 우리에게 미안하다는 생각을 하는 것은 아니겠지? 서유진의 목소리가 그의 귓가에 들려왔다. 우리의 귀도 네 소식을 그리워하고 있어. 창밖을 응시하는 강인호의 눈이 어룽지면서 잔디밭에 앉은 흰 와이셔츠들이 그의 시야에서 뿌옇게 번져갔다.

그것은 안개 같았다.

이상한 일은 삶에 대해 더 많이 알게 되면 될수록 사람에 대해 정나미가 떨어진다는 것이다. 그리고 그보다 더 이상한 일은 정나미가 떨어지는 그만큼 인간에 대한 경외 같은 것이 내 안에서 함께 자란다는 것이다.

이 소설을 처음 구상하게 된 것은 어떤 신문기사 한줄 때문이었다. 그것은 마지막 선고공판이 있던 날의 법정 풍경을 그린 젊은 인턴기자의 스케치기사였다. 그 마지막 구절은 아마도 "집행유예로 석방되는 그들의 가벼운 형량이 수화로 통역되는 순간 법정은 청각장애인들이 내는 알 수 없는 울부짖음으로 가득 찼다."였던 것 같다. 그 순간 나는 한번도 경험해보지 못한 그들의 비명 소리를 들은 듯했고 가시에 찔린 듯 아파오기 시작했다. 나는 그동안 준비해오던 다른 소설을 더 써나갈 수가 없었다. 그

한줄의 글이 내 생의 일년, 혹은 그 이상을 그때 이미 점령했던 것이다.

  정의를 위해 일한다는 것이 불의와 맞서 싸우는 것 이상을 의미한다는 것을 안 이후 나는 평화의 한 끝자락을 잡은 듯했다. 쓰는 내내 이 실제 사건의 피해자들과 그 가해자들을 위해서도 함께 기도할 수 있던 것은 그 때문일 것이다. 처음 보는 나를 믿고 그들의 모든 것을 이야기하던 청각장애인 아이들의 눈빛을 생각하면 지금도 눈물이 난다. 그들을 위해 헌신하던 분들을 생각하면 가끔씩 내가, 삶은 결국 너무 허무한 것이 아닐까,라는 생각에 빠지는 것이 죄송스럽다. 이 세상에 그렇게 천사들이 많은지 모르고 지낼 뻔했다는 걸 생각하면 아직도 아찔하다. 이 글을 쓰는 동안 나답지 않게 자주 아팠고, 초교, 재교를 보고 나서 한번씩 그리고 이 글을 쓰는 마지막 순간까지도 신열에 들떠 며칠씩 누워 있어야 했지만, 그런 의미에서 나는 이 글을 쓰며 행복했다. 내가 작가라는 사실, 내가 어떤 삶을 살든 나는 온전히 작가라는 사실을 받아들였을 때만큼 그렇게 고통스럽고 그렇게 황홀했다.

  삶과 현실은 언제나 그 참담함에 있어서나 거룩함에 있어서나 우리의 그럴듯한 상상을 넘어선다. 소설이라는 것을 쓴 지 만 이십년. 그런 현실 앞에 무력한 나는 책장을 정리하다가 옛 노트에 필사해놓은 엘뤼아르의 글을 본다. 습작 시절 내가 아무것도 아니라는 생각에 진땀을 흘리며 써놓은 안간힘 같은 필체가 보인다.

"미화된 언어나 진주를 꿴 듯 아름답게 포장된 '말'처럼 가증스러운 것은 없다. 진정한 시에는 가식이 없고, 거짓 구원도 없다. 무지갯빛 눈물도 없다. 진정한 시는 이 세상에 모래사막과 진창이 있다는 것을 안다. 왁스를 칠한 마루와 헝클어진 머리와 거친 손이 있다는 것을 안다. 뻔뻔스러운 희생자도 있고, 불행한 영웅도 있으며 훌륭한 바보도 있다는 것을 안다. 강아지에도 여러종류가 있으며, 걸레도 있으며, 들에 피는 꽃도 있고, 무덤 위에 피는 꽃도 있다는 것을 안다. 삶 속에 시가 있다."

그리하여 당연히도 나의 상상을 벗어나는 이 현실을 아는 데 너무나 많은 분들의 도움을 받았다. 광주의 안관옥, 정대하 기자님, 이지원 인턴기자. 아직도 성폭행당한 제자를 위해 눈물 흘리며 싸우는 포항의 김태선 선생님, 광주의 노지현, 이용보 전도사. 소리 없는 찬양이 울려퍼지던 지하 교회 예배 시간, 그 아이들을 위해 어린아이를 업고 음식을 마련하던 김수년 사모님, 김창호 통역사에게도 감사를 드리고 싶다. 내가 그들에게서 날개 없는 천사를 보았다면 그들은 웃고 말겠지. 전웅섭 선생님, 장미, 은혜, 지혜, 윤희, 명근, 세연, 강성, 문현, 그리고 김용목 목사님, 윤민자 위원장님께는 무어라 더 감사를 드려야 할지 모르겠다. 그리고 마지막으로 다음(Daum)에 연재되던 반년 넘는 동안 이 글을 읽고 자신의 일처럼 함께 아파했던, 모든 독자들께도 감사를 전한다.

2009년 7월
공지영

 이 소설에서 안개는 청춘의 방황을 암시하는 관념적 상징이
아니라 반대로 진실의 은폐와 개진에 관여하는 현실성의 표지
이다. 기간제교사로 첫발을 디딘 주인공이 이 안개의 도시에서
발견하는 것은 이중 삼중으로 장애를 가진 아이들의 인권을 짓
밟는 악행에 학교 교장과 행정실장을 포함한 우리 사회의 기득
권자들이 얼마나 교묘하게 상호보험적으로 연결되어 있는가,
인간의 악마성과 사회적 불의가 얼마나 높은 성벽을 구축하고
있는가 하는 것이다.

 이 작품을 어떤 의미에서 법정소설이라 할 때, 거기에는 두개
의 법정이 가정되어 있다. 세속의 법정은 판사와 검사, 변호사와
증인 등 온갖 실정법적 장치의 동원에 의해 진실을 위조하고 사
회적 강자에게 공개적인 합법성을 부여한다. 작가는 이 과정을
냉정하고 세심하게 서술해나감으로써 세속의 재판정 자체를 심

리하는 또 하나의 법정이 존재함을 독자들의 내면에 각인시킨다. 작가의 윤리적 상상력은 주인공으로 하여금 이 양심의 법정을 믿는 사람들 편에 서게 하지만, 그의 미학적 균형감각은 주인공을 영웅화하는 대신 상처받은 소시민의 자리로 돌아가게 만든다. 이 패배의 아픔을 공유하자고 호소하는 것이 도덕적 폐허의 시대에 던지는 이 소설의 간절한 메시지이다.

염무웅 문학평론가

도가니

초판 1쇄 발행 • 2009년 6월 29일
초판 99쇄 발행 • 2016년 12월 30일
개정판 1쇄 발행 • 2017년 8월 18일
개정판 8쇄 발행 • 2022년 6월 16일

지은이 / 공지영
펴낸이 / 강일우
펴낸곳 / (주)창비
등록 / 1986년 8월 5일 제85호
주소 / 10881 경기도 파주시 회동길 184
전화 / 031-955-3333
팩시밀리 / 영업 031-955-3399 · 편집 031-955-3400
홈페이지 / www.changbi.com
전자우편 / lit@changbi.com

ⓒ 공지영 2009, 2017
ISBN 978-89-364-3427-4 03810